EL MITO DEL ELEGIDO

L.A.©

© Todos los derechos reservados
© Silven Vazques
© El Mito del Elegido

Contactos:
silvenvazques@gmail.com
IG: @silvenvazques
Tw: @silvenvazques

Diseño de portada y maquetación: Silven Vazques

Primera edición: Noviembre, 2021
Segunda edición: Marzo, 2022
Tercera edición: Abril, 2023

ISBN: 979-8-49887-844-7

Reservados todos los derechos. No se permite la reproducción total o parcial de este libro, ni su incorporación a un sistema informático, ni su transmisión en cualquier forma o por cualquier medio, sea éste electrónico, mecánico, por fotocopia, por grabación u otros métodos, sin el permiso previo y por escrito del editor y/o autor. La infracción de los derechos mencionados puede ser constitutiva de delito contra la propiedad intelectual.

EL MITO DEL ELEGIDO

Silven Vazques

Índice

I – Luz en la oscuridad – pág. 01

II – Ojos amarillos – pág. 23

III – Fuego – pág. 43

IV – El caballero de la gabardina – pág. 67

V – Conoce la verdad – pág. 89

VI – Pertenecía a tu madre – pág. 125

VII – Siente el agua – pág. 157

VIII – Ciudad en las montañas – pág. 187

IX – Pasado – pág. 209

X – Terremoto – pág. 241

XI – Tempestad – pág. 269

XII – Armas olímpicas – pág. 307

A mi madre, que me lo ha dado todo. A mi hermano, por acompañarme en esta aventura desde el inicio. A mis amigos, por apoyarme en todo momento, y a todos aquellos que sueñan más alto que el cielo.

I
Φως στο σκοτάδι
(Luz en la oscuridad)

Nunca se está listo para enfrentar las adversidades que la vida pone en tu camino. Los cambios que ocurren en un abrir y cerrar de ojos, las decisiones…

Un día estás corriendo tras criminales, y al otro cayendo desde lo alto de un edificio seguida de una criatura con cuernos.
— ¡Mi mano, ahora! —se escucha a mi lado la voz gruesa de un hombre rubio, también en caída libre—.
Al tomar su mano desaparecemos del aire y reaparecemos en tierra. Ambos caemos al suelo. Miro hacia arriba y la criatura desciende a una gran velocidad.
Mi acompañante se pone de pie, extiende ambas manos al aire, ahora con cierta luminancia, y las mueve hasta crear un aro de energía sobre nuestras cabezas. La criatura cae dentro de él, desapareciendo al instante.
El aro luminoso se cierra. Sus manos dejan de irradiar luz. Voltea hacia mí, con la respiración acelerada.
— ¿En qué demonios estabas pensando? —expresa molesto, y se aleja—.

Me pongo de pie, entre asustada y adolorida. Subo la mirada por un segundo para ver algunos papeles caer suavemente. El sonido de una ambulancia llama mi atención en dirección a aquel hombre. Le sigo.

Ahora te estarás preguntando, ¿qué está pasando? Esta historia se remonta tiempo atrás, a cuando tenía 11 años de edad, antes de convertirme en oficial de policía y definitivamente antes de ser esta especie de protectora mística.

* * *

Tuve una infancia meramente tranquila y sobre todo muy feliz con mi familia.

Vivíamos en una casa construida en ladrillo. Por dentro, estaba recubierta con madera de diferentes tonalidades. Lo que más resaltaba eran las antiguas lámparas y los cuadros de paisajes nevados.

Mi padre, George Fort, de 43 años, alto, de pelo corto color negro, barba y de anteojos, usualmente vestido de pantalones claros con camisa. Trabajaba como instructor de natación en el centro Swimming Family.

Mi madrastra, Ava Langstrong, de 37 años, pelo largo color castaño claro, alta, de cuerpo voluptuoso, usualmente vestida de pantalones con blusas combinadas, aunque también le apasionaba modelar encantadores vestidos. Era mesera en el bar restaurante Maddy's.

Aquí no había cabida al típico cliché en donde la madrastra es la arpía que te hace pasar los peores momentos de tu infancia, en cambio, hizo de mi niñez la mejor que pude tener. Incluso la quería más que a mi propia madre.

No me malinterpreten, pero mi madre nos abandonó cuando apenas estaba en la cuna, según se cuenta por problemas financieros. Nunca tuve esa curiosidad por saber quién fue ella. Tampoco le tengo rencor, ya que al final del día seguirá siendo mi madre. Ava puede que no sea la mujer perfecta pero su amor la vuelve lo mejor que tengo en la vida, además de mi padre que está a la cabeza de mi lista.

Para mi cumpleaños número 11, mi padre me regaló un hermoso vestido color lila, y mi madrasta una muñeca, nombrada Eva por ella. Pelirroja con un enterizo azul, y una nota que decía: "Una amiga para toda la vida". Estaba tan encantada con mi muñeca que la llevaba conmigo a todas partes, e incluso a la escuela.

Mi padre y yo celebrábamos nuestros cumpleaños en el mismo mes, 4 y 20 de abril respectivamente, y ahora era su turno. Ava me llevó a comprarle su regalo, más los decorados para la fiesta.

Ella se decidió por unas camisas de cuadros. Yo quería algo más personal, algo que solo él usara, y que le recordara a mí. Entonces fue cuando vi en una estantería una cadena plateada. Al comprarla le añadieron un dije con la inicial de mi nombre en color azul larimar.

Era perfecto.

Terminadas las compras, regresamos a casa, preparamos todo, y celebramos los 44 años de mi padre.

Sus amigos y conocidos asistieron. Les trajeron presentes. Todos bien recibidos.

En medio de la fiesta, luego de haber comido y bailado, había llegado la sección más importante, la hora de abrir los regalos.

El mío lo había dejado para el final. Cuando abrió la pequeña cajita quedó encantado. Inmediatamente se colgó la cadena seguido de un fuerte abrazo que me levantó en el aire.

—Eres lo mejor que llegó a mi vida. Te amo, Alice —susurró en mi oreja—.

La fiesta había sido un gran éxito. Sin embargo, la felicidad no duraría para siempre.

En la semana siguiente mi padre enfermó de repente. Su piel se tornó pálida, perdía el sentido cognitivo y le costaba moverse.

Con el pasar de los días su actitud empeoró. Se le veía agresivo, ansioso e impaciente, y otras veces muy quieto sin decir una sola palabra.

Debido a esto, Garfield, de aspecto delgado, alto y de pelo rubio, nos visitaba diariamente ya que le preocupaba la situación de su mejor amigo de la infancia.

Lo manteníamos encerrado en su habitación. Muchas veces atado a su propia cama, decisión en la cual no estuve de acuerdo.

No quería ver a mi padre aprisionado dentro de su propia casa. Me lastimaba verlo así y que no pudiera recordar quien es o quienes viven con él.

Una mañana, Ava le llevaba el desayuno a la cama. Lo desató y, por impulso, George la golpeó y salió agitado de la habitación.

En ese momento, me encontraba en mi habitación. Luego de escuchar un ruido extraño, me acerqué a mi puerta, que abrí despacio, y salí un poco asustada. Al final del pasillo se encontraba mi padre tirado en el suelo rasgándose el cuello.

Al percibir mi presencia se puso en pie, bastante sofocado. Inmóvil, posó su mirada triste sobre mí, como si dentro de él supiera quién soy.

—Papá… —dije en tono bajo—.

Reaccionó a mis palabras llevándose la mano al cuello, y arrancando la cadena de forma violenta, arrojándola lejos de él. Todo su cuello estaba enrojecido, marcado con sus uñas. Dio unos pasos hacía mí, cayó de rodillas y se desmayó.

Ava se me acercó por detrás y me abrazó, ambas envueltas en lágrimas. Esto ya estaba fuera de nuestras manos.

Contactamos con doctores, curanderos e incluso acudimos a la iglesia, pero nada tuvo el más mínimo efecto. Nadie tenía idea de lo que estaba pasando.

Al cabo de dos semanas, murió.

Esto nos tomó por sorpresa. Ava estaba destrozada.

Su funeral fue programado para el día siguiente en el cementerio Heaven's Ville.

El campo estaba lleno de allegados para mostrar su apoyo. Reconocía a la mayoría por la fiesta de hace unas semanas.

Luego de las palabras del sacerdote, procedieron a enterrarlo.

Los presentes pasaron a darle un último adiós, arrojando flores al ataúd que bajaba lentamente hacia su fosa. Seguido, pasaban con Ava para darle el pésame e irse de allí.

De mi bolsillo saqué la cadena rota. No pude evitar que se escapara una lágrima, y la arrojé al agujero.

—Adiós, papá —expresé en llanto—.

Seguía de pie cerca del agujero y miré un momento al cielo radiante. ¿Cómo es posible que el día esté tan hermoso durante un acontecimiento tan triste?

Bajé la mirada para ver como tapaban el hoyo con tierra.

Ava estaba sentada en la primera fila, cabizbaja, llorando en brazos de Susan, hermana mayor de Garfield. De aspecto delgado, estatura media y de pelo rubio.

Ambos se quedaron con nosotros con la intención de llevarnos luego a casa y así concluir con este largo día.

Sentía miedo de regresar a casa y no encontrar a papá o siquiera escuchar su voz.

Al entrar en nuestro hogar pudimos notar un vacío. El silencio era devastador.
Nos fuimos a nuestras habitaciones, no sin antes darnos un largo abrazo en el pasillo.
Pasaban las horas, y no podía pegar el ojo. Entre llanto y llanto, estaba un poco ansiosa. No me imaginaba lo terrible que debería estar sintiéndose Ava, sola en esa habitación.
Aún no me creía que esto había pasado. Me sentía dentro de una pesadilla. Mientras más lo pensaba más me percataba de que en realidad se había ido.
Mi llanto se hacía más fuerte.
Me levanté de mi cama. Intenté secar mis lágrimas y salí de mi habitación. Me quedé de pie en el pasillo, el cual se sentía frío.
Caminé hasta la habitación principal, abrí la puerta para ver a Ava mirando fijamente hacia mí. Me acerqué a la cama y me acosté junto a Ava que también estaba entre lágrimas.
Me sonrió, aun con la respiración agitada.
Le calmó un poco la idea de que durmiera con ella. No hacía falta que intercambiáramos palabras. Lo menos que necesitábamos en estos momentos era estar solas.
Luego de un largo rato, quedamos dormidas.

Al día siguiente, desperté y no vi a Ava a mi lado. Volví a sentir ese vacío en el pecho.
Salí de la habitación hasta la cocina para verla preparar el almuerzo, usando un vestido muy elegante color naranja.
Ava volteó hacia mí y puso una sonrisa en su rostro. Me tomó del brazo y me haló hacia ella para darme un gran abrazo que alivianó aquella sensación.
—Estás preciosa —dijo, en un intento por levantar mis ánimos—.
Lo único que me pasaba por la cabeza era que había despertado de muy buen humor, pero no era muy lógico.

Dado lo ocurrido el día anterior pude comprender que su emotividad se debía a mi padre. Él nunca hubiese querido que estuviésemos tristes. Era su regla dorada. Esta es una forma de honrar lo que su presencia en vida fue para nosotras.

Terminado el abrazo, me miró con una gran sonrisa y lágrimas en sus ojos.

A simple vista esas lágrimas no encajaban con aquella sonrisa. Me daba a creer que eran de felicidad, palabra que no volvería a tener significado para ella; aunque, sin importar lo triste que estuviese, me daba aliento para no derrumbarme. Toda una triunfadora.

Ava volvió a la estufa, mientras que yo me fui al baño a tomar una ducha.

En ese momento no pude evitar llorar. Sentía como todo venía a mí de golpe. Me senté en la bañera, dejando el agua caer sobre mi cabeza.

Una vez vestida, regresé a la cocina. Ava se acercó a mí y se detuvo a ver mi pelo corto con cuidado.

—Voy a darte un tratamiento.

Ava era una experta en cuanto a mejorar la apariencia se refiere: maquillaje, vestuario, peinados. Lleva la estética en la sangre.

En la cocina, tomé asiento en una silla plástica. Ava, de su estuche puesto sobre la mesa, tomó un cepillo y lo pasó con suavidad. Sacó sus tijeras y comenzó a cortar las puntas.

Este era uno de los momentos que más disfrutaba, ser atendida por Ava. Cada movimiento llevaba consigo tal delicadeza que estimulaba mis sentidos.

—Tengo que darte otro tinte. Iré a buscar en el baño —dijo, saliendo de la cocina—.

Tomé un espejo de su estuche para intentar ver como lucía mi pelo sin el tinte castaño oscuro que tenía, pero no logré verme.

Ava regresó con una botella en mano.

—Aquí lo tenemos.
Así pasamos la mañana, Ava dándome tratos y luego almorzamos.
Tomé una siesta, ya que estaba sobreestimulada luego de esa sesión de masajes capilares.
Ava aprovechó para recoger un poco la casa y lavar unas cuantas cosas.
Para el atardecer cuando desperté, todo estaba en perfecto estado. Ni una servilleta fuera de lugar. Mi cena me esperaba en el microondas para ser degustada, y Ava se había internado en su habitación.
La casa estaba en silencio absoluto. Se podía sentir la penumbra proveniente del pasillo que conducía hacia el aposento principal, y si prestabas atención se podía escuchar un sollozo tan penoso que era imposible no influenciarte por él.
No tuve apetito luego de eso, y me recosté en el sofá.
En la mesa a mi lado, una foto de mi padre sonriendo. Extendí mi mano para tomarla y me quedé con ella abrazándola. Lágrimas se escurrieron de mis ojos, y allí pasé toda la noche.

Desperté debido a un haz de luz que entraba por la ventana directo hasta mi rostro.
En mi pecho, la foto de mi padre. Cuando la vi, me volvió a invadir esa sensación de impotencia.
Escuché una puerta abrirse. Eché la mirada al pasillo para ver a Ava, que se acercaba vestida de negro, y con los ojos un poco hinchados.
—Buen día, cariño —dijo Ava con una sonrisa—. Qué bueno que estás despierta, ve a vestirte.
—Buen día, má, ¿a dónde vamos? —pregunté curiosa.
—Es una sorpresa.
Bajé del sofá. Coloqué el marco de vuelta en la mesa, y fui directo al baño. Tomé una ducha, seguido a mi habitación. Para la ocasión, elegí mi vestido lila.

Cuando volví a la sala, Ava estaba con el retrato de mi padre en sus manos. Subió la mirada a mi atuendo y me sonrió. Colocó de vuelta el portarretrato en la mesa y ambas salimos de la casa.
Recorrimos desde el mercado hasta el centro comercial. Compramos alimento y ropa. Almorzamos en un restaurante. Fuimos al cine a ver una película y, terminamos el día con una caminata por el parque para perros.
Esta fue una buena idea ya que al menos nos hacía pensar en otras cosas aparte de nuestra pérdida.
Nos sentamos en un banco y allí nos quedamos hasta la puesta de Sol. La idea de tener un perro pasó por mi mente al ver tantos a nuestro alrededor.
Al caer la noche regresamos a casa, y aquella alegría se volvió nostalgia.
Ava colocó los alimentos en la cocina y se quedó haciendo un té de manzanilla. Creo que hoy tampoco irá a trabajar. Merece descansar.
Llevé las bolsas de ropas a las habitaciones y regresé a la cocina. Ava estaba sollozando en el fregadero. Cuando se percató de mi presencia, secó sus lágrimas, y tomó su taza. Con los ojos aún húmedos se acercó a mí.
—Eres luz en la oscuridad, no lo olvides. Buenas noches, cariño —expresó sonriendo sutilmente—.
Salió de la cocina e ingresó a su habitación.
Tomé un vaso de leche, me senté en la mesa de la cocina y allí me quedé por una hora. Luego fui a dormir.
Cuando desperté al día siguiente, me dirigí a la habitación de Ava. Al abrir la puerta lo primero que vi fue su cuerpo sobre el suelo.
Me encontraba en shock. Comencé a temblar de espanto. Mi respiración se hizo profunda y tragaba seco.
Cerca de su cuerpo pude ver un envase circular amarillo con pastillas esparcidas por todo el suelo. Caminé hacia ella con

cuidado. Le llamé, pero no me contestó. Acerqué mi oreja a su pecho con la esperanza de escuchar sus latidos.

Había muerto.

Al crepúsculo del día siguiente sus restos fueron sepultados, ya que, según sus creencias, el Sol es el inicio y el final de la vida.

Me aterraba la idea de tener que vivir sin mi padre y ahora sin mi madrasta. Aunque algo me reconfortaba de todo esto, y era que ellos ya no estarían solos, ahora se tendrían el uno al otro dondequiera que estén. Solo que esto no evitaba que el vacío dentro de mí se expandiese cada vez más.

No conocía nadie más de la familia. Mi padre era como la oveja negra, a nadie le agradaba, por este motivo decidió alejarse de ellos.

Los únicos contactos con su familia son Garfield y Susan, con los que me quedé unos cuantos días hasta comunicarme con algún otro familiar desconocido.

Por parte de Ava, era huérfana, nosotros éramos lo único que tenía.

Garfield y Susan querían hacerse cargo de mí, pero debido a sus trabajos, piloto y azafata, se les hacía imposible.

En esa misma semana fui trasladada de Ottawa, Canadá a la ciudad de Nueva York, Estados Unidos, donde se encontraba un hermano de mi padre, Otto; un hombre de unos 45 años, de contextura ancha, baja estatura y con una alopecia acelerada; y su esposa Clarice; una mujer de unos 50 años, alta, bastante delgada, de pelo largo, rostro alargado, y de mirada penetrante.

No tenían hijos, para su desdicha ambos eran infértiles. Yo era como su milagro inesperado y, a la vez no tan deseado.

Como primera impresión, estaba sorprendida de esta ciudad por sus altos edificios.

Me hospedaron en su apartamento de aspecto descuidado y oscuro, en una habitación vacía. Me inscribieron en una nueva escuela, y listo, no había mucho que hacer.

En casa, la situación se tornó fría. Aunque me recibieron con supuesta alegría, todo ese afecto, abrazos y consentimientos no pasaron de las primeras semanas. Me ignoraban, parecía solo un estorbo. No me maltrataban, pero no eran los más sensatos a la hora de tratar con infantes.

Así pasé 3 años cuidándome por mí misma. Desde que llegaba de la escuela aproximadamente a las 4:00 p.m., hasta el regreso de mis tutores a las 10:00 p.m., y hasta más tarde.

Muchas veces salía por la ventana de la cocina que daba hacia unas escaleras de emergencias, y a un callejón con salida a la calle. Subía hasta el tejado del edificio donde podía divisar casi toda la ciudad desde allí, y otras veces, bajaba y caminaba por las calles hasta un parque donde podía ver otros niños jugar con sus padres.

Pasaba mucho tiempo a solas, sin embargo, ese sentimiento de soledad que me invadía años atrás fue desapareciendo. Sentía que mis padres cuidaban de mí. Los sentía cerca. Eso me mantuvo fuerte y, a medida que fui creciendo, nunca perdí las esperanzas de un mejor futuro.

Otras tardes, cuando estaba en el apartamento, se escuchaban ruidos extraños provenientes del piso superior donde vivía una pareja, que muchas veces veía por su ventana cuando subía al techo. Siempre ignoraba ese escándalo. Me iba a mi habitación, con mi muñeca y me acostaba en mi cama hasta que se detuvieran, preguntándome, ¿qué ocurría en el piso superior?

Una tarde, estaba haciendo mis deberes cuando se hizo sentir un estrepitoso golpe.

No pude contener mi curiosidad. Salí por la ventana de la cocina y me apresuré hacia el 4to. piso donde pude ver a través de la ventana de la cocina a un hombre sostener a una mujer de cabellera dorada por el cuello.

—¿¡Crees que me ibas a engañar!? —gritaba— ¡Eres una maldita perra!

El sujeto sacó un arma de su pantalón y le tocaba el rostro con ella.

—Cuando acabe contigo, voy a ir por él —dijo en alterado y en tono amenazante—.

—Estás… en u-un error… —expresó la chica con dificultad.

—Mi error fue haberte creído. ¡Vete a la mierda!

El sujeto colérico llevó el arma hasta la frente de la mujer.

—¡No! —grité por acto reflejo.

Aquel hombre detuvo el ajusticiamiento, volteó a la ventana y me miró fijamente, siendo ahora su objetivo principal.

—¿Cuánto tiempo llevas ahí, mocosa?

Soltó a la chica, que cayó abruptamente.

Mis sentidos se paralizaron por un momento, pero pude reaccionar antes de que pudiera dirigir el arma hacia mí. Comencé a bajar las escaleras lo más rápido que pude.

El hombre salió por la ventana en mi búsqueda. No podía regresar al apartamento, ahí no tendría salida.

Seguí bajando hasta llegar al callejón. Desde el segundo piso, aquel hombre se lanzó sobre unos botes de basura que amortiguaron su caída.

Llegué a la calle. Para mi suerte, un oficial de policía caminaba al otro lado de la calle.

—¡Auxilio! —llamé agitada.

El oficial no dudó en acudir a mi llamado. Miré atrás, y el sujeto se acercaba.

Corrí a mi derecha para esconderme detrás de un auto. El oficial se acercó al callejón y vio al civil armado. Este disparó, errando.

Los peatones se alarmaron y se alejaron de la calle, otros se escondieron.

El oficial se cubrió detrás de un auto, desenfundó su arma y en respuesta, le disparó en una pierna. El civil cayó al suelo, inmovilizado.

Antes de que mi salvador acuda a él, llamó por su radio. Le observé atenta.

Se acercó a preguntarme si estaba bien. Apenas pude asentir. Estaba sin habla por aquella escena.

El oficial se aseguró que estaba en perfecto estado, al menos físicamente, para luego adentrarse al callejón.

Unos minutos más tarde, llegaron dos patrullas seguidas de una ambulancia. El oficial salió con aquel hombre cojeando y esposado. Lo llevó a que lo revisen en la ambulancia.

Detrás del auto, vi cómo le trataban la herida al vil sujeto.

—¡Gracias! —dijo la chica rubia que se acercó a mí con una sonrisa y lágrimas en sus ojos—.

El oficial que me ayudó; de aspecto delgado, afroamericano, postura firme, y de rostro amigable, la llevó a una de las patrullas. Luego, regresó conmigo y se puso de rodillas.

—¿Cómo te llamas? —preguntó.

—Alice.

—Soy Howard. Eres muy valiente, Alice —manifestó con una sonrisa—, la señorita me contó lo que pasó. No estuviera aquí si no fuera por ti.

Ambos la observamos.

—¿Cuántos años tienes?

Regresé la mirada al oficial.

—Tengo 14 —respondí.

—¿Dónde vives?

—En el tercer piso.

—¿Están tus padres en casa?

Desvié la mirada. El oficial entendió.

—Lo siento —dijo en tono pasivo—.

—No fue su culpa.

—¿Quiénes son tus tutores?

—Tío Otto y tía Clarice. No están —respondí, aun con la mirada al suelo—.

Howard volteó para ver a los oficiales prepararse para irse.

— ¿Te importa si me quedo contigo?
Subí la mirada, y luego vi a los demás oficiales. Lo miré a los ojos y le dije que no, moviendo la cabeza.
El oficial se puso de pie, y me hizo un ademán para que le siguiera. Él se dirigió a la entrada del edificio.
—No por ahí, la puerta está cerrada —dije, señalando el callejón—. Hay que entrar por la ventana de la cocina.
Howard asiente.
—Muy bien —dijo, siguiéndome por el callejón.
Al acercarnos a las escaleras, pude notar manchas de sangre en el suelo.
Subimos y entramos al apartamento.
No sabía qué hacer, así que le serví limonada. Intentaba mantenerlo entretenido con mi muñeca. Todo el piso era bastante aburrido.
Comenzó a preguntarme sobre mí y como llegué aquí. Luego le pregunté sobre sus experiencias policiacas.
Me contó que no todos los días eran color de rosa, había días que eran más oscuros que la misma noche. Incluso, me contó que no pudo dormir la primera vez que tuvo que disparar su arma. Era él o su compañero, tenía que tomar una decisión; decisión que lo agobiaba cada día y hoy le recordé ese momento.
Quizá no debí pedirle que me contara esto, a pesar de todo, le gusta su trabajo. Le gusta servir y ayudar a los demás.
También tiene historias inspiradoras de, como cuando evitó que un chico de 18 años se suicidara luego de que su madre muriera de cáncer, o de cuando detuvo un robo a mano armada con tan solo conversar con el asaltante, o que, uno de sus primeros arrestos tuvo el agradecimiento del Gobernador de Nueva York.
Este tipo de historias me inspiraron a querer ayudar a las personas, a ser útil.

Unas horas más tarde, sin más historias que contar y escuchar, ambos quedamos dormidos en el mueble hasta pasadas las 10:00 p.m., cuando la puerta se abrió y mis tíos entraron, despertándonos.

Ambos quedaron sorprendidos al ver un oficial sentado en su sala.

—Alice, ¿qué está pasando aquí? —preguntó Otto sorprendido.

—Buenas noches, soy el oficial Jones —expresó cordialmente, al momento en que se puso de pie—.

—Okay, ¿y qué hace aquí? —preguntó Otto, un tanto hostil.

—La tarde de hoy su sobrina ayudó a detener un posible homicidio —respondió Howard.

— ¿Homicidio?

—Así es, señora. Estoy aquí no solo para felicitarlos por tener en sus manos una niña tan valiente, sino también para informarles sobre su poca responsabilidad —expresó Howard con firmeza.

Otto me mira incrédulo.

— ¿Poca responsabilidad? ¿De qué habla? —dijo Clarice un tanto molesta.

—No pretendo ofender a nadie, pero no es responsable dejar a una menor de edad sola en casa todo el día.

—Oficial, mi esposa y yo tenemos que salir a trabajar. Tenemos responsabilidades.

—La familia también es una responsabilidad —refutó Howard.

—Lo siento, pero tiene que irse. Acabamos de llegar y estamos cansados. Necesitamos privacidad —expresó Otto en tono desagradable—. Ya estamos aquí ahora, nos haremos cargo. No hace falta su presencia. Gracias por su asistencia… poli.

Ambos cruzaron miradas.

Howard tomó su gorro del mueble y me miró con una sonrisa.

15

—Un gusto, Alice.

Respondí con una sonrisa. Howard volteó con mis tíos.

—Disculpe los inconvenientes, que pasen un feliz resto de la noche —expresó cordial.

Clarice y Otto se abrieron paso. Howard cruzó entre ambos y salió del apartamento. Clarice cerró la puerta.

—Alice, estás castigada.

—¿Qué? ¿Por qué, tía?

—Solo… vete a tu habitación —dijo irritada.

Cabizbaja, tomé mi muñeca del sofá y me encaminé a mi habitación mientras escuchaba mis tíos hablar con cierto enojo.

—¡No sé qué vamos a hacer con esta niña! —exclamó Otto.

—¿Y escuchaste lo que dijo? Que detuvo un asesinato —se mofa Clarice—.

Me acosté en la cama y sin poder evitarlo comencé a llorar con la muñeca frente a mí. La tomo y la miro con delicadeza.

—Mi amiga para toda la vida —susurré, y la abracé—.

Allí quedé dormida.

* * *

Varias semanas después aún seguía castigada y estando sola todo el día.

Una tarde tocaron a la ventana de la cocina. El reloj marcaba las 6:39 p.m.

Fui a revisar y vi a Howard. Abrí la ventana con una sonrisa.

—¡Howard! —exclamé alegremente.

—Hola, Alice, ¿cómo te va? —preguntó con una sonrisa—.

—Bien, ¿qué haces por aquí atrás? —pregunté curiosa.

—Bueno, no recordaba cuál era el número de tu apartamento y como ya me sabía esta ruta pues vine por aquí.

—Es el 303 —dije con una sonrisa.

—No lo olvidaré.
Le invité a pasar. Howard entró y volví a cerrar la ventana.
—Aquí tienes —dijo Howard extendiéndome una bolsa—.
— ¿Qué es? —dije, en el momento que abrí la bolsa.
Reí de la emoción al ver un envase de helado.
—Espero que te guste el dulce de leche.
— ¡Me encanta!
Serví el helado en dos tazas. Tomé un par de cucharas y las llevé a la sala. Le pasé una taza a Howard.
— ¿Para mí? Gracias —dijo jocoso.
Howard tomó asiento en el sofá. Me senté en el suelo a degustar mi helado.
—Gracias por el helado —expresé alegre.
—Es lo menos que puedo hacer.
Lo miré atenta.
— ¿Por qué estás visitándome?
— ¿Recuerdas cuando atrapaste aquel sujeto?
Sonreí.
—No hice nada.
—Claro que sí —manifestó Howard emocionado—. Salvaste esa mujer.
Sentí una gran emoción al escuchar eso. Continué comiendo el helado.
—Verás, hoy tuve noticias y al parecer ese hombre estaba involucrado en muchos más crímenes de los que te podrías imaginar, y tú nos diste un avance enorme con un caso de hace unos años.
— ¡Oh! —dije asombrada, con la cuchara en la boca.
—Y el helado es mi forma de agradecerte —concluyó.
— Está bueno.
Howard miró a su alrededor. Ambos quedamos en silencio unos segundos.
—No te metí en un problema la otra noche, ¿o sí?
—No —respondí mirando la taza en el suelo—.

Howard sintió que no le decía la verdad.

¡Biiiip! ¡Biiiip!

Howard tomó su radio.

—Aquí oficial Jones, cambio.

—*Tenemos un 10-10 en la 47 y Francis Lewis…* —comunicaban a través del aparato.

—Alice, tengo que irme. Gracias por el helado.

Howard colocó la taza en la mesa, se puso de pie y caminó hacia la ventana de la cocina.

—Volveré. Cuídate —dijo, mientras abría la ventana—.

Howard salió del apartamento. Me puse de pie, y me acerqué a la ventana para verlo salir del callejón hacia una patrulla e irse.

Unas semanas luego de la visita de Howard, tía Clarice me despertó temprano para decirme que me vistiera formal.

No sabía lo que pasaba.

Subimos al viejo auto de Otto y tomamos la calle en rumbo a lo desconocido, al menos para mí.

Llegamos a una corte, en donde nos esperaba Howard, y unos cuantos hombres con traje y maletín para tratar el tema de custodia.

Entramos en sesión con la jueza Martha Julz, una mujer de unos 40 años aproximadamente, pelo crespo, castaño oscuro por los hombros, anteojos y con un tatuaje de una balanza en su muñeca derecha.

Apenas media hora de sesión y la jueza tenía un veredicto para mí. Uno que no era nada de mi agrado.

Mis tíos habían sido relevados de mi custodia por los sucesos de aquel día y falta de cuidados al dejarme sola por más de 8 horas. Fui asignada a un orfanato.

No solo sonaba mal, estaba mal.

—Es lo mejor que puedo ofrecer para el cuidado de la niña —dijo la jueza.

Me pongo de pie.

—No quiero ir a un orfanato —me quejé—.

—Señorita, esto es por su propio bienestar —expresó la jueza.

—Quiero ir a una academia de policía —interrumpí—.

Todos en la sala quedaron perplejos ante mi demanda. Howard me miraba atento.

—Alice, ¿qué dices? Nosotros somos tu mejor opción, elígenos a nosotros. Somos tu familia —dijo Clarice, intentando convencerme.

Aunque eran mi familia, no me sentía cómoda con ellos, pero tampoco aceptaba la idea del orfanato.

—No quiero ir a un orfanato. Quiero elegir.

La jueza me miraba un tanto curiosa por mi propuesta.

—Yo digo que le demos la oportunidad —habló Howard—. Es otra opción y ella está interesada. Además, tiene edad suficiente para el internado.

— ¡No, de ninguna manera! —dijo Otto enojado, poniéndose de pie—. No dejaré que este poli se lleve nuestra niña.

—Silencio, por favor —habló la jueza.

Otto toma asiento. La jueza me mira y luego a Howard. Tomó unos papeles sobre el estrado y los leyó por unos segundos. La sala estaba en silencio.

—Oficial Howard Jones —llamó la jueza.

Howard se pone de pie.

—Usted es uno de los oficiales más respetados en todo Queens. Su servicio e indudable sentido de responsabilidad lo hacen un digno tutor para Alice mientras esté en el internado, ¿estaría dispuesto a llevar esa responsabilidad?

Howard dirigió su mirada hacia mí. Lo miré por igual, y luego a mis tíos quienes expresaban preocupación.

—Afirmativo, su señoría —respondió Howard sin dudar—.

—En ese caso, Alice, serás transferida de inmediato. Si su estancia dentro del complejo se ve afectada por quejas hacia su

19

conducta, será expulsada y trasladada a un orfanato hasta su mayoría de edad o en su defecto, adopción —decretó—. La jueza tomó su mallete y golpeó fuerte, finalizando la sesión.

Ese mismo día, recogí mis cosas y me fui del apartamento de mis tíos. Me dieron el abrazo más fuerte que he recibido jamás, a pesar de que estaban disgustados.

Un oficial me escoltó hasta el Departamento de Policía más cercano.

Al llegar me llevé un gran asombro, era increíble. Nada comparado con las películas en blanco y negro que disfrutaba tío Otto por televisión, aunque todos aquí se ven tan serios.

El oficial me dejó en un asiento y fue en busca de Howard.

A pesar de que es un completo desconocido, me sentía segura con él.

A lo lejos, pude ver que se acercaba. Por primera vez me sentía nerviosa en su presencia, pero a la vez estaba emocionada.

Salimos de allí, y me ofreció otro helado como triunfo en el juicio de hace unas horas.

Llamaron a su radio. Era momento de la acción del día. Reportaban un asalto en una lavandería. ¿Quién asalta una lavandería?

Al llegar al lugar, me quedé en el auto con mi helado y mi muñeca, a una distancia segura donde podía ver lo que pasaba, y donde esperaba algo más que una simple caída por parte del maleante por haber pisado área húmeda. Al pobre lo sacaron esposado.

Cuando todo acabó, fui llevada al internado.

Alejado de la ciudad, el complejo tenía un aspecto muy similar al de una universidad. Con amplios campos y edificios. Lo único que lo diferenciaba eran las zonas de entrenamiento con circuitos de diferentes tipos.

Me emocionaba la idea de ser parte de algo grande.

Entramos al edificio principal. Todo el lugar revestido de madera reluciente.

Caminamos hasta la oficina principal en donde conocí al Marine Chris Rogers, un hombre de unos 55 años, sin pelo, buena condición física, y con varias manchas en su rostro. Es un militar retirado que entró como voluntario para continuar con la labor, ahora formando a los próximos uniformados.

Me hizo un recorrido guiado por todo el campus contándome cada detalle de cómo preparan a los nuevos ingresados en oficiales capaces y hábiles para el deber.

Contó que el 73% de sus ingresados lo conforman hombres, y tener entre sus filas más cadetes del género femenino lo entusiasmaba, y más a mí.

Me llevaron a mi dormitorio en el pabellón femenino. Las miradas de las demás chicas eran hostiles, a tal punto que me hacían sentir incómoda.

Las habitaciones son compartidas. El número de chicas era par, lo que significaba que la habitación era toda para mí, o al menos hasta que otra cadete ingresara.

Ahora instalada formalmente, Howard se despidió de mí, y me dijo que, si en algún momento quiero salir, tan solo le llamara.

Le sonreí y me despedí con un abrazo que llevaba consigo timidez.

* * *

Durante mi estancia en La Caja, apodado así por los cadetes, no tuve compañera de dormitorio. Tuve un solo compañero y amigo en todos esos años, Jeff Daniels, un chico afroamericano. Lo conocí luego de unas semanas, porque lo defendí de unos chicos que lo estaban molestando. Luego, me tomaron como objetivo de burla por mi acento, aunque realmente no tenga ninguno. Es solo por el hecho de ser canadiense.

Ambos nos unimos desde ese momento, y ha sido el mejor apoyo que he tenido en mucho tiempo. Mejor calidad que cantidad.

En este período, cursamos los grados reglamentarios y superiores, para luego iniciar con los entrenamientos para ser oficial, y luego de unos 8 largos años, había llegado el final del recorrido: el día de nuestra graduación. No cabía en mí de la felicidad.

Howard, Otto y Clarice estaban entre el público esperando que llamaran mi nombre.

—Fort, Alice.

Con una sonrisa en mi rostro, me acerqué vistiendo mi nuevo uniforme, orgullosa de él, tomé mi diploma, y bueno, lo demás es historia.

Nunca tuve problemas con el cambio de custodia. No culpo a mis tíos por lo que pasó, nunca habían tenido acercamiento con infantes para saber cómo tratarlos, pero les agradezco por su hospitalidad.

Durante mis vacaciones, pasaba tiempo con Howard, ya que era lo más parecido a un padre en mucho tiempo. Tampoco descuide a mis tíos. Se alegraban mucho al verme y viceversa. Recuerdo que la última vez salí premiada con $50 dólares.

No les agradaba la idea de que fuese oficial de policía. Temían que saliera lastimada, me decían que era peligroso. Sin embargo, me apoyaron. Les costó, pero sabían que era fuerte, y al verme graduada, estaban orgullosos de mí.

El camino había sido largo y el sacrificio bastante duro, era hora de la recompensa.

Departamento de Policía de la Ciudad de Nueva York, mi nuevo hogar, aquí voy.

II
Κίτρινα μάτια
(Ojos amarillos)

Heme aquí, emocionada y a la vez nerviosa observando la distintiva fachada del Departamento de Policía desde el otro lado de la calle.

Me ajusto mi mochila, respiro profundo, y con todos mis nervios atravieso la amplia calle hasta entrar al edificio.

Organización, la palabra más adecuada para describir lo que veo.

Dicen que la primera impresión es la que cuenta y, a decir verdad, quedé muy impresionada.

He estado antes en jefaturas de policías, pero desde la perspectiva de un oficial puedo percibir el cierto respeto y sentido de justicia que se respira dentro de estas paredes.

Remuevo mi cara de asombro y me acerco a una de las ventanillas.

—Buenos días. Soy Alice Fort. Fui asignada a este departamento —digo entusiasmada.

El oficial, sin ofrecerme mucha de su atención, deja de lado su teléfono móvil.

—Papeles y carnet, por favor —pide con una voz desganada. Abro mi mochila a toda prisa y tomo una carpeta. De ella saco varios papeles y un carnet. Se los paso al oficial. Este me mira desconfiado. Mi rostro mostraba una leve sonrisa. Firma y sella varios de mis papeles. Introduce mi cartón en una máquina la cual despide un sonido extraño. Extrae un papel de ella, y me lo extiende junto con mi identificación.

—Entra. Espera en uno de los asientos a que te llamen. Que tenga buen día, oficial —dice.

¿Me acaba de llamar oficial? ¡Alucinante! Se siente bastante bien.

Tomo mi mochila y entro a una sala con muchos escritorios. Los oficiales allí dentro me miran un poco extraño. Es bastante obvio que soy la nueva aquí. Digo, no tengo placa, ni llevo uniforme, una mochila al hombro, y no obviemos la gran sonrisa con la que veo cada objeto como si fuera diamante en bruto.

Me detengo en una vitrina de cristal, la cual ofrece un vistazo a cuadros de honor, oficiales retirados y condecorados, reconocimientos, noticias y algún que otro trofeo.

Se abre una puerta al fondo de donde sale un chico uniformado bastante joven. Seguido, un hombre mayor de cabellera blanca al igual que su bigote, algo fuera de forma y con una mirada penetrante.

— ¡Fort! —expresa aquel hombre—.

—Presente —digo al instante—.

Escucho unas cuantas risas. Miro a los oficiales de la sala, algunos con una sonrisa, otros con seriedad.

—Esto no es una escuela, niña —dice, haciéndome un gesto con la mirada—, ven conmigo.

Diligente, voy detrás de él y entro a su oficina.

—Siéntate —dice en un tono áspero, cerrando la puerta a mis espaldas—.

Tomo asiento.

—Soy el Jefe de Policía, Samuel Bridges —me informa mientras se sienta.

—Un gusto, señ…

—Récord —interrumpe—.

—Claro —digo, mientras busco en la mochila y saco una hoja, extendiéndosela—. Aquí tiene.

Toma la hoja, y comienza a leerla en silencio.

— ¿Emocionada? —pregunta sin dejar de mirar la hoja—.

—Un poco, sí —respondo, nerviosa.

—No deberías —dice Samuel, sin dejar de ver la hoja—. Okay, tenemos una buena atleta. Buena con las armas pequeñas, no tanto con las de alto calibre. Promedio 79, pésimo.

Reconozco que ese comentario pudo haber generado un mal genio dentro de mí. Supongo que los jefes son así.

— ¿Disculpe? Debe haber un error.

Samuel me mira fijamente unos segundos y luego baja la mirada para volver a leer.

—Cierto. Tu promedio es 97. No eres tan pésima —dice Samuel indiferente—, para mí esto es un número, nada más. Fuera en las calles, es donde vemos tu verdadero rendimiento.

—Sí, señor —respondo con respeto.

Quedamos en un silencio incómodo.

Los nervios de estar ante el jefe de policía y sus comentarios habían esfumado mi persistente emoción.

—Bienvenida —dice Samuel, extendiendo su mano.

Correspondo a estrecharle.

Samuel toca un botón en su escritorio.

—Aquí, ahora.

Pocos segundos después, un oficial, delgado, estatura media, rostro fino y de poco pelo, entra a la oficina.

— ¿Señor? —dice muy disciplinado.

—Llévate a la novata.

—Sí, señor —responde—. Venga conmigo, por favor —me pide.

El oficial se adelanta. Tomo mi mochila, me pongo de pie y salgo de la oficina para seguirlo por un pasillo bien iluminado. Veo oficiales salir por algunas puertas. Intento echar un vistazo dentro pero no logro ver mucho.

—Tu primera labor es patrullar las calles, familiarizarte con tu nuevo trabajo —me indica en un tono afable—. Tienes libre acceso a todo el edificio excepto al área de evidencias. No sin un permiso autorizado.

Escucho todo atentamente. La emoción volvió a mí de un tirón.

Nos detenemos.

—Éstos son los vestidores —dice señalando ambas entradas—. Puerta izquierda para hombres, puerta derecha para mujeres. No querrás confundirte.

—Puedo recordarlo —digo confiada—.

El oficial me sonríe y me da una llave negra, que tiene el número de mi casillero en color naranja.

—Aquí tu llave. Por el momento es todo.

—Gracias —digo emocionada.

El oficial asiente. Antes de que se vaya lo detengo y pregunto por su nombre.

—Llámame Callaghan —responde y se regresa al pasillo—.

Empujo la puerta del lado derecho y entro en los vestidores. Las paredes pintadas de color azul marino con una pobre iluminación, que lo hace ver un tanto tétrico.

Inmediatamente emprendo la búsqueda de mi casillero. Miro el número de mi llave, 10.

Doy con él en la segunda fila y me encuentro con una chica caucásica, de pelo largo color cobrizo, rasgos asiáticos y de esbelta figura vistiéndose.

—Hola —digo amigable.

— ¡Hey! —responde con una sonrisa—. Debes ser nueva.

—Sí —respondo amigable, con una sonrisa.

Termina de abotonarse la camisa y se acerca.

—Soy Denisse.

—Alice —digo estrechando su mano—.

Denisse me mira de arriba a abajo.

—Bienvenida —dice con una sonrisa—. ¿Un consejo? No te presiones tanto. ¡Ah!, y las duchas están más atrás.

Veo al fondo una habitación muy blanca. Regreso la mirada a Denisse.

—Gracias —digo con una sonrisa.

Denisse pone su mano en mi hombro.

—Ya te acostumbrarás. Un placer, Alice —termina, guiñándome el ojo.

Denisse sigue su camino y sale de los vestidores.

Sonrío, y me acerco a mi casillero. Introduzco la llave y abro la puertecilla. Dentro había uniformes, botas, cinturones.

— ¡Esto es alucinante! —vocifero de la emoción.

Tapo mi boca por el bullicio. Me aseguro de que no haya nadie más conmigo, y procedo a desvestirme para cubrirme de mi nueva piel.

—Oficial Alice Fort —digo para mí misma, mientras me visto, con mi sonrisa cada vez más expresiva—. Necesitas calmarte, Alice.

Río en corto. Me siento en una banqueta para amarrar mis cordones. Me pongo de pie para abotonar mi camisa. Tomo mi móvil del pantalón que me quité y lo pongo en uno de mis bolsillos. Tomo mi ropa de civil y la pongo dentro del casillero junto con mi mochila. Lo cierro y me acerco a la puerta. No había notado unos espejos largos en la entrada, quizá porque estaba muy pendiente a buscar mi casillero.

Me acerco para ver mi uniforme. Aunque mi cuerpo sea delgado, me queda bastante bien. Mejor que el del internado.

Contemplo mis ojos color avellana, como los de mi padre. Sé que él y mi madrastra estarían orgullosos de mí.

Aún llevo el mismo corte de pelo que Ava solía hacerme, aunque un poquito más largo, casi por los hombros. Decía que me quedaba hermoso.

Saco mi móvil y me tomo una foto sonriendo. La miro avergonzada.

—Debo aprender a posar.

Me guardo el móvil y salgo de los vestidores.

Recorro el pasillo de vuelta hasta llegar a Callaghan, que está sentado en uno de los escritorios del salón principal. Me paro en frente de él.

— ¿Ahora qué? —pregunto impaciente.

Me mira y me levanta el dedo índice, en señal de espera. No me había fijado que hablaba por teléfono. Callaghan cuelga, se pone de pie, y me lleva hasta unas escaleras a final del salón hasta el segundo piso, y entramos en la tercera puerta de la izquierda. Un hombre y una mujer, uniformados, están sentados allí.

—Búsqueda de placa provisional y taser bajo el nombre Fort, Alice —expresa Callaghan.

El hombre se pone en pie y va a un archivero a su izquierda. La mujer se dispone a introducir unos comandos en una computadora que tiene en frente e imprime una hoja.

—Firma aquí —dice la oficial, pasándome un bolígrafo—.

Tomo el bolígrafo, firmo en el lugar señalado y devuelvo ambos.

El oficial le da una placa a Callaghan y este me la entrega.

—Aquí tienes —dice—, acomódatela en el pecho. Lado izquierdo.

La posiciono lo mejor que puedo. Callaghan me entrega el arma. La coloco en su estuche del lado derecho de mi cinturón.

Me siento realizada. Claro, esto es provisional, pero es un paso más.

—Gracias —digo a los oficiales.

La oficial me sonríe. Callaghan se encamina a la puerta. Le sigo fuera de la habitación para volver al primer piso.

— ¿Cuándo tendré posesión de un arma real? —pregunto curiosa—. No es que me queje del taser. Sé que se necesita autorización, y se tarda unas semanas aprobarlo. Solo pregunto.

—Cuando tu periodo de prueba termine. Mientras, llevarás esa arma de electrochoques. No la subestimes.

—No lo hago, sé lo que puede hacer esta lindura —digo emocionada.

Nos adentramos en un cuarto donde se encuentran unos policías sentados en una mesa conversando. Me quedo de pie en la puerta.

Callaghan se acerca a una ventanilla. Voltea y me llama. Acudo a él, y me da una tablilla con una hoja para que firme, seguido de la entrega de una radio, que me coloco del lado izquierdo del cinturón.

—Bien, ¿tienes alguna duda o pregunta?

—Por el momento no —digo.

—Pues ha sido todo. Pase buen día —dice, saliendo del cuarto.

Me quedo paralizada por la emoción que corre dentro de mí.

Con todo mi entusiasmo, salgo de ese cuarto y veo todo el salón. Ahora no me miran extraño, soy uno de ellos.

Salgo del Departamento y me aventuro a las calles a cumplir con mi deber.

Día 1 como oficial, mi uniforme resalta mi alma.

Camino las calles de Manhattan con la frente en alto. Mi momento de adaptación ocurrió al instante. Las personas me miran con autoridad. Uno que otro saludo. Todo en orden. Tampoco espero una persecución o un asalto a mano armada en mi primer día, sin embargo, un poco de ejercicio no caería nada mal.

Luego de unos minutos caminando, me detengo en una esquina. Tomo mi móvil y le hago una llamada a Howard.

— *¡Alice! O debería decir, oficial Fort* —comenta Howard, emocionado—. *Cuéntame, ¿cómo va tu primer día?*

— ¡Alucinante! —respondo a todo pulmón—. Me encanta el uniforme, el Departamento es bastante diferente aquí en Manhattan que en Queens. El jefe es, algo cascarrabias, pero puedo con eso. Gracias.

—*Me alegra escuchar eso, y no me agradezcas a mí, tú te esforzaste por llegar dónde estás. Sé que vendrán cosas mejores para ti. Tus padres estarían orgullosos de la mujer en que te has convertido.*

Si me descuido, lloraré en plena calle.

— ¡Hey!

Se escucha un grito detrás de mí. Me giro, y veo a alguien acercarse con rapidez. Por acto reflejo, lanzo un golpe, impactando en el rostro de aquel sujeto, a la vez que suelto un grito del susto.

El sujeto cae al suelo.

— *¿Alice? ¿Qué ocurre?* —pregunta, preocupado.

Con la situación más en control, noto que el sujeto lleva un uniforme de policía. Tiene la cara cubierta con sus manos, imagino que de dolor. Baja las manos y veo su rostro. Suspiro. Se trataba de Jeff. Las personas de los alrededores se nos quedan viendo.

—No pasa nada, solo era Jeff que me acaba de dar un susto —respondo, con la respiración un poco acelerada—.

Howard comienza a reír.

— ¿De qué te ríes? No es gracioso —digo por el móvil.

—*Por supuesto que lo es.*

—Te llamo más tarde, ¿sí?

—*Claro oficial. Mándale mis saludos a Jeff.*

Cuelgo la llamada, guardo mi móvil y me acerco a Jeff.

— ¿Acaso te volviste loco? —pregunto sorprendida—.

— ¿Acaso te volviste loca tú? Solo dije "¡Hey!" y me atacas como fiera salvaje.

Sonrió y le extiendo la mano para ayudarlo a levantarse.

— ¿Qué estás haciendo aquí?

— Soy tu compañero —responde adolorido—.

Mis ojos se iluminan y suelto un grito de emoción. Jeff me mira ceñudo. Cruzamos miradas y no pudimos evitar romper en risas.

Las personas de los alrededores presencian la escena. Lo que para ellos sería algo bastante irregular de ver, es algo totalmente normal para nosotros. Dos compañeros de internado pasando un momento ameno.

Me alegra saber que Jeff está conmigo. Me hace sentir confiada. Aunque es bastante asustadizo, cuando logra dejar sus miedos atrás puede ser muy valiente.

Veo que le sangra la nariz. Sí que soy fuerte. Al menos eso creo.

—Wao —dice Jeff mientras ve un poco de sangre en su dedo, saca un pañuelo de su bolsillo trasero y se limpia—. Así que, ¿es hora de las aventuras para las que tanto nos preparamos? —pregunta, tapándose la nariz.

Afirmo mientras miramos al horizonte.

—Por cierto, Howard te manda saludos —digo pellizcándole un brazo.

— ¡Ay! ¡Ouch! ¡No, no, para, para! —se queja Jeff—. Cuando lo haces tú me dejas marca, ¿sabes?

Sonrío.

Ahora tengo más esperanzas de lograr cualquier objetivo. Tengo un buen respaldo. Es como el hermano que nunca tuve.

Ambos emprendemos camino hacia lo desconocido, listos para todo lo que se avecine.

* * *

Al cabo de unos 5 meses de caminata podemos decir que nos ha ido bien el ejercicio.

—No puedo creer que llevemos 4 meses rondando las calles y no nos topemos con nada interesante —se queja Jeff—, y ayer, oh, ayer fue el mejor día en la historia de toda la fuerza policiaca. Tuvimos que bajar un gato de unas carpas en Central Park. ¡Un gato!

Sí, aparentemente somos la pareja menos productiva de toda la fuerza actualmente. Para esta fecha, varios de los graduados ya consiguieron su primer arresto.

Para intentar calmar los malos ánimos de Jeff, nos detuvimos en un carrito de perros calientes y compramos nuestro almuerzo. Los comimos al caminar de regreso al Departamento.

Llegamos pasado el mediodía. Apenas entramos y nos recibe Paul Terry. De estatura media, siempre con el copete bien peinado y con aires de superioridad, uno de nuestros "compañeros" de internado.

—Pero si son Leche con Chocolate, ¿cómo les va en sus quehaceres diarios? —se burla.

"Leche con Chocolate" fue el término que nos apodaron los estudiantes avanzados en la academia ya que soy bastante pálida y Jeff afroamericano. Por cierto, Jeff odia ese sobrenombre.

— ¿Quieres callarte? No estoy de humor —comenta Jeff, enojado—.

—Deberías estar preocupado, 5 meses haciendo nada…

Jeff se gira hacia mí, preocupado.

— ¿5? Pensaba que eran 4 —me susurra—. ¡Nos sacaran de aquí, Alice!

—Nadie va a sacarnos de aquí —digo—. ¿No tienes nada mejor que hacer, Paul?

—No realmente —ríe en tono lúgubre, a modo de broma—.

Jeff se aleja y toma asiento en un escritorio cerca de mí.

Paul se acerca a mí, e inmediato lo alejo con mi mano. Jeff se nos queda viendo con sorpresa.

—Entonces, ¿cuándo me vas a decir que sí? —pregunta Paul, coqueto.

Lo miro indiferente.

—No salgo con idiotas.

Paul ríe en corto.

—Me encanta cuando te haces la difícil —comenta, mordiéndose los labios—.

Paul saca sus gafas de sol, se las pone, me mira y se las baja un poco con los dedos.

—Si me disculpan, el deber llama —dice, a la vez que se aleja de nosotros—. Quizá mi arresto número 9 está buscándome.

Así es. Tiene 8 arrestos. ¿Pueden creerlo? Estoy llegando a creer que el mismo los provoca para llevarse el crédito. Siempre está en el lugar exacto a la hora exacta, o quizá solo sea casualidad.

Me acerco al escritorio para sentarme y allí nos quedamos unas horas.

Para las 3:30 p.m., volvimos a salir. Jeff me comenta sobre cambiar al turno nocturno. Yo me niego, pero me insiste con que los malos a esas horas están a sus anchas y que es más divertido. No tendríamos de qué preocuparnos ya que tenemos nuestras armas.

Ver el mundo mientras todos duermen. No suena nada mal, aunque esto es Nueva York, abierto 24/7.

Caminamos por unos 15 minutos hasta que, a lo lejos vemos un hombre correr, como si intentara huir de alguien.

Jeff, al primer intento y sin cuestionarse la situación, toma una gran bocanada de aire y deja escapar un estrepitoso grito:

— ¡Policía, deténgase!

Y no solo eso, sino que inicia una persecución donde no tengo más remedio que seguirle unas dos calles.

El corredor al intentar cruzar la avenida es interceptado por una patrulla policial que lo hace rodar de mala manera contra el pavimento.

Jeff, sofocado, se acerca a él.

—¿Qué te dije? —dice Jeff subiéndose en su espalda y sacando las esposas—. ¡Dilo!

— ¡No lo sé! —dice el corredor adolorido, con un acento fuerte—.

—Dije: ¡policía, deténgase!

Llego unos segundos después. La situación estaba bajo control. Jeff lo tiene esposado.

—Tiene derecho a un abogado. Si no puede pagar uno, se le asignará —dice Jeff, poniéndolo de pie.

— ¿Necesitas ayuda? —pregunta Paul sarcástico, bajándose del auto.

—No se preocupe, camarada, lo tengo justo… aquí.

Jeff detiene el palabrerío al verlo.

Así es, le habíamos arrebatado su noveno arresto, aunque Paul estaba dispuesto a pelear por ello.

—Gracias por atraparlo por mí. Puedes ponerlo en el asiento trasero.

—Nada de eso. Este es mío —reclama Jeff.

—Si no fuera por mí, ni siquiera lo tuvieras —se defiende Paul—, ten un poco de dignidad.

—Vamos, bro. Tienes 8 arrestos. Déjanos este.

—Okay, en primer lugar, no soy tu "bro" y, en segundo lugar, no —dice Paul, extendiendo su mano—. Entrégamelo. Lo vi primero y es mío.

—Bueno, yo lo arresté primero, así que me pertenece —argumenta Jeff, al momento que rodea con sus brazos al maleante—.

—Eres muy infantil —se queja Paul.

— ¿Están seguros de que es culpable de algo? Solo lo vimos correr —digo defendiendo al acusado—.

—Sus bolsillos —dice Paul confiado, que se acerca, los revisa y saca un paquete de dinero—. Aquí está la prueba.
Le miro desconfiada.
—Esto no explica nada. ¿Qué hizo? ¿Dónde lo viste?
—Esto es evidencia, es lo que importa —expresa con seriedad—. Hagamos un trato. Dejo que Jeff se lo quede si sales conmigo.
—¿Hablas en serio? —expreso con seriedad—. Esto no es un juego, ¿y qué te cuesta? Tienes 8 arrestos. ¿Podrías dejar de ser egoísta por una vez en tu vida?
Paul nos mira con una sonrisa tonta.
—Cada día me gustas más —comenta Paul con su habitual prepotencia—. Muy bien, puedes llevártelo. Solo por esta vez.
Paul se devuelve a la patrulla y se sube en ella.
—¡Espera! ¿No nos llevarás? —pregunta Jeff.
—Creo que no… bro —responde Paul con una sonrisa—. Enciende el auto y arranca.
No esperaba menos de él. Solo se preocupa por sí mismo.
Tomamos un taxi hasta el Departamento. El chofer estaba confundido al ver como dos oficiales llevábamos un delincuente en su auto. Deberíamos exigir una patrulla.
Voy en el asiento delantero. Al mirar atrás veo a Jeff, sentado detrás del conductor, mirando por la ventana. El sujeto me ve, inexpresivo. Tiene un aspecto ruso o alemán, no logro identificarlo.
Aquel hombre solo posaba su vista en mí.
Mi rostro cambió de un momento a otro y miro a Jeff alarmada.
—Paul no te dio el dinero, ¿o sí? —pregunto.
Jeff dirige su mirada hacia mi y responde que no. Le pregunto al sujeto qué había hecho, pero no hace más que ignorarme. Gira su cabeza hacia su ventana.
Me acomodo en mi asiento, un tanto enojada.

Al llegar al Departamento, nos desmontamos del taxi. Jeff se apresura por llevar al sujeto dentro. Le pago al chofer y me dirijo a la entrada, pero me detengo al escuchar un estruendo proveniente del callejón al lado del edificio. No hay nadie a mi alrededor.

Me acerco al callejón, pero no veo nada. Me adentro para investigar.

A simple vista todo parece normal. Delante de mí, se escuchan crujidos. Camino con cuidado al fondo, no sin antes desenfundar mi arma. Espero no tener que usarla.

No reconozco ese sonido. ¿Qué podrá ser?

Al caminar, siento una pesadez en el aire. Fugazmente, de detrás de unos contenedores de basura, sale una especie de hombre algo deforme que huye hasta el final del callejón. Corro tras él. Aquel hombre se topa con una pared.

Le digo que no se mueva, apuntándole con el arma. Voltea y aunque no aprecio su rostro, sus ojos amarillos se hacen notar. Bajo la guardia unos segundos para ver como ese sujeto pega un enorme salto hacia la pared y escala hasta el techo.

Quedo perpleja.

— ¿Qué demonios es eso? —digo para mí misma, mientras veo al sujeto contorsionarse de manera anormal y desaparecer de mi vista—.

Eso no era ordinario, digo, ¿quién salta y se mueve de esa manera? Debieron ser algunos 15 metros. Ningún ser humano puede hacer algo así.

Me quedo viendo hacia el cielo en espera de alguna respuesta.

Escucho unas pisadas detrás de mí. Me giro y apunto con mi arma.

— ¡Wow! Tranquila —dice Jeff.

Suspiro.

—Un día de estos me vas a matar del susto —digo agitada, y continúo mirando al cielo.

—Hay que aprovechar cada oportunidad —responde jocoso, y mirando hacia arriba—. ¿Qué vemos?
— ¿No lo viste? —pregunto confundida.
— ¿A quién?
—Al sujeto que subió por la pared.
—¿De qué hablas? Aquí no hay nadie —dice Jeff, al momento que baja la mirada hasta mi arma—. Lo único que veo es que ibas a usar tu arma por primera vez sin mí. Volvamos dentro.

No podía eliminar de mi mente aquellos ojos amarillos y, ese salto. Lo que haya sido no era humano, de eso estoy segura. Guardo mi arma, y voy con Jeff.

Al regresar dentro preguntamos a varios oficiales sobre el paradero de Paul. Ninguno supo darme una respuesta. Pedimos su número de móvil para comunicarnos con él, pero no contestó.

Jeff y yo no podíamos creer que se había quedado con el dinero. Puede ser un idiota, pero, ¿un policía ladrón? Eso no lo permitiré.

Jeff recomendó denunciarlo directamente con el jefe Bridges, pero quiero enfrentarlo directamente.

Al cabo de una media hora, Paul hace acto de presencia en el Departamento. Estaba sentada con Jeff en uno de los escritorios con vista a la entrada esperando por él.

Me pongo de pie y me le acerco. Lo tomo del brazo y lo llevo a un pasillo. Jeff me sigue.

Lo pego contra la pared. Paul se emociona.

—Cuidado, chiquita, que estamos en horario de trabajo —dice con una sonrisa—.

Mi rostro mostraba mucho enojo. Él no se inmutaba por esto. Jeff se acerca.

—Cuidado "bro", tres son multitud —expresa jocoso—.

Jeff, al igual que yo, mostraba cierto enojo.

— ¿Qué hiciste con el dinero? —pregunto—. ¿Ahora eres un ladrón?

Paul me mira con una sonrisa incrédula y se ríe en mi cara.

—Ya porque trajeron un ladrón, se creen los mejores polis.

Lo halo de la camisa para empujarlo contra la pared. Paul me toma del brazo, se gira y me lo dobla hasta llevarlo a mi espalda para pegarme contra la pared. Jeff se acerca para ayudarme.

—No —le detengo—.

Paul, cambia su semblante a enojado. Mira a Jeff, y luego me suelta.

Adolorida, me agarro el brazo.

—Investiguen mejor —dice con suma prepotencia—. Pregunten en el área de evidencias. El dinero está ahí—.

Paul ve mi brazo.

—Deberías ponerte hielo —comenta, yéndose del pasillo—.

Jeff se me acerca enojado.

— ¿Por qué no me dejaste?

—No lo vale —respondo, moviendo el brazo adolorido—. Tenemos que revisar en evidencias, y hacer que hable este sujeto.

Nos acercamos al salón. Callaghan sale de la oficina del jefe Bridges. Nos ve y se acerca a nosotros.

—Bridges quiere verlos a ambos.

Se da la vuelta y se regresa a su escritorio. Jeff y yo nos miramos mutuamente y acudimos a su oficina. Tocamos y entramos.

Dentro, un hombre caucásico, de baja estatura, con un bigote pronunciado, pelo negro, pantalón jean, camisa azul y saco marrón oscuro, está sentado en el escritorio.

—Daniels, Fort, él es el detective Frederick Aldo —continúa Bridges, a su vez que el detective se pone de pie—. Está en una investigación y ustedes fueron seleccionados.

Neutra, miro al jefe Bridges y devuelta con el detective. Jeff mostraba mucha emoción.

—¿Por qué nosotros? —pregunto interesada.

Aquel hombre se pone de pie y se acerca a nosotros.

—Llevamos unos años tras la mafia neo china, surgida de su guerra de bandas contra los rusos —cuenta Frederick— y, ahora que han debilitado a su enemigo tienen el poder sobre ciertos puntos estratégicos en Manhattan. Vamos a infiltrarnos y dar un golpe en su base de operaciones y terminar con ellos. Tengo un informe reciente de que ustedes atraparon uno de sus integrantes, bien hecho.

—Gracias, señor —decía Jeff, mostrándose muy orgulloso.

—¿A qué se dedican exactamente? —pregunto.

—Mas bien, ¿qué no hacen? —continúa Bridges—. A ellos se le atribuyen tráfico de armas, humanos, drogas, homicidios, entre otros delitos.

Miro a Jeff anonadada, que me devuelve la mirada un tanto emocionado.

—Esto parece altamente peligroso —digo.

—Lo es —responde el detective, que toma asiento en el escritorio—. Por eso trabajamos con Seguridad Nacional.

—Estoy dentro, digo, es peligroso, pero supongo que si nos eligieron es porque tenemos lo que se necesita. Cuenten conmigo, con nosotros —dice Jeff emocionado.

Frederick voltea hacia Bridges, y este le mira inexpresivo. Con una vaga sonrisa, el detective nos confiesa que necesita oficiales que no hayan destacado desde su entrada a la fuerza, y ya que nosotros hemos tenido un bajo rendimiento, pasamos bajo perfil.

Este comentario Jeff no lo toma tan bien, eliminando la emoción de su rostro.

—Ambos son perfectos para unirse a esta investigación —concluye Aldo.

Jeff suspira.

Sé que está angustiado, pero a la vez es un trabajo sumamente peligroso. Desde otro ángulo, puede ser lo que necesitemos para salir adelante en esta carrera. Si lo logramos, estaremos en un pedestal muy alto, sin mencionar las amenazas que podemos impedir. Un riesgo que puede valer mucho, si cumplimos con las medidas. Por eso estamos aquí, para proteger y servir.

—Muy bien, detective, solo díganos que hacer y lo haremos —digo confiada.

—¡Excelente! —dice poniéndose de pie—. En los próximos días, me reuniré con ustedes para darle detalles más a fondo. Gracias por su colaboración, oficiales.

Aldo concluye con una mirada intimidante hacia mí, la cual me hace sentir incómoda.

Rompo contacto visual. Ambos le damos la mano y salimos de la oficina.

Jeff se adelanta, y lo detengo. Sé que está molesto.

—Eso fue desagradable —comenta Jeff.

—Mira el lado positivo, estamos trabajando en un caso pesado. Piénsalo, mientras todos están aquí, tu estarás en una posición mayor a esta.

Jeff se engrandece por un momento.

—Es cierto —responde entusiasmado—. Después de esto, no volveremos a estar por los suelos.

—Sólo si lo hacemos bien. Debemos tener la mente fría —aconsejo—.

El detective Aldo sale de la oficina de Bridges y se acerca a nosotros.

—Si tienen alguna pregunta o duda, mi despacho está en el tercer nivel —dice—. Gracias a ambos, y un placer nuevamente, Alice. Queden bien.

Esta es la segunda vez en menos de dos minutos que su mirada me hela la sangre.

Lo veo irse del Departamento.

—¿Qué pasa? —pregunta Jeff—.

—El detective Aldo tiene una vibra que me inquieta.

De repente siento un dolor agudo en mi cabeza. Las manos me tiemblan un poco, y mi respiración se hace profunda. Me llevo la mano a la cabeza. Jeff se percata.

— ¿Alice?

—No es nada, solo otro mareo, ya sabes. Me voy a ir a las duchas —digo, y me encamino a los vestidores.

Al entrar, me percato de que no hay nadie. Siempre están vacíos cuando estoy aquí. Un poco de privacidad es buena en estos momentos.

Me acerco a mi casillero, y tomo asiento, donde me calmo por unos momentos. Me quito lentamente el uniforme, y me quedo en ropa interior. De sentarme paso a acostarme un momento en el banquillo. Respiro profundo. Subo mi mano izquierda e intento tapar la luz de la bombilla con el pulgar; a la vez, mi cabeza da vueltas.

He tenido estas jaquecas acompañadas de mareos desde que tengo 15 años. Nada que un baño no arregle.

Me levanto hacia el casillero, tomo mi uniforme y lo lanzo dentro. Mi brazo izquierdo adolece luego de esta acción. Esto no se quedará así, Paul.

Tomo la toalla y una botella de champú. Me voy al área de las duchas. Cada regadera es contigua, separada por cubículos cerrados por cortinas. Entro en uno de los cubículos y me desvisto. Abro la llave y dejo caer el agua sobre mi cabeza.

No hay mejor momento que el baño. El agua a temperatura ambiente me relaja a niveles inimaginables, aunque mis pensamientos estén un poco perturbados.

Sigo pensando qué habrá sido esa cosa en el callejón. Por más que quiero eliminarlo de mi mente, esos ojos amarillos siguen ahí.

Suspiro, y continúo con mi baño.

Al cabo de unos minutos, regreso a mi casillero en toalla. De él saco una mochila y me visto de un conjunto gris, pantalón deportivo, un abrigo y tenis. Tomo mi arma junto con la placa y las guardo en la mochila. Tomo mi móvil y audífonos del casillero para luego cerrarlo.

Antes de salir de los vestidores me detengo frente a los espejos para ver mi mirada inexpresiva.

Salgo de los vestidores con mi mochila en hombros. Jeff me esperaba fuera.

—¿Te sientes mejor? —pregunta.

—Eso creo —respondo un poco débil—. Iré a casa. Te veré mañana.

—¿Quieres que te acompañe?

—No es necesario, gracias —respondo con una sonrisa.

Le doy un abrazo y salgo del Departamento, pero antes, hago una parada en el callejón.

Entro para echar un vistazo a los contenedores donde se encontraba esa cosa, y tres de ellos están golpeados de tal forma que no creo que vuelvan a ser funcionales.

Cayó aquí, creo que herido. Hay una sustancia extraña de color negro esparcida en diferentes zonas. A simple vista parece viscosa. No me atrevo a tocarlo.

Miro hacia arriba para dar con la pared, la cual tiene partes desgarradas.

Vuelvo a sentir la pesadez en el aire, y de repente, se siente un ligero sismo.

—Estos temblores se están volviendo cada vez más comunes —digo para mí misma.

Sin nada más que ver, salgo del callejón. Me coloco mis audífonos y emprendo mi camino a casa.

III
Φωτιά
(Fuego)

Alrededor de las 5:00 a.m. abro los ojos, empapada de sudor. Son pocas las veces que puedo tener un sueño continuo.

Me siento en la cama, y remuevo mi camiseta mojada. Veo por la ventana el cielo, aún oscuro. Me pongo de pie para ir al baño. Alcanzo el interruptor, pero las luces no encienden. Regreso a la habitación, tomo mi móvil de la mesita de noche, al lado de mi cama. Justo en ese momento recibo una llamada de un número desconocido.

— ¿Hola? —digo.

— *¿Alice? Te habla Denisse. Hay un incendio…*

Recibo la dirección y me apresuro a tomar un abrigo, un pantalón y zapatillas deportivas. Pongo mis llaves, mi arma junto con mi placa en el bolsillo delantero del abrigo, y salgo a la calle lo más rápido posible, la cual se encuentra muy silenciosa.

Corro para llegar a la ubicación, unas 23 calles de distancia.

* * *

En la zona del incendio, los bomberos hacen todo lo posible para controlar el fuego que se extiende por un edificio de apartamentos de 6 pisos, que también comienza a esparcirse a otro edificio contiguo.

Rescatistas logran salir del edificio en llamas con varias personas en muy mal estado.

Se escuchan varias explosiones en el interior, seguido de gritos.

El Jefe de Bomberos, Max Maxwell, de carácter fuerte, estatura media, y con una gruesa barba, está reunido con su equipo.

— ¡Aún hay personas dentro! —dice el jefe de bomberos—. Tenemos que minimizar esas explosiones.

—No podemos hacer nada —responde uno de sus hombres, sofocado—. No hay forma de llegar a las conexiones de gas independientes, tenemos que esperar que se consuma. Tampoco hay forma de llegar con los que están atrapados en los pisos superiores. Las escaleras se vinieron abajo.

El rescatista es interrumpido por una explosión. Todos ven el edificio ardiendo. Uno de ellos se acerca a Maxwell.

—Señor, podemos entrar por el edificio de la izquierda. Con una escalera y algunas tablas podríamos crear un camino y nos movilizamos por allí desde el techo —expresa confiado—.

—Tienen la misma altura, es un plan viable —dice uno de los bomberos.

El jefe de bomberos sin opciones acepta la propuesta. Un grupo de 4 se introduce al edificio vecino, que también ha sido evacuado, equipados con unas cuantas tablas y una escalera que obtuvieron del camión de bomberos.

Las personas en las calles son socorridas por algunos oficiales en la zona, en espera de las ambulancias.

Desde el techo, uno de los bomberos levanta la mano, en señal de que comenzaran a pasar hacia el edificio en llamas. Extienden la escalera hasta el techo del otro edificio. Arrastran tablas sobre la estructura metálica creando un puente y logran cruzar.

Con una palanca, abren la puerta del techo y se internan en busca de los afectados restantes.

Llego al lugar y distingo a Denisse entre la multitud desviando un par de autos, y al jefe Bridges en la escena.

Muestro mi placa a un oficial que está asegurando la calle de los civiles y me deja pasar.

—Señor —digo, acercándome a Bridges—.

—Fort, estás aquí.

— ¿Dónde están los demás? —pregunto mirando alrededor—.

Una explosión nos interrumpe, lanzando pedazos del edificio encendido a la calle. Nos movemos de lugar.

—¡Hay que sacar estas personas de aquí ahora! —ordena Bridges, alterado—.

Diligente, acudo a mover las personas que aún quedan rezagadas en los alrededores, y las llevo al final de la calle. Los oficiales colocan cintas para mantener alejados a los civiles, que, para estas horas, casi las 6 a.m., hay una muchedumbre. Parece ser un vecindario bastante concurrido.

Diviso varios heridos. Los bomberos se hacen cargo. Se escuchan sirenas acercarse. Tomo mi móvil y le marco a Jeff, pero no contesta.

Otra explosión, esta vez más fuerte, ahora en el piso superior hace que se derrumbe parte de la fachada, terminando en el asfalto.

Maxwell y sus compañeros se quitan los cascos. Otros bajan la cabeza, entristecidos.

Del edificio vecino, varias personas salen tosiendo. Habían sobrevivido y justo a tiempo, salvando a un hombre, dos mujeres y una pequeña niña llevada en brazos.

Los paramédicos llegan a la zona. El resto del equipo de bomberos continúa con las mangueras.

Por otra parte, toda mi atención se concentra en aquella niña que no daba señales de vida.

La acuestan en la ambulancia para tratarla dándole oxígeno, pero no responde. El paramédico le hace reanimación cardiopulmonar hasta que la niña vuelve en sí, aunque muy débil.

Al verla volver en sí hizo que me aliviara un poco. Regreso con Bridges que está recostado de una patrulla viendo las personas socorridas.

—Ya estoy viejo para esto —se queja.

—No estamos entrenados para pelear contra el fuego, señor —comento.

Aquella niña comienza a llorar. Por reflejo, volteo hacia la ambulancia. El llanto de los niños me hace sentir impotente.

Sin previo aviso me alejo de Bridges y me acerco al camión de bomberos, para dar con quien la salvó.

— ¡Hey! Fuiste quien trajo a esa niña, ¿sabes dónde están sus padres? —pregunto preocupada.

—Quemados —responde apenado—, como los muchos otros que no pudimos sacar. La encontré dentro de un armario. Tuvo suerte.

Ambos la vemos.

— Alguien tiene que decirle —continúa—, puede que lo hagas más fácil para ella.

— ¿Yo? —digo nerviosa—.

—No lo sé, pero alguien tiene que hacerlo —dice el bombero alejándose—.

Siento un nudo en mi garganta. Puedo sentir su angustia. Su dolor. Me recuerda a mí.

Todos a mí alrededor se movilizan, los bomberos terminan de apagar el fuego, las víctimas del incendio son atendidas por los paramédicos, la policía colabora con el orden, y yo en medio, mirándola fijamente.

Una lágrima corre por mi mejilla, la remuevo rápidamente y con las piernas débiles, me acerco a ella.

Sus ojos están enrojecidos e hinchados. Sigue llorando, aunque ya no le quedan lágrimas.

—Hola, pequeña —digo, tímida.

Aquella niña, jadeante, posa su mirada en mí en espera de alguna respuesta. Ella sabe que algo no está bien. Triste, baja su cabeza.

Me pongo de rodillas para poder verla.

—Están muertos, ¿verdad?

Su pregunta me tomó desprevenida. Mi silencio le confirmó. Un paramédico a su lado me ve preocupado. Ella lo sabía, pero necesitaba escucharlo.

Sube la mirada, y me observa inexpresiva. Salta de la camilla donde estaba sentada, y corre hacia el edificio. Voy detrás de ella y la detengo abrazándola por detrás. Me siento en el suelo con ella. Allí empieza a llorar otra vez, y me abraza.

—¡Yo debí salvarlos! —dice entre llanto—. Yo los escuché quemarse y no hice nada. Es mi culpa.

—No lo es —repito—. No es tu culpa.

Todos a nuestro alrededor presencian la escena.

—Los accidentes suceden sin que podamos hacer nada —le susurro al momento que la abrazo—. Nada de esto es tu culpa.

Ella levanta la mirada al edificio. En ese momento, me percaté de que yo también estaba llorando. Todo este momento de sensibilidad reabrió mi memoria hacia esos recuerdos que había dejado atrás.

Los bomberos se preparan para marcharse. Más ambulancias llegan a la zona para llevarse a las víctimas.

Una paramédica se acerca a mí con la intención de llevarse a la pequeña. Con cuidado me pongo de pie sin soltarla, y la llevo hasta una camilla donde la coloco delicadamente. Me sujeta de la muñeca, y me mira directamente a los ojos.

—Tranquila, todo estará bien. Necesitas atención médica —digo, con una sonrisa.

—Me llamo Sarah —dice muy débil—.

Cuando me soltó sentí como un cosquilleo recorrió todo mi cuerpo. La camilla es subida a la ambulancia.

—Soy Alice —comunico antes de que cierren el vehículo.

Ésta y otra ambulancia se van. Quedo en medio de la calle mirando el horizonte.

— ¿Qué fue todo eso? —pregunta Bridges confundido.

— ¿A qué se refiere, señor? —pregunto, volteando hacia él—.

—Todo el drama que montaste con la niña —responde —. Hasta lloraste con ella.

Vuelvo en sí y siento en mí un vacío.

—Solo intentaba calmarla, señor.

Me mira detenidamente y suelta una carcajada.

Es la primera vez que lo escucho reír. En otras circunstancias, sería motivo de asombro ya que siempre está con la cara larga, pero ahora, en lo único que puedo pensar es en esa niña de pelo rojizo. Sarah.

—Okay, Fort. Vámonos de aquí —dice, encaminándose hacia una patrulla.

Le sigo. Ambos subimos al vehículo, y salimos de la zona.

Al llegar al Departamento, Bridges estaciona en la entrada. Al bajar del auto, me quedo viendo la entrada del callejón, pero me dirijo dentro del edificio.

Me topo con Jeff, que me ve entrar con Bridges. El jefe se encamina hacia su oficina.

—¿Viniste con el jefazo? Eso sí que es un avance —comenta—. Y te ves fatal.

Mi pelo está despeinado, estoy sudada, y mi vestimenta sucia.

—Estábamos en el incendio de esta mañana —digo—. Te llamé, pero no contestaste.

—Qué extraño, no recibí ninguna llamada. También te llamé hace una hora, pero no contestaste.

Seguimos caminando hasta cruzar una puerta a la derecha que da paso a la zona de cafetería. Varios oficiales desayunan y conversan.

Tomo asiento en una mesa mientras Jeff va por café. Cuando lo trae me lo tomo de un sorbo antes de que se siente.

—¡Wow! Despacio —dice Jeff sorprendido—. ¿Qué pasó allá?

—Un edificio de apartamentos se incendió —digo con desgana—, de él rescataron una niña que perdió sus padres y eso me abrió recuerdos. Ahora mismo debe estar pensando que su vida acabó.

Bajo la cabeza.

—Su nombre es Sarah —continúo con la cara pegada a la mesa—.

—No te desanimes, ella debe tener familia en algún lado. Ya lograrán comunicarse —comenta Jeff—.

—Es cierto, siempre hay otra opción —digo, levantando la cabeza un poco más optimista—. No tendrá por qué ir a un orfanato.

—Creo que le tienes fobia a los orfanatos.

Río por un momento.

—Deberías ir a echarle un ojo, solo para estar segura de que esté bien —continúa Jeff.

—Sí, creo que sí —digo más calmada—. Bridges debe saber dónde llevaron a las víctimas del incendio.

Me pongo de pie y siento como mi cabeza da vueltas. Pierdo el equilibrio y caigo al suelo. Jeff me socorre apurado. Dos oficiales presentes en la cafetería también se acercan.

—¡Alice! ¿Estás bien? —pregunta Jeff preocupado.

—Sí, solo… me resbalé —digo, sentándome y poniéndome la mano en la cabeza.

—¿Segura que estás bien? —pregunta un oficial.

—Sí, no fue nada, gracias —respondo amablemente con una sonrisa.

Jeff me ayuda a ponerme de pie y me siento donde estaba. Ambos oficiales regresan donde estaban.

—¿Cómo fue este mareo? —susurra Jeff.

—No te preocupes —respondo débil—. He gastado muchas energías en esta mañana, tampoco he desayunado, es todo. Ayúdame a llegar a los vestidores.

Jeff me encamina, y al entrar, me percato de que no estaba sola. Esto es una novedad. Aquí se encontraban dos compañeras, de las más veteranas de este Departamento. Charlotte Hyatt, alias Charlie, alta, de piel morena, pelo trenzado, y de cuerpo musculado; y Madison Reynolds, de baja estatura, piel bronceada, pelo rubio y con cuerpo un poco descuidado, terminaban de prepararse.

—Buenos días, Alice —dice Madison—.

—¿Qué tal? —pregunta Charlie, muy cortés.

—Charlie, Madi, buenos días —digo decaída.

— ¿Estás bien? Te noto cansada —pregunta Charlie.

—Así es —respondo débil—. Estaba en el incendio de esta mañana.

—Ya me preguntaba porque olía tan raro —comenta Madison—.

Charlie la ve con seriedad.

—¿Qué? No fue con mala intención —se defiende Madison—.

—No hay problema, tranquilas —digo, mientras me siento en el banco frente a mi casillero.

Charlie y Madison terminan de vestirse. Ambas cierran sus casilleros.

—Venga, démosle algo de espacio —dice Charlie, que se acerca y me da una palmada en el hombro—. Toma un baño, te hará bien.

—Gracias —respondo.

Charlie y Madison salen de los vestidores.

Halo parte de mi vestimenta y noto el olor a madera quemada que despide mi abrigo, otorgado por Sarah cuando la abracé.

Me quito la ropa, y me voy a las duchas. Luego de lavarme, dejo caer agua sobre mi cabeza.

Unos minutos después escucho pisadas. Ella saluda con una voz suave. Saco la cabeza de entre la cortina para ver a Denisse.

— ¡Uh-la-la! Mira a quien tenemos aquí —expresa con mucha emoción.

Le sonrío un poco avergonzada.

—Hola, Denisse.

— ¿Se puede? —pregunta.

—Claro —digo un poco tímida.

Denisse, con una gran sonrisa entra al cubículo contiguo y procede a lavarse.

Un minuto de silencio invade el lugar, apenas se escucha el agua correr de mi lado.

—Oye, gracias por avisarme esta mañana —digo.

—No hay problema, cariño —responde amable—. Además, fuiste la única que me contestó.

Nuevamente el silencio se hace presente y sigo bajo la ducha para continuar con mi momento de relajación.

—Eres muy linda, ¿lo sabías?

Relajación interrumpida.

Le doy las gracias, dubitativa.

— ¿Es Jeff tu novio? —pregunta muy curiosa.

—No, solo somos amigos —respondo apresurada, al momento que cierro la ducha.

—¡Ah! Okay.

El silencio vuelve a invadir los bañadores. Termino de secarme y me enrollo en mi toalla. Recojo mis pertenencias, corro la cortina y fuera de mi cubículo estaba Denisse desnuda frente a mí.

Bajo la mirada una décima de segundo a sus pechos y desvío la mirada hacia los lados.

—Pronto habrá una fiesta con unos amigos y se me ocurrió que podría llevarte conmigo. Será divertido —dice Denisse acercándose mientras camino hacia atrás quedando ambas dentro de mi cubículo—. ¿Qué te parece la idea?

—Estás desnuda —respondo evadiendo contacto visual.

—Sí, estamos en las duchas —dice mirando su cuerpo, en tono provocativo—. Tú eres la que no vas con la vestimenta reglamentaria.

Denisse me sonríe. Aprovecho para moverme a un lado para salir de cubículo, pero Denisse me detiene y me da un beso rápido.

Desligo mis labios de los suyos, y sorprendida, salgo del cubículo.

Volteo hacia ella, pero con la mirada al suelo, levanto mi dedo en señal de reclamo, pero en vez de decir algo, cierro los ojos y exhalo. Me regreso hasta mi casillero.

Me visto lo más pronto posible, y salgo de los vestidores.

Camino por el Departamento en busca de Jeff quien está usando una de las computadoras en uno de los escritorios. Me siento de prisa.

— ¿Por qué tan agitada?

—Denisse me acaba de besar —susurro.

Jeff mira a su alrededor y se acerca a mí.

— ¿Qué acabas de decir?

—En las duchas. Estaba desnuda y…

— ¡Oh por Dios! —interrumpe asombrado—. ¿Puedes decirme como se veía?

Lo tomo del brazo y lo pellizco tan fuerte que se retuerce en la silla.

— ¡Okay! ¡Para, para! —pide adolorido.

—Esto es en serio.

—Lo sé, y… fascinante a la vez —dice sorprendido.

Vuelvo y lo pellizco.

—Compórtate, ¿quieres?

—Okay, lo siento —dice Jeff, pasándose la mano por el brazo—. Solo que no me esperaba algo como esto.

—¿Y crees que yo sí? Fue bastante incómodo —digo confundida.

—Tengo que admitir que hasta con las mujeres tienes mejor suerte que yo —expresa jocoso—.

Desvío mi atención hacia unos oficiales a mi lado, comentando que varias de las víctimas del incendio no sobrevivieron de camino al hospital. Jeff deja de sonreír y presta atención.

Parece ser que ellos fueron los que escoltaron las ambulancias. Me pongo de pie y me acerco a los oficiales.

—Disculpen, ¿saben dónde llevaron los heridos?

—Sí, fueron llevados a Midtown —responde uno de los oficiales.

— ¿Vieron alguna niña? Pelirroja, de entre 10 a 12 años.

—Lo siento, no vi ninguna niña.

—Yo tampoco —responde el otro oficial.

—Gracias —respondo y vuelvo con Jeff—.

La situación es un tanto preocupante. Jeff sugiere que la busquemos para saber que ha sido de ella. Añade que, Bridges salió del Departamento mientras estaba en el baño. Tocaba ir a buscar por nuestra cuenta.

Salimos del Departamento, en dirección al parqueo y vemos una patrulla que va saliendo. Lo detenemos.

—Disculpa, pero necesitamos un favor. ¿Crees que podrías darnos un aventón a Midtown? —pregunto un tanto insegura.

—Sí, claro. No hay problema, suban —responde amable el oficial, de aspecto descuidado, ojos saltones, calvo y con anteojos—.

Subimos al auto en la parte trasera.

—Entonces, Midtown —dice de forma misteriosa.

—Sí, necesitamos llegar al hospital. Buscamos una niña víctima del incendio de esta mañana —digo.

—Haberlo dicho antes que era una situación de emergencia, camaradas —dice, al mismo tiempo que acelera a fondo, sacándonos un sobresalto—. Por cierto, soy Dritchen Scott Smith, a sus servicios.

—Soy Alice, él es Jeff —digo intentándome agarrar del asiento.

Dritchen le quita la vista a la calle y voltea hacia nosotros con una sonrisa. Se pone unos lentes oscuros encima de sus anteojos, suelta una risa corta, y vuelve a mirar adelante.

Jeff y yo nos miramos desconcertados.

— ¿Qué está pasando aquí? —me susurra Jeff.

Dritchen enciende las sirenas.

— ¿Las sirenas son realmente necesarias? —pregunta Jeff, un tanto asustado.

—Claro que sí, amigo —responde Dritchen temerario.

El auto avanza en la calle, pasándole a los demás autos. Cruza una avenida con el semáforo en rojo.

Jeff, sudando, me mira asustado.

— ¿Qué parte de Midtown? —pregunta Dritchen.

—Déjanos en el primer hospital que te topes —respondo a la vez que intento no vomitar mi corazón—.

Dritchen voltea a vernos.

—Esas son órdenes —responde con una sonrisa—.

Jeff ve que van en dirección a un auto.

— ¡Hey! ¡Adelante, un auto! ¡Adelante, Dritchen! —grita Jeff desesperado.

Dritchen pisa el freno, voltea, y se detiene a pocos centímetros de distancia del otro auto.

El vehículo deja de estremecerse, lo que le da tiempo a Jeff para tomar un respiro, a lo que yo, me acomodo mejor en el asiento.

— ¿Qué le pasa a la gente? —dice el oficial, quejándose del auto delante de él—.

Dritchen enciende las bocinas.

—Emergencia policiaca, moverse a un lado, por favor —continúa.

El auto de adelante le abre espacio.

—Dritchen, no es necesario, podemos esperar… —dice Jeff respirando profundamente.

—Ustedes me necesitan —expresa, de forma temeraria al momento que pasa cambios en el vehículo—. No puedo defraudarlos.

Pisa el acelerador. Los tres soltamos un grito, solo que para nosotros era una completa locura, a cambio Dritchen, lo estaba disfrutando.

Dobla en una esquina derrapando y termina en la puerta principal de un hospital, apagando las sirenas y el auto al instante.

—Hemos llegado —dice con una sonrisa y removiendo sus lentes oscuros—.

Me siento como una lata de soda agitada. A mi lado, Jeff, pegado al asiento con un ataque de nervios. Abre la puerta, y de golpe, cae al pavimento.

—Estoy bien —dice Jeff poniéndose de pie con dificultad.

Salgo del auto y me acerco a la ventana del conductor, aun sintiendo las vibraciones de la patrulla.

—Gracias por… el viaje —digo, intentando sonreír.

—Estamos para ayudarnos —dice—. Vayan, aquí les espero.

Mi intento de sonrisa se volvió asombro, levantando las cejas. No creo que a Jeff le guste esa idea. Lo veo con las piernas temblorosas al caminar.

—Creo que ya has hecho suficiente, no queremos interrumpirte en tus oficios diarios.

— ¡Chsss! ¡Chsss! ¡Chsss! —en señal de silencio—. Estamos para ayudarnos. Todos… somos uno —concluye lentamente, uniendo sus manos.

—De acuerdo —respondo con una leve sonrisa.

Me alejo del auto y entro con Jeff al hospital, directamente al área de emergencias.

Pregunto por las víctimas del incendio de esta mañana, en específico por una niña pelirroja llamada Sarah.

La enfermera chequea en la computadora, y me informa que ninguna niña fue ingresada a este hospital. Los únicos ingresados que tuvieron presentaron heridas menores y fueron dados de alta luego de los chequeos pertinentes. Le agradezco y me despido.

Salimos del hospital para ver a Dritchen comerse un sándwich.

— ¿Nos vamos o qué onda? —pregunta Dritchen dando un bocado—.

Pensándolo detenidamente, no fue mala idea que se quedara. Es nuestro único transporte, aunque muy desenfrenado al volante.

Suspiro y con toda mi calma y amabilidad, respondo que sí. Miro a Jeff en busca de aprobación, a lo que encuentro su mirada de espanto.

Ambos entramos al auto, seguido de Dritchen que, de la nada, lanza un grito de emoción. Envuelve su sándwich, abre el compartimiento del copiloto, lo pone ahí y saca unas galletas. Nos ofrece, pero ambos nos negamos. Toma la bolsa y se las echa en la boca.

—Conducir me da mucha hambre —comenta Dritchen.

Enciende el auto. El simple rugir del motor hace que Jeff comience a transpirar. Le miro, en señal de que todo estará bien.

— ¡Y nos vamos! —dice Dritchen pisando el acelerador a fondo, al momento que lanza la bolsa en el asiento de al lado.

Luego de varios cruces de semáforos en rojos, un posible choque, y Jeff al borde de un colapso mental, llegamos a otro hospital.

Entro al área de emergencias con Jeff, apoyándose sobre mí. Una enfermera se me acerca.

—Mi compañero necesita algo para el mareo. Urgente, por favor —digo.

Diligente, la enfermera nos lleva a una camilla y lo acuesto.

—No te muevas de aquí —digo a Jeff, quien está bastante abobado como para responderme—.

Salgo del área de emergencias, hasta llegar al área de recepción y pregunto por los ingresados del día.

Me confirman que una niña con la descripción de Sarah se encuentra en el hospital, y me dan el número de habitación, 303.

Tomo el ascensor hasta su piso y la busco. Al mirar por una ventana reconozco el pelo de Sarah. Está recostada de lado, vestida con una bata. Una enfermera está dentro de la habitación.

En la puerta, un hombre de baja estatura, de poco pelo, con anteojos, traje y maletín, se encontraba viendo a Sarah.

— ¿Hola?

— ¿Sí? —responde con voz ronca, acercándose a mí.

— ¿Quién es usted? —pregunto curiosa.

Aquel hombre ve mi uniforme.

—Karim Chalas, abogado —responde estrechándome la mano—. ¿Qué se le ofrece, oficial...?

—Oficial Fort. Alice —respondo con propiedad—. ¿Está con ella?

—Por el momento, estoy representando al orfanato Buena Fe.

Mis sentidos se alarmaron cuando escucharon esa palabra.

— ¿Orfanato, dice?

—Así es —responde, viéndome con curiosidad—. ¿A qué se debe su presencia, oficial?

—Estuve en el incendio cuando fue rescatada.

—Es digno de su parte venir a verla —expresa, mirando a Sarah por la ventana—.

—¿Quién llamó a un orfanato? —pregunto.

El abogado, ahora con su mirada incrédula sobre mí.

—El hospital hizo unas llamadas a varias instituciones pidiendo asilo para la inclusión de la pequeña Sarah luego del incidente de esta mañana —responde solvente—. Ella no corre ningún riesgo, pero el centro no puede hacerse cargo. Necesita un lugar donde quedarse, y al ella no tener conocimiento de su familia dentro ni fuera del país, somos su mejor opción hasta que podamos comunicarnos con alguien. Por eso estoy aquí.

—¿Cuándo planea llevársela?

—Ya veo... —dice, seguido de una sonrisa—. Pronto, cuando el hospital decida —continúa Karim—.

Veo a Sarah con preocupación. La enfermera sale de la habitación, una mujer de piel morena, vestida de uniforme azul. Me acerco a ella.

—Disculpe, ¿puedo verla? —pido amablemente.

—Lo siento, pero ella ya fue interrogada, no puedo permitirle el acceso…

—No vengo para interrogarla —interrumpo—. Estuve con ella en el incendio, solo quiero asegurarme de que esté bien.

—Le aseguro que está bien —responde la enfermera.

—Por favor, es que… no quiero que se sienta sola —digo preocupada.

La enfermera ve mi rostro entristecido, lo cual la apiada y me permite el acceso. La enfermera sigue su camino mientras que yo entro a la habitación.

Cierro la puerta detrás de mí y me acerco a la cama.

— ¿Sarah? —digo con suavidad.

Voltea hacia mí y se sienta en la cama con atención.

—Alice —dice en un tono desanimado y su rostro inexpresivo—.

Sonrío a medias. Me percato de que tiene los ojos hinchados.

Me siento a su lado. Ella se inclina hacia mí y la abrazo con timidez. Noto una venda que cubre su antebrazo izquierdo.

—¿Cómo te sientes?

Sarah ignora mi pregunta y se echa en la cama.

¿Cómo se siente? ¡Qué pregunta la mía! Por supuesto que no se siente bien.

Me levanto de la cama para tomar una silla que está en una esquina de la habitación, y me siento cerca. Sujeto su mano. Le sonrío. Su rostro se mantiene inexpresivo.

Giro la mirada hacia la ventana y allí estaba Karim, viéndonos. Vuelvo con Sarah y la veo cerrar sus ojos.

**

Abro los ojos y me doy cuenta que me quedé dormida recostada de la cama. Levanto la mirada y Sarah no está en la cama.

Alerta, me pongo de pie. Escucho una puerta abrirse detrás de mí. Era Sarah, saliendo del baño, para luego sentarse en la cama.

Miro mi móvil para ver la hora, ignorando el gran reloj de la pared de la habitación, marcado las 6:07 p.m.

La enfermera de antes, entra a la habitación con un tazón de avena y gelatina en una bandeja. La coloca en una mesa al lado de la cama.

—No ha comido nada en todo el día, ¿podrías ayudarla? —sugiere afable.

—Sí, claro. Gracias —digo, con una sonrisa.

La enfermera se acerca a la puerta, pero antes de salir me avisa que la hora de visitas ya pasó pero que me dejará con ella esta vez para intentar convencerla de que coma algo. Asiento, acatando la información. La enfermera sale de la habitación.

Me siento en la cama y paso mi mano por el pelo de Sarah. Ella apenas me mira, aun inexpresiva.

—Necesitas comer algo, es tarde —digo—.

Tomo su mano.

—Las cosas van a mejorar —continúo—.

Sarah se queda mirando las sábanas.

Me pongo de pie para buscar la bandeja del otro lado de la cama. Regreso con ella y tomo asiento en la silla.

—¿Puedes sentarte un momento, por favor? —pregunto en tono bajo—.

Sarah se sienta despacio.

—Muy bien, aquí tienes —digo, con el mismo tono de voz, tomando la cuchara de la bandeja y colocándola en su mano. Noto que está temblando y deja caer la cuchara, pero la agarro antes de que toque la alfombra.

—No te preocupes, puedo hacerlo por ti —digo, con una sonrisa—.

Tomo una porción de avena con la cuchara y la llevo a su boca. Sarah abre la boca y toma el bocado.

Así pasamos media hora hasta que comió todo lo de la bandeja. Dejo a Sarah acostada.

Coloco la silla en su lugar y la bandeja en la mesa. Me acerco a la cama y me agacho. Sarah me toma de la mano.

—¿Volverás mañana? —pregunta con un tono decaído—.

—Por supuesto, volveré mañana —respondo con una sonrisa.

Paso mi mano por su pelo y me pongo de pie con Sarah aun sosteniéndome. Poco a poco me suelta y se coloca en posición fetal.

Me apena dejarla, pero aquí estará segura.

Salgo de la habitación un tanto triste y me topo con la enfermera.

—Gracias —dice, mientras entra a la habitación.

Recorro el pasillo en busca de las escaleras para ir al área de emergencias, en donde Jeff se encontraba echando unas risas y hablando con otro ingresado, ambos en camilla.

—¡Hey! ¿Cómo te sientes? —digo.

—Me siento mucho mejor. Me dieron algo y me dormí. Llevo alrededor de una hora despierto —responde alegre—. Alice, te presento a mi amigo, Pablut —dice, mostrándome a un anciano en la camilla de al lado—. Bueno, lo acabo de conocer, y es muy chistoso.

Poso la mirada sobre aquel hombre mayor, de aspecto desarreglado, muy parecido a lo que es un vagabundo.

—Señorita oficial —saluda Pablut cordialmente.

Asiento con una sonrisa.

—¿Encontraste a la niña? —pregunta Jeff.

—Si, pero me temo que la trasladaran a un orfanato, aun no sé cuándo —respondo desanimada por mi respuesta—. Si no es que aparece algún familiar.

—Ya ves, es temporal. Todo estará bien, siempre lo está —dice Jeff, dándome aliento—.

Se levanta de la camilla.

—¿Te vas tan pronto? —pregunta Pablut, levantando su brazo—. Apenas me pusieron este suero.

—Lo siento, compadre, pero mi compañera me necesita.

—Sabes, no tienes que hacerlo —digo un tanto reservada—. Me vendría bien un momento a solas.

—¿Estás segura?

—Sí —respondo en tono bajo—.

Jeff asiente.

—Claro. Si me necesitas, solo llámame.

Le agradezco que siempre entienda mis momentos. Es un gran amigo.

Le doy un abrazo, y me despido de Pablut con una sonrisa.

Cuando salgo, veo en frente la patrulla estacionada de Dritchen, pero no a él.

— ¿Aún está por aquí? —digo en voz baja, asombrada del nivel de compromiso que tiene con las personas que ayuda.

Antes de que pueda encontrármelo, me voy del hospital.

Puedo ver como el cielo se oscurece a mi horizonte. No quiero ir a casa, así que patrullo.

Creo que debería hacerle caso a Jeff y pasarme al turno nocturno. La ciudad de noche es mucho más tranquila, a pesar de que hay muchas personas. Esto es lo que necesito para despejar mi mente en estos momentos. Ha sido un día muy largo.

A medida que avanzo las calles se vuelve más solitarias y silenciosas.

Me detengo en una esquina donde puedo ver parte de Central Park. A mi izquierda, unos destellos de luces llaman mi atención. A lo lejos veo una persecución.

Un hombre en una gabardina sigue a otro, pero este se mueve un tanto diferente. Quizá esté herido. No me contengo y corro tras ellos.

Aunque no los tenga a la vista, los destellos me guían. ¿De dónde viene esa luz?

El camino conduce hasta Central Park. Aquí puedo ver al sujeto de la gabardina observando al otro sujeto en el suelo, al parecer asustado.

Desenfundo mi arma y me acerco.

Ambos están hablando. El hombre de la gabardina saca algo de su bolsillo que no logro identificar. Pensando lo peor entro en acción.

— ¡Policía! Suelte… lo que sea que tenga en la mano. ¡Ahora! —digo apuntándole.

—Esto no es asunto tuyo —responde el sujeto con acento inglés—.

— ¡Aléjese de él o no respondo! —ordeno con tono fuerte.

—Ayúdeme, por favor —dice el sujeto en el suelo—.

— ¡Cállate, basura! —interrumpe el sujeto de la gabardina acercándole un objeto.

—No volveré a preguntar. Baje el objeto —digo en voz alta.

— ¡Maldita sea! —dice aquel sujeto bastante enojado.

Da la vuelta y se queda mirándome fijamente por unos segundos. En este momento me percato de su pelo rubio y de rostro algo acabado.

— ¿Cuál es tu nombre? —me pregunta.

— ¿Qué?

— ¡Tu nombre! —grita.

—Usted no está en posición para hacer preguntas aquí. De rodillas, ¡ahora! —exijo con seriedad—.

Rápidamente, el sujeto del suelo se levanta y aprovecha que su perseguidor no le presta atención para herirlo en la espalda con algo que llevaba escondido entre sus harapos. El sujeto en la gabardina cae. El atacante se da a la fuga.

Voy detrás de él, y hago una pausa para apuntarle.

Aquel sujeto utiliza sus 4 extremidades para correr y da un gran salto hacia unos árboles desvaneciéndose entre ellos.

Quedo perpleja ante lo que acabo de ver.

— ¿Otra de esas cosas? —digo en voz baja.

Vuelvo en sí y volteo para ver que el otro sujeto no estaba. Miro a ambos lados de la calle la cual está deshabitada.

No tengo la más mínima idea de lo que acaba de pasar. Era la segunda vez que veía un hombre dar un salto de esa magnitud.

Salgo de la zona. No recuerdo a qué hora terminé mi turno, solo sabía que este día tenía que acabar.

* * *

Entro a mi apartamento muy nerviosa y a la vez desconcertada.

Me dispuse a tomar un baño, comer algo, para luego tenderme sobre mi cama y así darle a esta extraña jornada un fin.

Dicen que los sueños son una ventana al futuro, las posibilidades, lo desconocido. En mi caso, mis sueños no mostraban nada más que una especie de cueva húmeda donde yo estoy parada al borde de un abismo. No logro entender lo que pasa. Detrás de mí puedo ver una sombra que me observa a lo lejos. No hace nada, solo se queda allí. Miro hacia el precipicio sin poder ver el fondo. Giro para ver la sombra, pero una fuerza me tira hacia abajo.

Despierto de golpe. Aún es de noche. Dos días consecutivos soñando lo mismo. Esto empeora.

Miro al reloj despertador de mi mesa de noche al lado izquierdo de la cama que marca las 3:11 a.m. Me siento en la cama, nuevamente empapada de sudor. Miro hacia la puerta adelante y allí, una sombra.

Se me heló la sangre.

Intento no hacer ningún movimiento, sea lo que sea esa cosa, sabe que la estoy viendo.

Volteo hacia mi izquierda, estrecho mi mano a la mesita, abro la gaveta y saco mi arma. Para cuando regreso la mirada a la puerta, la sombra ya no estaba.

Me levanto de la cama con cuidado, y un poco asustada, apuntando hacia el pasillo.

Enciendo la luz de mi habitación y mientras avanzo por el apartamento voy encendiendo las demás luces.

Luego de revisarlo por completo, termino en la cocina, con las manos temblorosas. Quizá todo era parte del mismo sueño.

Tomo un vaso de cristal y sirvo agua de la nevera.

Se siente otro ligero temblor.

Me tomo el agua, dejo el vaso en el fregadero y apago las luces. Me regreso a mi habitación, me subo a la cama y me quedo sentada mirado hacia la puerta, esta vez con la luz del pasillo encendida.

Giro mi cabeza hacia la izquierda para ver el cielo a través de la ventana pensando en lo inusual de estos últimos dos días: esos ojos amarillos, hombres que saltan por los aires, el hombre de la gabardina… ahora esta sombra.

Me recuesto y sin percatarme me quedo dormida.

IV
Ο κύριος στο αδιάβροχο
(El caballero de la gabardina)

Aquel hombre rubio, delgado, alto de ojos oscuros con varias arrugas en su rostro, vestido de camisa rojo oscuro, pantalón, zapatos y corbata negra, gabardina color beige, y un anillo azul en su dedo mayor en su mano derecha, camina por el Museo de Historia Natural de la ciudad de Londres, Inglaterra.

Llega hasta la puerta de conserjería, toma el pomo y lo desliza hacia el otro extremo. La puerta se abre hacia una sala amplia en donde entra. Al cerrarse la puerta, el pomo se desliza por su cuenta hasta su lugar de inicio.

Este lugar, que sirve como su hogar, se encuentra en otra dimensión.

De color blanco en su totalidad, donde resaltan objetos metálicos y negros. El diseño del espacio es rectangular. Al atravesar la puerta de entrada está una cocina pequeña, seguido de una mesa de madera oscura para 4 personas, en medio un pasillo que da a múltiples habitaciones, y al fondo una sala con un sofá alargado, una mesita baja delante, y un gran ventanal que da vista al universo, aunque puede visualizar lo que el espectador desee. Actualmente se aprecia el partido entre Manchester United contra el Chelsea, a petición de Erik quien ocupaba el lugar.

—Sabes, cada vez que entras aquí se siente un olor a quemado —expresa Erik quejumbroso, sentado de espaldas a lo lejos—. ¿Atrapaste al Leal?

Erik, de aspecto descuidado con una gran barriga, de pelo canoso, nariz redonda, vestido con una camisa azul oscuro, bata blanca manchada, pantalones de pijama, pantuflas de colores y con grilletes en ambas manos.

—No era uno solo, estaba acompañado. Tienen en posesión un Transportador —responde indiferente—.

Erik se pone de pie y se acerca a él a toda prisa.

—Disculpa, Ray, ¿qué acabas de decir? —pregunta Erik.

—Ya me escuchaste.

—Oye, esto es serio —reclama Erik bastante preocupado ante su indiferencia—. Esta es la razón de porqué han llegado a La Tierra en los últimos meses. Pueden traer más de esas cosas aquí. Estamos en problemas, bajo ataque. Las personas se escandalizarían. Habría pánico a nivel mundial.

Ray, haciendo caso omiso, se acerca al refrigerador.

—Están siendo cautelosos, apareciendo en lugares poco concurridos, como si buscaran algo —dice Ray, mientras abre el refrigerador, toma una cerveza y la abre con sus manos.

—¿Al menos viste de quien era el Transportador? —pregunta Erik.

—La próxima vez que lo vea le preguntaré —contesta con sarcasmo y da un sorbo a su bebida, que traga de mala manera—. ¿Qué es esta mierda?

Erik lo mira indiferente.

—Es cerveza de la buena —responde.

—Esta basura sabe a pis de gato —comenta.

— ¿Has probado los desechos líquidos de un gato? —pregunta Erik con suma ingenuidad—.

Ray lo mira fijamente. Lo mismo Erik, en espera de una respuesta. Ray da otro sorbo. Erik sonríe.

—Te odio —dice Ray.

—No lo creo. Si fuese cierto, estaría en una de tus cápsulas o en su defecto, muerto —dice Erik volteando y caminando hacia el pasillo—.

Ray se acerca al ventanal.

— *"...parece que será penal y ahí lo tienen, tarjeta roja. Este es un momento crucial para estos dos equipos..."*

Erik regresa a la sala con una bolsa marrón claro.

—Iré con Frudd —continúa—. Ya que descubrimos cómo están llegando debo hacérselo saber. ¿Quieres venir esta vez?

Ray, incómodo al escuchar ese nombre, frunce el ceño y no voltea a verle. El ventanal se vuelve oscuro.

—Okay, creo que no —expresa Erik—. Te veo luego.

Erik sale por la puerta principal hacia el museo, dejando a Ray solo en la habitación.

Uno de los bolsillos de la gabardina empienza a brillar. Su portador introduce la mano en la luminancia, y esparce el brillo en el aire formando un mapa del mundo, donde resalta Italia.

Ray mueve las partículas luminosas hacia el ventanal, proyectando la ubicación exacta, Venecia. Levanta su mano y mueve la imagen hasta ubicarla a un callejón. Mira el angosto espacio con detenimiento. Camina hacia la cocina, coloca la cerveza sobre la mesa y sale de allí hacia el museo.

Procurando que no haya nadie a su alrededor, levanta la mano creando un aro de energía delante de él que atraviesa, apareciendo en un callejón. La luminancia se desvanece detrás de él. Se lleva la mano a la cabeza debido a un ligero mareo y sigue caminando hasta salir al Gran Canal de Venecia con vista al Puente del Rialto, de donde se escuchan gritos. Ray inmediatamente corre hacia el puente.

Las personas corren despavoridas.

Al acercarse, observa un hombre al cual le están creciendo los brazos y su tono de piel se torna verde oscuro. Sus orejas crecen hasta por encima de la cabeza, de forma puntiaguda. Sus ojos se adentran dejando dos orificios en la cara, y en su nariz por igual. Sus dientes crecen y salen por toda su boca de forma afilada. De su espalda escamosa, brotan unas puntas de hueso hasta una cola que va creciendo, rompiendo su pantalón. De las rodillas sobresale hueso filoso, y de sus pies brotan garras al igual que sus manos.

Un policía se enfrenta a la criatura y le dispara. Esta lo sujeta con su cola, golpeándolo contra el suelo y lanzándolo hacia atrás, a la vez que suelta un bramido feroz. Al ver que Ray se acerca a él, se lanza al agua.

— ¡Mierda!

Ray se quita su gabardina, quedando instalada en el aire como si alguien la estuviese portando. Une sus dos manos y crea un símbolo de luz en el aire, sube a un muro, se lanza a través del él y cae al canal.

La criatura allí abajo registra el suelo. Lanza un grito, que utiliza como sonar, da con algo a su derecha y nada en esa dirección.

Unos metros adelante, Ray lo toma de un brazo para voltearlo y lo golpea, lanzándolo contra una pared que hace retumbar un edificio en la superficie. Los residentes se alertan por las vibraciones.

En el agua, Ray se acerca a la criatura. Esta lo toma del cuello y lo golpea contra el suelo. Se coloca encima, abre la boca y descarga contra él su sonar. Ray cierra los ojos por el insoportable dolor.

En la superficie, los edificios de la zona, debido a las vibraciones, se debilitan, y colapsan. Los civiles, asustados, se alejan de la zona. Algunos se quedan viendo para filmar y fotografiar lo ocurrido. Observan como del agua agitada sale vapor.

Debajo, el agua burbujea alrededor de la criatura. Ray abre sus ojos, ahora de color rojizo, y desprende llamaradas de fuego que se abren paso por el fondo del Canal, golpeando a la criatura de paso que deja de gritar y soltando un Transportador.

Un objeto en forma de cápsula de cristal transparente, cilíndrica, de 10 centímetros de largo y aproximadamente 2 centímetros de diámetro. En sus extremos, sellos plateados. En su interior, dos canales transparentes que van en espiral de extremo a extremo, dejando ver una especie de material negro moverse dentro de ellos.

Ray ve el aparato. La criatura lo sujeta con la cola y lo golpea contra el suelo una vez más para luego ahorcarlo. Ray coloca sus manos, ahora tornándose rojizas, sobre la extremidad. La criatura lo suelta debido a las quemaduras. Ray se impulsa hacia la criatura y lo lleva hacia el otro extremo contra la pared.

En la superficie, los afectados son testigos de cómo un edificio a medio caer se termina despedazando.

La criatura se pone de pie, y mira su cuerpo quemado. Se dispone a gritarle, pero los escombros del edificio le caen encima.

Ray nada hacia atrás evitando la estructura. Observa un Transportador flotando, y otro más a unos metros a su izquierda. Toma ambos aparatos, y emerge a la superficie.

Al salir del agua las personas se quedan viéndolo muy extraño y algunos tomando fotos.

Ray mira a los fotógrafos y sonríe, al caminar en dirección al puente.

Del otro lado del canal hay una chica con una cámara Polaroid, quien le tomó una fotografía. Al revelar la imagen está totalmente en negro.

En el puente, varias personas se encuentran rodeando la gabardina.

—Tócala —dice un chico con anteojos.

—No. Tócala tú —dice su amiga.

—Es un truco, ¿no lo ven? —dice un hombre con aspecto un poco volado.

—Entonces tú tócala —le dice una señora.

El sujeto mira a todos a su alrededor quienes lo ven en espera de su respuesta.

—Muy bien —dice acercándose a la prenda—.

La mira muy de cerca, levanta un dedo y cuando la toca se lleva una descarga eléctrica que lo impulsa hacia atrás. La gente acude a auxiliarlo y se alejan de la prenda.

Ray, empapado, toma la gabardina, se la coloca de vuelta, y se va en dirección contraria a la multitud, cruzando el puente. Contempla los Transportadores, y los mete en uno de sus bolsillos.

Camina hacia un callejón, sube su mano y abre otro portal de luz. Escucha un crujido, y al girarse ve la criatura abalanzándose sobre él, atravesando ambos la luminancia.

En Manhattan, Nueva York, horario nocturno, se abre un portal y Ray sale disparado hacia un auto con la criatura, que lo deja adolorido y se da a la fuga. Corre hacia un edificio y lo escala hasta el techo.

Ray, aturdido por el golpe y la alarma del auto, se pone de pie con dificultad y corre tras el Leal. Sin detenerse, lleva su mano hacia adelante creando una plataforma de energía que mueve con su mano y se eleva sobre el edificio para ver a la criatura. Esta lo ataca con sus garras, saliendo como proyectiles de sus manos e incrustándole una en su brazo izquierdo.

El caballero de la gabardina salta de la plataforma con su puño en llamas y lo golpea tan fuerte en la cara que lo despide del techo. Ray se acerca al borde y lo pierde de vista. Se lanza hacia el suelo para dar con un rastro, pero no ve nada.

Se mira la garra clavada en su brazo y la extrae para verla con cuidado, con una sonrisa confiada.

* * *

En el sur del continente, Chase, Ariadne y Bastian están en las costas de Tierra del Fuego, Argentina, horario nocturno, para investigar la presencia de un Leal en el área.

—Tierra del Fuego —dice Chase Creester; de pelo corto color castaño claro, barba ligera de igual color, cuerpo fornido, vestido de chaqueta marrón oscuro, camiseta color negro, pantalón azul largo, y botas negras—. Me esperaba algo más cálido.

—Esta es la ubicación, ¿qué hacemos ahora? —pregunta Ariadne Black; caucásica de pelo largo color blanco, amarrado con cola alta, ojos azules, vestida de chaqueta negra, camiseta blanca, pantalón azul oscuro y botas negras altas—.

—Esperar alguna señal de lo que sea que esté aquí —responde Chase.

Sebastian "Bastian" Laforêt, de tez morena, pelo afro color negro, ojos marrones oscuros, vestido de ropa deportiva y abrigo color gris, con tenis color blanco; mira al mar el cual empieza a hundirse para crear un remolino.

—Oigan, creo que ahí esta es la señal —dice Bastian sorprendido—.

Chase y Ariadne divisan el remolino que crece más y más. Del agua sale disparada una criatura alada, de color blanca en su totalidad, de piel escamosa, ojos negros y de dientes afilados, que se detiene en pleno vuelo y los mira fijamente.

—Quietos —ordena Chase.

La criatura mira al cielo y continúa su vuelo, impulsándose a una gran velocidad.

—Puedo seguirla —dice Ariadne acercándose a la costa.

—Espera —le detiene Chase.

Las aguas se calman, seguido de un temblor. Todos caen al suelo.

—¿Qué está pasando? —pregunta Ariadne inquieta.

Chase se pone de rodillas y toca el suelo.

Al igual que Bastian, Chase posee la habilidad de controlar el elemento Tierra. Uno de los cuatro elementos de la cosmogonía.

—¿Lo sentiste? —pregunta Bastian.

Chase lo ve y asiente.

—¿Chase? —pregunta Ariadne.

—Es una erupción —responde.

Chase se incorpora y camina hacia Bastian, que también se pone de pie un poco nervioso.

—¿Erupción? —pregunta Ariadne inquieta, viendo a todos lados —No veo ningún volcán.

—Lo habrá en unos momentos —Chase responde a Ariadne—. Aquí se acaba tu entrenamiento —le dice a Bastian colocando una mano sobre su hombro—. No entres en pánico. Podemos hacerlo.

Bastian asiente.

Se vuelve a estremecer la tierra, esta vez con más intensidad. Detrás de ellos, a lo lejos se crea una elevación.

—¡Aun no entiendo cómo puede aparecer un volcán en medio de la nada! —exclama Ariadne histérica, poniéndose de pie.

—Ariadne, calma. Te necesito enfocada —le dice Chase—. Bastian y yo haremos presión a la masa de tierra y crearemos un camino subterráneo con salida al mar. No podemos dejar que esa lava salga a la superficie, alteraría gravemente el ecosistema de la zona. Necesito que te eleves para que apliques presión y que luego desvíes los gases por encima de la atmósfera cuando hayamos abierto el canal hacia el mar —concluye con las órdenes.

—Entendido —dice Ariadne, un poco más calmada—.

Ariadne da un salto y se eleva sobre ellos, moviendo sus manos suavemente.

Chase se pone de rodillas, al igual que Bastian.

— ¿Crees que funcione? —pregunta Bastian bastante nervioso.

—Solo hay una forma de saberlo —responde preocupado—.

Chase y Bastian presionan la tierra para disminuir el bulto que crece a cada segundo. Los temblores se incrementan.

— ¡No dejes que se filtre! ¡Tenemos que contenerla! —grita Chase a Bastian—.

Toda la zona de la costa se eleva unos metros. Ariadne, en el cielo, mueve sus manos alrededor de ella para concentrar las corrientes de aire y así impulsarlas sobre el bulto.

Los soplidos son tan fuertes que arrastran unos metros a Chase y Bastian.

—¡No está funcionando! —dice Bastian.

Ambos ven como la lava se comienza a filtrar.

—Necesito que lo mantengas —dice Chase mirando el agua—.

Otro soplido cae sobre el bulto que no cede.

—No aguantaré mucho —dice Bastian.

—No tardaré —dice Chase, poniéndose de pie y corre a la orilla—. ¡Ari!

Esta desciende de inmediato.

—Necesito respirar bajo el agua.

Ariadne envuelve su cabeza en una bolsa de aire y de una ventisca, lo lanza al agua fría. Allí, Chase trata de moldear la roca debajo del agua creando un camino alternativo para la lava.

Ariadne, en la superficie, se concentra para suministrar oxígeno a Chase.

Una onda expansiva se hace notar desde el cielo. La criatura alada desciende a una gran velocidad y ataca a Ariadne con un golpe que la manda a volar.

La capsula de aire se deshace sin que Chase pueda tomar una bocanada de aire.

Bastian escucha un chillido cerca de él, pero no logra ver de dónde viene.

—Ariadne, ¿qué fue eso? —pregunta Bastian asustado—.

Ariadne evita caer de espaldas moviendo sus manos para girarse suavemente y así caer de pie. Golpea el suelo con su pie y se impulsa con rapidez, desplegando una ráfaga de viento que desplaza la criatura hacia el cielo.

Debajo del agua, Chase, aguantando la respiración, coloca sus manos en dirección a la orilla y logra desprender un trozo de roca, creando un camino por la base de la isla que derrama lava muy rápidamente. El agua empieza a calentarse.

En la superficie, el bulto se detiene.

— ¡Ariadne, Chase logró abrir un agujero debajo del agua! —grita Bastian.

—Chase —dice preocupada.

La criatura chirriante vuela en dirección a Ariadne. Bastian ve al Leal, levanta una roca y se la arroja, impactándole en todo su cuerpo, haciendo que caiga sobre la orilla.

Ariadne se eleva sobre el agua, que está burbujeando. Apresurada, extiende sus brazos al cielo creando un remolino de aire que se mezcla con el agua, para así extraer todo el vapor.

La criatura se pone de pie y mira su cuerpo herido por el ataque recibido. Bastian le ataca con más rocas, pero erra cada uno ellos. Los observa por un momento y se impulsa a las nubes. Bastian la ve atravesar el cielo, dejando una estela.

Ariadne termina con el remolino y se lanza al agua. Bastian se pone de rodillas y hace descender el bulto, creando sismos leves. Al terminar, se dirige a la orilla para ver a Ariadne salir con Chase a cuestas. Ambos caen. Chase está inconsciente.

—No está respirando —dice Bastian.

Ariadne abre su boca, coloca ambas manos en su pecho y crea una onda de aire que saca el agua de los pulmones de Chase, tomando un gran respiro, recobrando la conciencia. Bastian suspira de alivio y se sienta a su lado. Chase comienza a toser y se sienta. Ariadne lo abraza.

—Lo hicimos —comenta Bastian.

Chase pasa su mano por el rostro de Ariadne.

—Gracias… por no dejar que me hierva vivo —dice Chase sin aliento.

Ambos sonríen y se besan.

—¿Qué hay de la criatura? —pregunta Ariadne a Bastian.

—Se fue volando —contesta mirando el cielo.

—¿Volvió? —pregunta Chase, algo sofocado—.

—Sí. Parece que nos estaba impidiendo que controláramos la erupción —responde Bastian—.

—Era un Leal alado, no habíamos visto uno así antes —dice Chase sofocado—. Hay que reportarlo con Frudd—. En cuanto a ti, muy buen trabajo, Bastian —expresa orgulloso de su aprendiz colocando una mano sobre su hombro—.

Bastian le sonríe.

Todos se quedan en la costa, viendo el vapor que sale del mar.

* * *

Cae la tarde en Nueva York, donde Ray se desplaza sobre una plataforma de energía en busca de la criatura guiado por la garra que tiene colgada en su cuello.

Da con ella sobre un techo y desciende hasta allí. El Leal se percata de la presencia de su perseguidor y débil, se pone de pie y en posición de ataque.

—Estás lejos del agua —dice Ray, prendiendo sus manos.

La criatura da un salto hacia él y en pleno vuelo es golpeado por una ráfaga de fuego que lo lanza del edificio hasta caer en unos contenedores de basura en un callejón.

Ray ve a la criatura en el suelo, y prepara un hechizo. En ese instante, ve una chica que se acerca a la criatura. Confundido, ve que el anillo en su mano derecha comienza a vibrar e iluminarse. Ante cualquier amenaza, se prepara para atacar.

La criatura corre alejándose de la chica, da un salto hacia la pared del edificio y escala de vuelta al techo, para correr en dirección opuesta al caballero de la gabardina.

Ray levanta su mano hacia él, ahora brillando de un color amarillento, y paraliza a la criatura.

Entra la mano en uno de sus bolsillos y saca un frasco alargado, muy parecido a un lápiz, y se lo acerca levitando. La criatura se transforma en luz y se introduce en el contenedor, que vuelve a Ray. Al tomarlo, cae de rodillas y pierde el conocimiento, quedando inconsciente.

Despierta de golpe. Se sienta y respira agitado. Se lleva la mano a la cabeza y ve el anillo iluminado nuevamente. Con dificultad, se pone de pie, y se acerca al borde del techo. Echa la mirada hacia abajo y se topa con la misma chica, esta vez, revisando el lugar donde cayó la criatura.

Un pequeño sismo se siente. La garra que tiene colgada en su cuello se mueve en dirección este.

—¿Otra más? —dice para sí mismo.

Vuelve a mirar al callejón. La chica se marcha del lugar y se regresa a la calle. Levanta su anillo el cual deja de vibrar mientras se aleja.

* * *

Ray entra a su cocina y cae al piso, sudado y sofocado. Se intenta poner de pie y se acerca a la mesa en donde toma asiento. Estampa la cara contra la mesa y se queda allí hasta que se recupera, unos segundos después. Mira la cerveza que dejó. La agarra y toma un sorbo de ella, quejándose.

Se pone de pie, ahora en mejor estado y camina hacia el pasillo, el cual es bastante largo.

Llega hasta una puerta y la abre. La habitación se encuentra llena de vitrinas con diferentes objetos y artefactos. Saca el frasco alargado donde tiene a la criatura y lo coloca en una de las vitrinas con más frascos idénticos.

Sale de la habitación y se regresa a la mesa. Toma la cerveza y se acerca al ventanal, el cual se cambia de Venecia a una nebulosa colorida, iluminando todo el lugar. Los objetos metálicos reflejan la luz creando efectos y mezclas de colores.

Ray se sienta en el sofá y coloca los dos Transportadores en la mesita delante de él. Nota que uno de ellos está cuarteado.

Erik entra a la morada y se queda impresionado por lo colorido que está. Ve a Ray sentado.

—¿Qué averiguaste? —pregunta Ray.

Erik se acerca para sentarse a su lado.

—Perdieron contacto con dos de ellos, Savannah e Ízaro —informa Erik al momento que ve los aparatos en la mesa—. Los recuperaste ambos —expresa Erik aliviado, al momento que toma uno.

—Creo que ese le perteneció a ella —dice Ray, girando el Transportador en las manos de Erik, mostrándole las iniciales S.V. al final del aparato.

—Recuerdo cuando grabé sus iniciales —expresa Erik entristecido, pasando la mano por el grabado y a la vez que nota el cristal está cuarteado.

—¿Qué más averiguaste?

—Solo eso —responde Erik en tono bajo—. No tiene idea del porque están ocurriendo estas incursiones.

—Por supuesto que sabe —dice enojado, mientras se pone de pie para ver por el ventanal—. Ya no se están escondiendo. Están buscando, desesperadamente.

Ray, sin decir nada, camina hacia la puerta.

—¿A dónde vas?

—Al infierno —responde con seriedad.

Erik lo ve salir por la puerta. Baja la mirada al Transportador que tiene en mano, apenado.

* * *

A millones de años luz, el caballero de la gabardina camina por un largo pasillo hasta dar con un gran portón curvo, el cual está abierto, hecho en cerámica y oro, con incrustaciones de piedras preciosas y brillantes.

Atraviesa la entrada, y da con un amplio salón tanto de alto como de ancho. Es una biblioteca repleta de estantes con libros a la izquierda como a la derecha. El techo es sostenido por columnas sumamente gruesas que desaparecen en lo que parecer ser una constelación de estrellas que se mezclan con la sala y la mantienen iluminada.

El suelo está cubierto por una alfombra roja. Al salir de la biblioteca, unas escaleras de unos tres escalones largos y amplios que dan lugar al Gran Salón, que se encuentra varios metros por encima de todo el lugar.

De frente se aprecia una enorme estatua del gran dios griego Zeus sosteniendo su poderoso rayo. A su lado izquierdo la estatua de Poseidón con su puntiagudo tridente, y a la derecha, Hades, con su distintivo casco. A sus alrededores, más estatuas de otros Olímpicos y diversas criaturas mitológicas.

Todos los objetos de ese espacio se encuentran cubierto de oro y materiales brillantes. He aquí donde Frudd, el Guardián Supremo, tiene lugar.

Allí se encontraban Chase, Ariadne y Bastian ante el Guardián. De piel oscura, ojos color salmón, alto y fornido, vestido con harapos blancos que cubren todo su cuerpo. Con anillos dorados en cada uno de sus dedos, dos en los pulgares, simbolizando cada uno de los doce dioses olímpicos.

Ray se queda en el área de la biblioteca escuchando detrás de un librero.

—Buen trabajo a cada uno de ustedes —elogia Frudd con una voz pacífica—. Chase, has demostrado ser un buen líder de equipo.

Chase asiente, con una sonrisa en su rostro.

—En cuanto a la criatura, ¿cómo era su aspecto? —continúa.

—Era un Leal de color blanco, o al menos eso creo—responde Ariadne—. Era alado, pero a la vez pude sentir un aura de calor cuando lo tenía cerca.

—¿Aire y fuego? —pregunta Bastian sorprendido.

—Un híbrido, tal vez, tan poderoso como para poder crear un volcán de la nada y volar a la vez —responde Ariadne.

Frudd escucha atento a los detalles.

—¿Es eso posible? —pregunta Bastian a Frudd.

—Los híbridos no son muy comunes, pero existen —responde consternado—. Al regreso de mi viaje, tendrán más noticias.

—¿Viaje? —Chase pregunta un tanto curioso—. Pensé que no podías salir de Black Hole.

—Hay ciertos lugares donde no puedo ser rastreado —responde—. Gracias por sus atribuciones. Pueden irse.

Frudd camina hacia la estatua de Zeus y se eleva para desaparecer entre el cielo de estrellas.

—Nunca lo había visto irse —comenta Ariadne.

Una de las estrellas sobre sus cabezas comienza a irradiar luz con gran intensidad. Al mismo tiempo, uno de los bolsillos de Ray se ilumina.

—¿Otro Leal? —pregunta Bastian.

—Eso parece —responde Chase, encaminándose hasta una larga mesa a los pies de la estatua de Hades, donde hay un mapa de papel de gran tamaño de La Tierra, el cual está brillando por completo y se va apagando hasta quedar iluminado un solo punto.

—Escocia —dice Ariadne— Nunca he estado ahí —termina con una sonrisa.

—Bastian, si quieres tomarte el día…

—De ninguna manera. Quiero ayudar —sostiene decidido—.

Chase coloca una mano sobre su hombro y le sonríe en señal de aceptación.

—Tendremos que hacer escala en Londres —dice Chase extendiendo su mano—.

Ariadne y Bastian toman su mano y desaparecen del Gran Salón.

Ray, ahora con el lugar vacío, sale de su escondite observando todo a su alrededor con nostalgia. Una pequeña sonrisa se posa en su rostro.

Sube hacia la mesa donde está el mapa y mira todo allí.

Frudd desciende al pie de la escalera. Ray se percata de su presencia y frunce el ceño.

—Así que, puedes salir del planeta. Eso es nuevo —comenta Ray.

Frudd no responde. Ray voltea para verlo, pero evita contacto visual.

—Tanto tiempo sin verte, mi amigo —expresa Frudd con amabilidad—.

Ray, armado de coraje, lo mira a los ojos.

—Nosotros no somos amigos.

—Entonces, ¿qué haces aquí? —pregunta.

—Sabes porque estoy aquí —responde Ray con prepotencia—.

Frudd se acerca, subiendo las escaleras por el lado derecho, a lo que Ray se aleja, bajando por el lado izquierdo.

—Imagino que la información llevada por Erik no fue suficiente para ti.

—Porque nadie más que tú sabe lo que está pasando —expresa Ray enojado—. En los últimos siglos los ataques ocurrían esporádicamente. Ahora, en menos de 6 meses, específicamente en La Tierra, hay ataques constantes, ¿y no sabes nada? ¿Qué están buscando?

—No sé lo que está ocurriendo —responde Frudd con calma—.

—¡Vete a la mierda con tus mentiras! —expresa Ray colérico—. Tú sabes lo que está ocurriendo. ¿Qué estás esperando? ¿Seguir mandando tus soldaditos a morir sin saber por qué? ¿Otra Gran Guerra?

Frudd se queda en silencio frente a Ray.

—¿Desde cuándo puedes salir de Black Hole y a dónde te dirigiste? —continúa—.

—No respondo ante ti —responde—.

—Suenas a él.

Frudd se queda viéndolo. Ray da un paso hacia él.

—No creo en tu mierda o a lo que sea que estés jugando, pero si nos pones a todos en peligro una vez más, no volveré a dudar —expresa Ray, con la respiración agitada, enojado y con su puño rojizo.

El Gran Salón se ilumina. La gabardina por igual.

Ray voltea y se aleja de Frudd. Entra la mano en uno de sus bolsillos y desaparece del salón.

Frudd, preocupado, sube la mirada hacia las estrellas.

* * *

Del otro lado del universo, Frudd llega al planeta desértico Xero.

Este es un planeta inhabitable, situado en lo más recóndito del universo. Solo existe un material parecido a la arena color mostaza, y montañas de otro material más resistente, de colores grisáceas, y con cuevas en muchas de ellas.

Pasando una tormenta de arena, Frudd se acerca a una de las montañas y se adentra en una de las cuevas. Camina hasta el fondo de ella y percibe que está vacía.

Preocupado, sale de allí y camina hasta otra, pero obtiene el mismo resultado, vacía. Como último recurso, se dispone a caminar toda la superficie del planeta, pero no encuentra lo que busca.

Se sienta sobre una roca, en medio de la tormenta, y repite una y otra vez: "Vivirás aquí. Éste será tu castigo."

* * *

Cae la noche en La Gran Manzana. Ray sigue el paradero de la nueva criatura.

La garra siente con más fuerza la presencia. Espera a que pase un vehículo para crear una plataforma de energía para elevarse y cubrir más terreno.

Unas calles más adelante, ve a una criatura deforme correr a cuatro patas. Varias personas se alarman y se alejan de él.

—Ahí estás —dice Ray, que salta y cae muy cerca de la criatura.

Esta lo ve, corre hacia él y lo ataca. Ray crea un escudo de energía que la criatura hace estallar iluminando la calle y tirando a Ray al suelo. Abre su mano en dirección a él, pero no pasa nada. Enojado, se pone en pie y continúa la persecución. La criatura toma rumbo a Central Park.

Ray, mientras corre, alza sus manos creando una pared de energía delante de la criatura que atraviesa sin detenerse, esparciendo un gran brillo.

— ¡Hijo de puta! —expresa Ray colérico—.

Cuando cruza la calle, ve como la criatura se prepara para saltar hacia el parque, pero Ray lanza una llamarada de fuego que imposibilita el salto y cae en la calle.

La criatura toma forma humana.

—Humano, Leal, todos son una mierda. ¿Por qué están aquí? ¿Qué quieren? ¿Qué están buscando? —pregunta Ray.

El sujeto ríe.

— ¿De qué coño te ríes? —dice Ray.

Ray saca un frasco y se lo acerca. El sujeto, asustado, mira el frasco.

—Ya no te causa tanta gracia.

— ¡Policía! Suelte… lo que sea que tenga en la mano. ¡Ahora! —dice una oficial apuntando con el arma.

—Esto no es asunto tuyo —dice Ray.

— ¡Aléjese de él o no respondo! —ordena en tono fuerte.

—Ayúdeme, por favor —dice la criatura en el suelo—.

— ¡Cállate, basura!

Ray le acerca el frasco.

—No volveré a preguntar. Baje el objeto —ordena la oficial en voz alta.

— ¡Maldita sea! —dice Ray enojado.

Ray voltea y la mira fijamente. Siente una corazonada que lo saca de sí mismo.

— ¿Cuál es tu nombre? —pregunta Ray.

— ¿Qué?

— ¡Tu nombre! —grita.

—Usted no está en posición para hacer preguntas. De rodillas, ¡ahora! —exige la oficial con seriedad.

Rápidamente, la criatura se levanta y usa sus garras para herir a Ray, tumbándolo. El Leal escapa corriendo.

La oficial le sigue, pero se detiene para apuntar. Ve como la criatura empieza a correr con sus 4 extremidades, da un gran salto y desaparece entre los árboles del parque.

Ray en el suelo se queda viendo su anillo que vibra con más fuerza cerca de la oficial. Saca su Transportador, mira al parque y se transporta dentro.

Dentro del parque la criatura deja su forma humana y corre a toda velocidad al lago. Ray aparece delante de él, y golpea con su brazo en llamas. La criatura se levanta rápidamente.
—Tú y yo no hemos terminado —expresa Ray—.
La criatura lanza sus garras, Ray se cubre con la gabardina. Al destaparse, la criatura salta sobre él mordiendo su brazo derecho. Ray lo enciende para quemarlo. Esta se aleja echando un chirrido y nuevamente corre en dirección al lago.
El caballero de la gabardina, abre un portal delante de la criatura que lo traslada detrás de Ray, quien, con su puño encendido, gira y arremete contra el Leal, abriéndole un agujero en el torso. Extrae su brazo de él y lo tira al suelo. Se acerca a su cabeza y la aplasta con otro golpe, incinerándolo de paso.
Agitado y sofocado, cae sentado al suelo.
—¿Qué diablos me está pasando? —dice para sí mismo—.
Se pone de pie con dificultad e intenta abrir un portal que no se materializa por completo y termina cerrándose.
Se quita la garra del cuello, y la guarda en su gabardina. Toma su anillo, y se lo coloca en la cadena y dice: —"Mera"—.
El anillo comienza a brillar, guiándole a un nuevo destino.

* * *

Ray llega hasta un edificio. Coloca su mano sobre la puerta y la atraviesa. Sube las escaleras y se detiene en una puerta donde el anillo indica.
Una vez más, coloca su mano sobre la superficie y la atraviesa hasta entrar a un apartamento. Camina por todo el lugar,

hasta dar con la habitación principal donde ve a la oficial dormir.

El anillo brilla con irregularidad y se mueve en su dirección. Ray levanta su mano hacia ella y comienza a brillar de un color azul brillante.

Ray se sorprende de tal manera que una lágrima cae por su mejilla.

La luminancia se detiene, y ella despierta de golpe. Ray cubre con su mano el anillo.

La chica mira hacia la puerta y ve una silueta. Voltea para buscar su arma al otro lado de la cama, a lo que Ray aprovecha el despiste y camina hacia atrás para atravesar la pared, saliendo del pasillo, y se queda inmóvil.

La chica camina por el pasillo, encendiendo las luces para revisar todo el domicilio.

Ray camina hacia adelante y vuelve a atravesar la pared. Con cuidado, entra a su habitación.

Ve un portarretrato con una foto de ella y otra persona más sobre un escritorio frente de la cama. Lo toma y con la misma iluminación del anillo logra verla bien. Ray, con la mano envuelta en una luminancia amarilla, pasa la mano sobre la foto y vuelve a colocar el marco en su lugar.

El anillo se mueve en dirección a la puerta.

Ray entra la mano en su bolsillo para tomar su Transportador, y desaparece de la habitación.

V
Γνωρίστε την Αλήθεια
(Conoce la verdad)

Quolora es un planeta el cual está cubierto en su gran totalidad por agua. Dentro de este, existen tres islas que comprenden toda su superficie terrestre. La de mayor tamaño, donde se encuentra La Capital, que es la ciudad principal, y ubicada entre las otras dos de tamaño reducido, donde solo existe fauna y vegetación.

Los árboles, de altura destacable, y de gruesos troncos color negro, con hojas pequeñas de color violeta.

El cielo presenta una combinación de tonalidades moradas y azulados, que dan una atmósfera de calma y tranquilidad, aunque la iluminación es similar a La Tierra, su temperatura es húmeda y fría.

En una de las islas menores Ray camina por la costa sobre un suelo compuesto de piedras cristalinas diminutas de coloración blanca. Sacude su gabardina, y saca un cigarrillo que enciende con su dedo.

Se detiene en una zona alejada de la vegetación, en una gran formación de rocas en espiral que da vista a la isla principal. La admira con detenimiento junto al agua reflejando el color del cielo.

—Ha pasado tanto tiempo —comenta inexpresivo.

Levanta la mano y ve su cigarrillo apagarse lentamente.

—Todo está hecho mierda —continúa—. Lo bueno es que no estás aquí para verlo. Lo malo, es que no estás aquí para que me ayudes a cambiarlo—.

Se sienta sobre una roca. Enciende el cigarrillo nuevamente y le da una gran calada.

—No vas a creer lo que pasó hoy. Encontré a Alice —dice con una imperceptible sonrisa en su rostro, exhalando el humo—. Sé que rompí la promesa de cuidar de ella, pero ha estado bien todos estos años.

Da otra calada. Suspira para soltar el humo.

—Sé que no estuvo bien, pero… si la vieras —se detiene expresando una sonrisa más completa—.

Se escuchan crujidos a sus espaldas.

Ray abandona su estado ameno y ahora con rostro amenazante, se pone de pie y voltea para ver un Leal, de color azul pálido, garras de hielo en los pies y las manos, ojos amarillos y de cabeza alargada.

— ¿Cómo diablos llegaste hasta aquí? —pregunta, encendiendo sus manos—.

La criatura corre hacia él. Ray lo golpea regresándolo a su punto de partida con una marca de puño quemada en su cara.

—Maldita humedad —dice al momento que ve sus manos apagarse—.

Intenta encenderlas, pero el fuego no se aviva. Al escuchar más crujidos, sube la mirada y se ve rodeado por cinco criaturas de igual aspecto.

Los Leales atacan al mismo tiempo lanzándoles garras. Ray se cubre la cabeza con sus brazos. Varios de los cristales perforan sus extremidades y abdomen. En respuesta, despliega una ráfaga de fuego sin efecto.

Dos de ellos saltan hacia él. El caballero de la gabardina hace brillar sus manos en dirección a ellos, deteniéndolos en el aire, y los lanza con fuerza hacia la vegetación.

Sus manos dejan de brillar y las enciende. Ray se acerca a los demás para golpearlos, dejando marcas de quemaduras.

Por un momento, mira hacia la formación de rocas, distrayéndose, y es golpeado con un chorro de agua llevándolo a la orilla del mar donde una ola se abalanza sobre él.

Ray une sus manos brillantes en el momento que el agua lo golpea, congelándolo al instante.

Los Leales se acercan al hielo y ven brotar de él una gran cantidad de vapor, seguido de una brillante explosión.

Ray cae de rodillas y escupe el cigarro.

Una criatura lo toma de la gabardina y lo lanza hacia otro quien termina sin cabeza debido al puño encendido de Ray.

Ambos caen al suelo y la criatura se torna una masa gelatinosa.

—Ya me cansé de ustedes —dice Ray quien está todo mojado, enojado, y su puño ardiendo.

Se pone de pie.

Dos Leales descongelan los trozos de hielo esparcidos por la explosión. El líquido se dirige a ellos transformándolas en cuchillas y mazos puntiagudos. Ambos corren hacia él.

Ray se defiende del primer ataque de cuchillas, esquivando sin problemas, pero recibe una patada del segundo atacante lanzándolo hacia atrás, aunque se reincorpora de inmediato. Un tercer ataque lo sorprende. Con el mazo, el Leal le impacta en su pecho, lanzándolo por el aire e hiriéndolo de gravedad. Cae de espaldas.

Otro Leal da una fuerte pisada levantando estacas afiladas debajo de Ray, que suelta un grito de dolor al perforarse el brazo y la espalda, aunque solo rasga sus piernas.

Sobre él, se viene un ataque con cuchillas. Ray lo despide de una gran llamarada con su brazo libre.

Se calienta por un momento y debilita el hielo. Saca la estaca de su brazo, el cual ahora está colgando y con un movimiento leve de mano, de donde gotea sangre.

Debajo de él, la tierra se abre y salen dos brazos que toman sus pies. La cara de una de las criaturas emerge del suelo, y con su brazo bueno Ray le atraviesa la cara de un puñetazo de fuego al mismo tiempo que lanza un grito.

Los dos Leales que había mandado lejos anteriormente regresan e inician el ataque.

El de la derecha con un mazo y el de la izquierda con cuchilla.

Ray esquiva dos ataques de cuchilla, el tercero le corta en la mejilla derecha. El otro le golpea con el mazo en el pecho, arrojándolo hacia un árbol.

Abre los ojos y por acto reflejo esquiva una cuchilla que venían a él a toda prisa, impactando en el tronco, estremeciéndose.

Malherido, Ray da unos pasos lejos del árbol y una cuchilla atraviesa su pierna. Fuera de equilibrio, cae de rodillas. Recibe un golpe del mazo en su espalda y cae por completo al suelo. Antes de otro mazazo, Ray abre un portal debajo de él, al cual entra, y reabriéndose en el aire cerca de la formación de rocas en la orilla, donde cae de mala manera.

Las tres criaturas se acercan.

Ray gira sobre la arena, ahora acostado sobre su espalda. Mira la sangre en su pecho y luego ve hacia su costado derecho la formación de rocas. Toma fuerzas y con dificultad logra ponerse de pie.

Ray hace brillar su brazo izquierdo y lo levanta al momento que uno de ellos salta hacia él, inmovilizándolo en el aire. Con dificultad, crea cúpulas de energía, encerrando a las otras dos. Enciende su mano y le arroja fuego al que tiene en el aire hasta derretirlo.

Agotado, cae de rodillas.

Las cúpulas se debilitan. Los otros Leales escapan y corren hacia él.

Hace brillar su mano una vez más, y la extiende hacia las criaturas, pero no logra concretar ningún ataque.

En un último esfuerzo, Ray se enciende completamente y despliega fuego a todo su alrededor, quemando y destruyendo a las dos criaturas faltantes.

Todo en un radio de 30 metros es destruido debido a la explosión de calor.

Malherido, se deja caer, contemplando un árbol ardiendo a lo lejos.

Ray hace brillar su cuerpo y parte de sus heridas dejan de sangrar, pero queda inconsciente.

* * *

Guardias vestidos en armadura blanca cargan a rastras a Ray por un largo pasillo. Atraviesan un gran portón, y entran a la Cámara Central, el salón principal de La Ciudadela, dentro de La Capital, donde se tiene audiencia con el rey de Quolora.

Estructura estilo medieval. Amplia gama de colores azul, violeta, blanco y grises abundan en la sala. Los materiales y elementos tienen un tono mate. Un trono de hierro blanco y detrás, el rey. Un hombre de color azul, fornido en armadura negra, alto, ojos negros, y sin pelo, parado de espaldas en un ventanal que cubre toda la pared.

Los guardias dejan caer a Ray, y este se despierta de golpe por el estruendo que provoca.

El rey voltea, y lo mira con desprecio. Se acerca a Ray, que se pone de pie con dificultad en medio de la sala y lo mira fijamente, inexpresivo.

—Sagar... —comenta Ray bastante débil, al momento que es golpeado en la cara por aquel hombre—.

Cae al suelo, aún herido de su batalla anterior. Escupe sangre, manchando el impecable suelo blanco.

Sagar se enfurece, y lo patea un par de veces.

—General Raen —dice Sagar a uno de los guardias que lo trajeron—. Prepare la ejecución sumergida.

El General Raen se queda viendo unos segundos a Ray.

—Como ordene, mi rey —responde el General—.

Hace ademanes a los demás guardias para poner de pie a Ray.

—Hoy saldaremos tu traición —dice Sagar, repudiándolo.

Los guardias se lo llevan a través del pasillo hasta un patio, muy parecido a un coliseo de menor tamaño, donde hay un gran estanque lleno de un líquido plateado.

Sagar va detrás de sus guardias.

Lanzan a Ray al suelo y le colocan cadenas cristalinas, y al momento de sujetarlas, este golpea a uno de los guardias, pero es derribado de un puñetazo en la cara por el General Raen.

—Otro más, General —pide Sagar.

— ¡Alto, General!

Se escucha a una mujer, de piel azulada y pelo largo del mismo color, de cara fina, alta, esbelta, y con un velo como vestimenta, que se acerca a Sagar.

— ¡No habrá ninguna ejecución! —expresa con firmeza.

El General Raen se aparta de Ray.

— ¡Inna! Debo traer justicia a nuestra gente —dice Sagar.

Inna no hace caso a Sagar, se acerca a Ray y lo ayuda aponerse de pie.

—Tardaste mucho —dice Ray casi sin habla e intentando sonreír—.

Sagar se acerca enojado.

— ¡Aléjate de él! Tiene que pagar —dice enfurecido.

Inna se pone en frente de Ray para protegerlo de cualquier contacto que Sagar tuviese intencionado.

—Es la ira que habla por ti, no la razón. Él no la mató —defiende Inna.

Sagar lo mira con enojo y con la respiración agitada.

—Y tú le crees… ¡Que ingenua eres! Él tiene prohibido pisar Quolora, y aquí está. Rompiendo nuestra ley, ¿y tiene que quedar impune? —argumenta Sagar—. Destruyó todo su lugar de descanso. Su monumento y, ¿debe quedar impune? ¡No! Debe morir.

— ¿Así es como la honras? —pregunta Inna en un intento de apelar a su razón—.

—La honraré cuando haya tenido mi venganza —dice Sagar, apartando a Inna y tomando por el cuello a Ray—.

Varias explosiones ocurren en La Capital e interrumpen a Sagar, quien suelta a Ray dejándolo caer estrepitosamente. Inna acude a él.

— ¿Qué fue eso? —se pregunta Sagar.

Una nube de humo se eleva a lo lejos.

El General Raen, junto a su grupo de guardias reales, abandonan el patio.

—Esto no ha terminado —dice Sagar a Ray, antipático.

El rey Sagar se va del patio, no sin antes, ordenar a los guardias de la entrada quedarse allí en vigía.

Inna manipula el agua de una fuente cerca de ella, y la esparce por el cuerpo herido de Ray, sanando sus heridas.

Su mirada era una brisa cálida para él.

Inna, retira el agua de su cuerpo y con una sonrisa ligera, posa su mirada sobre Ray y lo ayuda a ponerse de pie. Ella le asiente.

Ray introduce su mano en uno de sus bolsillos, y se transporta fuera del patio hasta la calle principal de La Capital que da con La Ciudadela donde observa todo quemado y destruido.

Los habitantes quemados en el suelo y un guardia derretido de la cintura hacia abajo, en medio de la calle pidiendo ayuda. Ray se acerca a él, pero este al verlo entra en shock y muere en el momento.

Ray echa un vistazo a su alrededor y sigue el rastro de destrucción.

Los habitantes de Quolora no son guerreros por naturaleza, aunque pueden manipular el elemento agua. Sin embargo, cuando se enfrentan a un enemigo de su opuesto les es muy difícil encargarse de ello a menos que se tenga una gran destreza, como es el caso de la guardia real, que sí está entrenada para el combate.

Unas calles más adelante, logra ver al General Raen y sus hombres siendo atacados por un Leal de fuego, color negro con grietas en su cuerpo color rojizo, que les quema las armas y armaduras.

—¡Mantengan posiciones! —dice el General cubriéndose detrás de un escudo que se va desgastando por el ataque de fuego.

Muchos de sus guardias son quemados y asesinados al instante.

Ray observa una carreta metálica a su lado. Hace brillar sus manos abiertas hacia ella, y la mueve para conectar un gran golpe a la criatura, interrumpiendo su ataque hacia el General y sus hombres, alejándola de ellos.

Raen baja su escudo agotado, mostrando parte de su rostro quemado. Auxilia a uno de sus guardias heridos y lo saca de la pelea, cruzando miradas con el caballero de la gabardina.

La criatura se reincorpora lanzando un chirrido intenso, y se da a la fuga. Ray le sigue.

El Leal atraviesa edificios que se derrumban a su paso hasta llegar hasta La Plaza Mayor, antesala de La Ciudadela.

Las defensas no son capaces de contener a la criatura que despliega una explosión de fuego a su alrededor quemando todo.

Se queda quieta en medio del desastre mientras se apaga, sube la mirada y observa al caballero de la gabardina que hace acto de presencia delante de él.

La criatura parada sobre sus cuatro extremidades, le arroja lava de su boca. Ray crea una cúpula de energía no muy fuerte, ya que filtra parte del líquido, y es cubierta en su totalidad.

Ray reaparece detrás del Leal y lo golpea con un puño de fuego, volándole la cabeza. El cuerpo cae inerte al suelo.

Fuera de equilibrio, el caballero de la gabardina cae de rodillas y se lleva la mano a la cabeza, adolorido.

El cuerpo del Leal comienza a crujir y moverse. Ray se pone de pie y observa magma brotar de su cuello, para así crear otra cabeza.

—Esto es nuevo —dice sorprendido.

Ray se aleja, intentando hacer brillar sus manos, pero no lo consigue. La criatura se pone de pie.

—Maldición —expresa malhumorado.

El Leal ataca con lava. Ray se lanza a un costado, hace unos ademanes y hace brillar sus manos con dificultad, creando una masa viscosa de energía que lanza sobre la criatura para contenerla, aunque se libera sin problemas.

La criatura hace brotar de sus grietas en la espalda unas alas, y emprende vuelo, tumbando a Ray de la ventisca.

—Un híbrido —expresa con sorpresa—.

El Leal se precipita hacia su víctima, y falla el ataque, ya que Ray se mueve a un lado. En el aire, la criatura abre su pecho y ataca con chorros de lava.

El caballero de la gabardina crea un portal bajo sus pies, pasa a través de él, y sale por encima de la criatura para apoyarse de sus alas, haciendo que pierda altitud.

La criatura se coloca sobre su espalda en pleno vuelo, y expulsa lava al aire. Ray lo suelta y cae al suelo, golpeándose de mala manera. El magma cae sobre la criatura, quemándola y a su vez terminando con su existencia. El cuerpo envuelto en magma y fuego cae justo al lado de Ray, quien se pega un sobresalto.

Se pone de rodillas, agotado. Las puertas de La Ciudadela se abren. Guardias armados le rodean, seguidos del rey y la reina.

El General Raen, llega junto con tres hombres más a La Plaza Mayor.

Sagar, junto a Inna, observan el desastre causado por el Leal, aunque para Sagar, esto no era más que culpa del mismo Ray.

—Lleven esta escoria dentro —dice Sagar.

—"Gracias por salvarnos de una aniquilación" —expresa Ray sarcástico—.

—Tú trajiste este demonio de fuego contigo —dice Sagar iracundo, que mira el cadáver solidificado—.

—No me van a tener prisionero —interrumpe Ray.

—No puedes escapar —expresa Sagar confiado—, la defensa planetaria siempre está activada, estás atrapado.

—Nunca intenté irme —se defiende Ray.

— ¿Y crees que te creo? ¡Guardias! —dice Sagar, mientras los guardias adoptan una posición de ataque hacia Ray, quien enciende sus manos—.

—Eres libre de irte —dice Inna—. Guardias, bajen sus lanzas.

Al escuchar estas palabras, Sagar se acerca a Inna, pero ella no se inmuta ante la nefasta actitud de su esposo.

—Él compró su libertad, por hoy —dice Inna mirando a Ray. Ahora con Sagar—. No somos salvajes. Recompensamos la ayuda. Salvó a los nuestros y tu ciudad. Deberías estar agradecido.

Sagar, colérico, se acerca a él amenazante. Sube la mirada hacia su General en mal estado y parte de la plaza quemada. Sus habitantes heridos, refugiados a lo lejos. Baja la mirada hacia Ray. Sus venas en el cuello se tornan violeta.

—La próxima vez, yo mismo te mataré con mis propias manos —expresa Sagar con crudeza—.

Se da la vuelta y se aleja de él. Los guardias levantan el ataque y regresan al castillo. El General Raen, sin ningún tipo de reacción, lleva sus compañeros dentro.

Inna se acerca a Ray.

—Lamento todo esto.

—No lo culpo, tiene sus motivos —expresa tímido.

Inna le toca la cara con delicadeza.

—Nunca te di las gracias por traerla a casa —comenta Inna afligida—. Siempre estaré agradecida por eso.

Ray asiente y baja la mirada.

—Es normal sentir tristeza —continúa—. No puedes ser fuerte todo el tiempo. Sagar no lo entiende. Fue nuestra primera hija. Y aunque somos longevos, el tiempo no ha curado sus heridas y tampoco creo que lo haga, pero tengo fe. Sé que no tuviste que ver con su muerte. Lo pude ver cuando atravesaste ese portal con ella en tus brazos.

Ray toma la mano de Inna y la remueve de su rostro.

—Lamento no haber podido salvar a su General —expresa apenado.

—Ella tuvo un buen Capitán de Batalla —Inna le sonríe—.

—No tan bueno como crees.

—A pesar de todo este tiempo, sigues luchando. Eso dice mucho de ti —concluye Inna con una sonrisa.

El cielo se vuelve un poco brillante.

—Desactivaron las defensas —notifica Inna.

—Sagar dijo que las defensas siempre están activadas.

Inna baja la mirada hacia Ray.

—¿Entonces cómo…?

—Si yo logré burlar su seguridad, los Leales también habrán encontrado una manera —interrumpe Ray—. En la isla sur, fui atacado por cinco más diferentes. No es seguro. Preparen sus hombres.

—Espera, ¿de qué hablas? ¿Estamos bajo amenaza? —pregunta Inna inquieta.

—Es una gran probabilidad. De lo que si estoy seguro es que este ataque de hoy, no será el último. Y me temo lo peor —responde Ray, tomando su Transportador—. Cuando tenga respuestas, volveré.

—Cuídate —dice Inna—.

Ray asiente, y desaparece de La Plaza Mayor. Inna ve como sus habitantes se ayudan entre sí. Ella acude a ellos.

El cielo se va tornando grisáceo, lo que significa que cae la noche en Quolora.

* * *

Amanece en Nueva York.

Despierto a las 6:02 a.m., y lo primero que me viene a la cabeza es aquella sombra. Deslizo mi mano de debajo de la almohada con el arma en mano. La coloco en la cama y me pongo de pie.

Voy al baño, me doy una ducha, me visto con mi uniforme. Voy a la cocina por un vaso de leche y ya me siento preparada.

Al salir, me topo con la vecina del frente, Serinda Mayers, una mujer de uno 30 años, de baja estatura, pelo corto rizado, vestida muy elegante, que también está saliendo de su apartamento.

—Buenos días, oficial —expresa muy cordial.

—Señora Mayers, buenos días.

—Dígame Alice —digo, en confianza—.

Serinda me sonríe.

—Muy bien, Alice. Pues Serinda, entonces —dice, llevándose la mano al pecho—. Puedo llevarte esta mañana, estoy de paso.

—Muchas gracias, pero me dirijo al hospital —respondo amablemente.

—¿Te pasa algo? —pregunta Serinda con preocupación.

—No, no, me encuentro bien —respondo—. Voy a ver a una niña, del incendio de ayer.

—Sí, me enteré —comenta Serinda—. En ese caso, puedo llevarte por igual. No es ninguna molestia.

—Gracias —digo con una sonrisa.

Ambas bajamos las escaleras y salimos del edificio. Subimos a su auto, muy lujoso.

Serinda es abogado, una profesión que le permite costearse estos lujos, aunque a comparación de donde vive, puede estar en un lugar mejor.

Nos ponemos en marcha.

Serinda me deja en la entrada del hospital a las 7:35 a.m. Entro y me dirijo directamente a la habitación.

Al llegar, veo a Sarah sentada en la cama y me introduzco en la habitación. Ella no reacciona hasta que le llamo. Se pone de pie y se acerca para abrazarme. Ese abrazo me subió mucho los ánimos.

Regreso con ella a la cama. Busco la silla que utilicé el día anterior y me siento a su lado. Su rostro aún seguía inexpresivo.

—¿Cómo pasaste la noche?

En ese momento entra la enfermera e inmediatamente me ve, se sorprende.

—¿Qué hace usted aquí? —pregunta—.

Nerviosa, me pongo de pie.

—Acabo de llegar —respondo—. No había nadie y vi por la ventana que estaba despierta y entré.

La enfermera se queda mirándome y luego ve a Sarah.

—Necesito que salga, tengo que examinarla —dice.

—Claro —digo—.

Tomo la mano de Sarah y le sonrío. Salgo de la habitación y espero allí fuera unos 5 minutos hasta que la enfermera sale y me pide que la acompañe.

Me informa que Sarah no pudo dormir en toda la noche. Se quedaba sentada en la cama, y otras veces se recostaba, pero no se dormía.

Entramos a un pasillo y luego a una cocina donde preparaban los desayunos de los pacientes.

La enfermera tomó una bandeja, y puso en ella pan tostado, una banana, una taza de gelatina y una taza de chocolate. Me la entrega y me lleva de regreso.

—Tú haces que ella coma, así que ve —dice la enfermera.

Asiento, y entro a la habitación. Agarro la silla de antes y me siento ante Sarah que estaba acostada mirándome tristemente. Podría notar en sus ojos que estaba cansada y que había estado llorando.

Levanto la bandeja con una sonrisa. Ella se sienta despacio, y le doy su desayuno.

Mientras comía le hablaba, pero no me contestaba.

Al terminar de desayunar, se acuesta nuevamente, mirándome, aun inexpresiva. Unos minutos después, cierra los ojos y se queda dormida.

Mientras dormía, aproveché para llevar la bandeja y regresé con ella. Allí me quedé hasta las 9:01 a.m., cuando entra a la habitación una señora corpulenta, de pelo castaño corto, vestida con un conjunto verde, despertando a Sarah.

—Buen día. Estoy buscando a Sarah Prescott —dice aquella señora muy jovial—.

—Buenos días —digo mientras me pongo de pie—. ¿Quién es usted?

—Julia Lockward, vengo por parte del orfanato —responde.

Esa respuesta retumbó en mi cabeza. Inmediatamente vi a Sarah.

—Es la única niña y pelirroja en este piso —continúa enérgica.

—Así es. Ella es Sarah —digo, un poco nerviosa—.

Julia se acerca a Sarah. Luego me mira de arriba a abajo.

—¿Por qué la cuida un oficial? —pregunta curiosa.

—No, no estoy cumpliendo una labor de protección, estoy aquí por ella —respondo viendo a Sarah con una sonrisa—.

—Ya veo —comenta Julia—. Hola, pequeña. Vamos. No perdamos el tiempo —continúa con Sarah, emocionada—.

Julia extiende su mano, pero Sarah toma la mía.

En ese momento llega la enfermera y me informa que Sarah debe ir con ella. Ha firmado su permiso para llevarla al orfanato.

Noto que Sarah está un poco nerviosa por como aprieta mi mano. Me ofrezco para llevarla. Julia acepta y la sigo, con la enfermera detrás de nosotros.

Al caminar por el pasillo, Sarah tiene la cabeza abajo. No sé si piensa que la estoy abandonando.

Entramos al ascensor y al bajar por el ascensor, Sarah, con su dedo índice, toca la palma de mi mano y hace un círculo. Me mira y luego baja la cabeza.

Llegamos al primer piso. Caminamos hasta la recepción en donde un hombre alto, sin pelo, vestido de negro y con un piercing en su oreja derecha, nos esperaba allí.

Julia se acerca a la enfermera.

—Cuando la hayamos establecido y consigamos ropa, les devolveremos la bata —le comenta.

—¡Yo puedo conseguirle ropa! —exclamo apresurada—. Es que tengo ropa de cuando era niña.

—¡Uh! Perfecto, cuando puedas, pasa por el orfanato Buena Fe, ¿sí? Bien —dice muy alegre—. Vamos pequeña.

Sarah aprieta mi mano.

—Sarita, mi niña, vámonos mamita —llama Julia.

Sin dejar de apretar mi mano, posa su mirada en mí. Me pongo de rodillas.

—Estás personas están aquí para ayudarte —digo, intentando convencerla—. Iré por ti, lo prometo.

Paso su mano por su rojiza cabellera.

Sarah, triste, baja la mirada y deja de apretar mi mano hasta soltarla. Aquel hombre alto la toma de la mano y salen del edificio.

Los sigo para verlos irse en un Mercedes Benz modelo antiguo.

Seguido, tomo un taxi a mi apartamento. Al llegar, me dirijo a mi habitación y de debajo de mi cama tomo una maleta, la coloco encima de la cama para llenarla con ropa antigua que tengo guardada en las gavetas.

En eso, me topo con mi antiguo vestido lila, mis antiguos trajes de natación y a Eva. No pude evitar sonreír.

Coloco la muñeca en la mesita de noche. Dejo mi vestido y los trajes de natación guardados. Tomo más ropa y la echo en la maleta.

Sin más nada que agregar, cierro el equipaje. Le hago una llamada a Jeff para saber de su paradero, salgo de mi apartamento, y tomo otro taxi hasta el Departamento.

Llego a eso de las 10:58 a.m., con maleta en mano. Busco a Jeff por todo el lugar y me lo encuentro en una computadora.

—Buen día, Jeff.

—Alice —dice con alegría—. ¿Y esa maleta?

—Es para Sarah, se la llevaron al orfanato —respondo, mientras arrastro una silla, pongo el equipaje en el suelo y tomo asiento—. ¿A qué hora saliste del hospital?

—No recuerdo, pasadas las 11 p.m., más o menos —responde mirándome con cara de no haber dormido—. ¿Estás bien?

—Sí. Muy bien o al menos eso creo, pero con muchos ánimos —digo con una sonrisa.

Un oficial se acerca al escritorio.

—Oficial Fort, oficial Daniels, buenos días para ambos —expresa muy cordial—. El detective Aldo requiere su presencia en su despacho.

Cruzamos miradas. Le damos las gracias al oficial, y se retira.

—Adelántate, iré al baño un momento —dice Jeff, poniéndose de pie para estirarse y se aleja de mí.—.

Tomo el equipaje del suelo y con él, subo las escaleras hasta el tercer piso.

Aquí arriba la iluminación es más tenue.

Me acerco a un oficial y pregunto por la oficina del detective Aldo y me señala a una puerta justo al lado de las escaleras por la cual acabo de subir. Regreso por donde vine y llego hasta la puerta que no tiene identificación. Toco y abro. Allí estaba él, sentado en su escritorio de color oscuro. Sus paredes llenas de fotografías, al parecer de su familia, y reconocimientos. Detrás de él, una pizarra repleta con artículos de casos policiales.

Se pone de pie y con una cálida sonrisa me da la bienvenida.

Inmediatamente se da cuenta de mi equipaje. Le explico que es para una niña afectada por el incendio de ayer. Sin nada más que agregar, cierro la puerta y tomo asiento en sus lujosas y acolchadas sillas. Él hace lo mismo.

—¿Dónde está el oficial Daniels? —pregunta.

—Tuvo que hacer un desvío a los vestidores —respondo algo nerviosa.

Ambos nos quedamos viéndonos. Se siente un poco de incomodidad en el ambiente.

—Tengo una inquietud —rompo el silencio—. Creo que nuestra elección es más que una simple revisión a los expedientes de los oficiales. Si todo esto es cierto, más el nivel de peligro que conlleva, ¿no sería mejor contar con oficiales con mejor capacitación? ¿No pondríamos en riesgo la operación?

Aldo sonríe y se reclina en su asiento.

—Justo como Howard dijo que serías —responde.

—¿Howard?

—Exacto —continúa—. No me he presentado de la mejor manera, Frederick Tobías Aldo, antiguo compañero de tu padrastro. No sé si te contó sobre la vez que tuvo que disparar…

—…su arma por primera vez. Sí, es un clásico —continúo interrumpiendo—.

Aldo sonríe al escucharme terminar la frase.

Así que el detective Aldo fue el ex compañero de Howard. Siempre me contaba esa historia, pero nunca sabía de quien se trataba con exactitud.

—Hace unas semanas hablé con él sobre este caso —explica—, siempre busco consejos de los más veteranos y cuando me dijo que ya eras oficial, y en el mismo distrito que yo, tuve que hacer algo. Howard me dio el visto bueno y tenía que aprovechar.

—¿Qué hay de Jeff? —pregunto.

—Howard expresamente me dijo que es difícil separarlos, y que necesitarías algo de motivación.

Sonrío inconscientemente.

Explica que la necesidad de nuevas caras y el bajo rendimiento no están relacionados. Jeff se aliviará con esta noticia.

En ese preciso momento, él hace acto de presencia, y se une a nosotros. El detective se pone de pie, le da la bienvenida seguido de un apretón de manos.

—Y bien, ¿qué me perdí? —pregunta, emocionado—.

—Estábamos por empezar —responde Aldo, abriendo una gaveta y extrayendo un expediente—.

Nos entrega un folder y se acerca a su pizarra para contarnos sobre el objetivo: un hombre de descendencia china, apodado Kino Jin. No se sabe su nombre real. Vemos su fotografía en los archivos, de pelo negro lacio y largo por los hombros, bigote fino y nariz ancha.

La estrategia planeada es que, según sus informantes, en dos semanas llegará un cargamento proveniente de Hong Kong, se rumora que, con drogas y armas, para reforzar su guerra de bandas contra los rusos. Nos haríamos pasar por los movilizadores del cargamento cuando lleguen al puerto y de ahí, iríamos hacia su lugar de encuentro. Los agentes rastrearían las ubicaciones mediante GPS y cuando tengamos contacto visual con Jin, informaremos y procederán a intervenir para así darle caza, y ponerle fin a ese conflicto.

—Es una persona difícil de encontrar, pero en el último año está dando más la cara —dice desconfiado—. Debe estar tramando algo grande.

—¿Por qué entonces no lo apresan tan solo verlo? —pregunta Jeff.

Aldo toma un par de papeles de su pizarra y los pone sobre el escritorio.

—Lo hicimos, pero a la hora había quedado en libertad —responde desanimado—. Las pruebas no eran lo suficientemente contundentes y tiene un muy buen abogado bajo su control. Es astuto, no opuso resistencia. Sabía que no lo habíamos hecho bien —pausa—. Tomen ese expediente, es una copia para ustedes. Es todo por hoy.

Ambos nos ponemos de pie.

—Estaremos en contacto.

—Sí, señor —dice Jeff, tomando el folder—.

Aldo sonríe, y comenta que obvie las formalidades, que con Aldo le es suficiente. Comenta que, señor, lo hace sentir más viejo de lo que es.

Tomo el equipaje, y salimos de su oficina.

Mientras bajamos al primer piso le explico a Jeff sobre quién es y lo que hablamos mientras no estaba. Esa información elevó sus ánimos. Hasta empezó a caminar más derechito, sacando pecho. Vaya personaje.

Fuera del Departamento, Jeff dice que me tiene una sorpresa. Se adelanta al parqueo, le sigo y lo veo acercarse a una patrulla.

—¿Es en serio? —digo asombrada.

—Muy en serio —responde emocionado—. Ahora si estamos a otro nivel, hermana.

—¿Cómo lo conseguiste? —pregunto.

Cuenta que cuando salió del hospital se regresó al Departamento por unas cosas que había dejado en su casillero. Al salir, escuchó varios oficiales comentar sobre un auto disponible en el estacionamiento. Jeff se ofreció para tomarlo y lo enviaron a registro para que le autoricen con la llave. El encargado no estaba, y esperando, se quedó conversando con otros oficiales del turno nocturno hasta que amaneció. Luego llegué yo, y mientras estaba con el detective Aldo, pasó a buscar la llave y aquí estamos.

—Así que no lo has encendido —digo, mirando el auto un poco desgastado—.

—No, aún no lo he probado, pero iba a hacerlo —dice, sacando las llaves.

Camino hacia él y las tomo.

—Yo conduzco —digo—. Te daré lecciones, niño —le sonrío.

Coloco la maleta en el asiento trasero y subimos al auto.

—¿Es normal sentirse mareado? —pregunta Jeff.

Jeff aun siente las secuelas del aventón con Dritchen.

Un hedor comienza a invadirnos.

—¿Qué es eso? —pregunto con repugnancia.

—No lo sé —responde Jeff bajando las ventanas a toda prisa rompiendo la manecilla.

Jeff me mira con la pieza en mano.

—Esto ya estaba roto —comenta.

—Magnífico auto —digo entre risas, bajando mi ventana—. Se veía mucho mejor por fuera. No me sorprendería si explotara al encenderlo.

Jeff y yo nos miramos con seriedad. Introduzco la llave lentamente. Ambos iniciamos conteo regresivo. Al conteo de 2, solté un grito que le faltó poco para chocar con el techo del salto que pegó Jeff. Me río por su reacción.

—Eso no fue gracioso —dice nervioso—.

—Me debías un susto —digo, girando la llave.

El auto se agita un par de veces y se enciende con toda normalidad.

—Ya vámonos… pero despacio —dice Jeff colocándose el cinturón de seguridad.

Me coloco el cinturón, y saco el auto del parqueo.

Las calles tienen poco tráfico el día de hoy. Paro en un semáforo en rojo. Mantengo mis manos sobre el volante, un poco inquieta.

—Tuve el sueño otra vez —digo.

—¿El del precipicio?

Asiento, con la mirada un poco preocupante.

El semáforo cambia a verde. Continúo conduciendo.

—¿Algo diferente? —pregunta, no muy curioso.

—No. Todo igual —respondo—. Lo inquietante fue cuando desperté. Vi la misma figura parada en la puerta de mi habitación.

El rostro de Jeff no se aguantaba el asombro de mi relato.

—Quita esa cara de emoción. Esto es serio.

Jeff es muy abierto a estos tipos de temas paranormales. Tienden a emocionarles.

—Lo siento, pero es que esto es buenísimo —dice Jeff emocionado.

—¿Cómo que "buenísimo"? Pudo haberme atacado o algo —le reclamo inquieta—.

—¡Pero no lo hizo! Eso significa que estás marcada —responde entusiasmado.

Esa respuesta no hizo nada bien a mi estado.

—¿A qué te refieres con marcada? —pregunto intrigada.

—Como buen fanático de todo disparate ahí afuera, leí que, si una entidad o espíritu no te ataca y solo te observa, es porque le eres útil y cuando te necesite irá por ti —concluye con una sonrisa.

Lo miro directo a los ojos con una mirada sumamente seria.

—Eso no fue de mucha ayuda, ¿sabes? —digo asustada—.

—Solo espero que no te posea. Eso sí sería lo triste.

Piso el freno. Jeff se lleva un sacudón por mi repentina parada. Le miro enojada y le pellizco un par de veces. Jeff se queja.

—Okay, dejemos el tema —digo un poco agitada.

Suspiro y vuelvo a poner el auto en marcha.

Unas cuadras más adelante, llegamos a nuestro destino.

Bajamos del auto. Voy por la puerta trasera para sacar la maleta, y observamos la fachada del edificio estilo victoriano, y a su lado el patio donde se aprecian varios niños en compañía de adultos.

—Orfanato Buena Fe —expresa Jeff, mirándome.

—No me mires a mí. No lo escogí.

Caminamos a la puerta, y tocamos el timbre. En espera de que nos respondan, volteo, y una persona nos observa fijamente desde el otro lado de la calle. Abren la puerta y vuelvo adelante.

—Buenos días, bienvenidos al orfanato Buena Fe —dice una chica un poco pálida al ver dos oficiales en su puerta—. ¿Qué se les ofrece?

—Hola, traemos ropa —respondo, alzando la maleta.

La chica mira el equipaje y nos permite la entrada.

Miro una vez más del otro lado de la calle. Aquel hombre ya no se encontraba allí.

Entramos y nos quedamos de pie en la entrada.

—Un momento, por favor.

La chica entra a una habitación a nuestra izquierda.

Por dentro el orfanato luce como una mansión, decorados en madera, lámparas enormes y basta iluminación. Se escuchan niños corriendo. Me llevé una grata primera impresión, bastante distinta a la que tenía en mente.

La directora del orfanato, Katherine Marcella, una mujer esbelta, de cabellera negra hasta la mitad de la espalda, de rostro perfilado, vistiendo de un vestido rojo con unos zapatos altos del mismo color y un cinturón dorado, sale de la habitación a recibirnos, seguida de la chica, que se retira cordialmente.

—Soy Katherine Marcella, pueden llamarme Kate —se introduce con mucha formalidad—. Soy la dueña y directora, responsable de esta casa de amor —concluye con una sonrisa—.

—Mucho gusto, soy la oficial Alice Fort, él es el oficial Jeff Daniels.

Jeff saluda con la mano.

—El gusto es mío. Por aquí —dice Kate, guiándonos hacia la habitación de recién.

Su despacho es deslumbrante. Un gran librero en toda la pared del fondo, un escritorio en madera brillante, varios diplomas en las paredes, un archivero y encima, un tablero con fotos de los niños. Me percato de que aún no colocan la de Sarah.

Tomamos asiento.

—Pensé que nos recibiría Julia, creo que es su nombre —digo.

—Para nada, es solo una intermediaria que me ayuda con los niños —comenta—. Karim me contó que una oficial de policía estaba interesada en nuestra más recién ingresada, Sarah Prescott —expresa Kate.

—¿Así le dijo? —respondo un poco nerviosa—.

—No solo ella. Julia también. Me cuenta que Sarah no quería apartarse de ti —comenta con amabilidad—. ¿Por qué el interés en esta niña?

—Verá, señorita Marcella…

—Kate, por favor —interrumpe.

—Kate. Sé lo que se siente perder a tus padres a temprana edad —respondo un poco triste—.

—¿A qué edad perdiste a tus padres? —pregunta Kate, interesada—. Si no es inconveniente, Alice. ¿Puedo llamarte Alice? Oficial es un poco tosco para mi gusto.

—Sí, claro —prosigo—. Tenía 11 cuando pasó.

—Ya veo, eras 2 años menor que Sarah —informa Kate—.

Kate se desliza en su silla hasta el archivero a su izquierda y saca un folder. Se desliza devuelta al escritorio. Nos muestra una hoja con los datos que el abogado ha recopilado hasta el momento.

—Luego del incendio, se recolectó poca cosa, entre ellas su pasaporte y el de su familia, lo que facilitó mucho más el trabajo —informa Kate—. Ella es irlandesa, e ingresó al país cuando tenía 5 años. No tiene familia aquí. Con el número de pasaporte de sus padres, hicimos una llamada a la embajada para contactar con su país para requerir información. Lamentablemente no se encontraron parientes.

—Ofreceremos toda la ayuda que sea necesaria —digo con actitud acuciosa—. Por cierto, aquí tengo ropa para ella, ya que vino con una bata del hospital —digo mostrando la maleta.

—¡Espectacular! —exclama—. Eso sería de mucha ayuda, no hemos podido encontrar vestimenta de su talla. Espero que si le sirva.

—Vamos a verla —dice Kate con una sonrisa—.

—Sí, claro —digo.

Nos ponemos de pie y salimos del despacho. De paso, nos muestra el orfanato.

Jeff y yo le seguimos.

—Como verán, dentro de este hogar tenemos todas las comodidades al alcance de nuestros niños —dice Kate.

—Todo se ve muy bien —dice Jeff.

No puedo creer que esté pensando en esto, pero este lugar me inspira confianza. Claro que, siempre se quiere dar una buena impresión, pero todo se siente muy natural.

Subimos las escaleras al segundo piso, donde varios chicos se sorprenden al ver a Jeff en uniforme.

—¡Increíble! Un policía —dice uno de los chicos.

—Sigue con ella, me quedaré con ellos —dice Jeff entreteniendo al grupo de infantes que atrajo a su alrededor.

Sigo con Kate hasta el tercer piso.

—Última parada del recorrido, la habitación de Sarah —comenta Kate—. No ha salido de la habitación.

Kate toca la puerta y la abre. Allí se encontraba Sarah, vestida con unas ropas holgadas, era obvio que no era su talla, de espaldas hacia la ventana.

—¿Sarah?

Voltea, y me mira con su cara inexpresiva. Camina hacia mí, y me abraza. Noto que aun lleva su vendaje en su antebrazo izquierdo.

Con la camisa manga larga del pijama del hospital no podía apreciar su brazo.

—Creo que las dejaré solas —dice Kate, cerrando la puerta.

—Si viniste —dice Sarah.

—Sí —digo con una sonrisa—.

Se aparta de mí. Se sienta en la cama.

Para sus 13 años, actúa con mucha madurez. Cualquier infante estaría devastado a todo momento por la pérdida de sus padres.

—Mi papá me dijo una vez que: "Cuando una puerta se cierra, otra se abre" —comenta Sarah desanimada—. Mis padres no están y esa puerta se ha cerrado, pero tú, incondicionalmente, te has quedado sin motivo alguno. ¿Por qué?

Tomo asiento a su lado.

—También perdí a mis padres cuando era niña —cuento—. Veo mucho de mí en ti, y no quiero que crezcas sin un hogar. Se que tuviste muy buenos padres —digo para reconfortarla—.

—No los conociste —responde triste.

—Pero me hubiera gustado hacerlo y apuesto a que sí lo eran —digo confiada, intentando proyectar esa confianza para ella—.

Le doy un fuerte abrazo, al igual que ella.

—Todo va a salir bien.

En ese momento, recuerdo que olvidé el equipaje con la ropa en el despacho de Kate. Le digo a Sarah que le traje ropa. Espero que si le quede.

Ella no se inmuta por mi comentario. Le pregunto si quiere venir conmigo a buscarla, pero no responde. Deja de abrazarme y se echa en la cama. Me pongo de pie, mirándola con tristeza y salgo de la habitación.

Me topo con Jeff en el segundo piso, el cual está comiendo una barra de chocolate. Los niños del orfanato están encantados con él. Sigo escaleras abajo hasta el despacho de Kate, que se encuentra allí firmando unas hojas. Se sorprende de mi presencia.

—Olvidé la maleta —digo, al acercarme al escritorio—.

La tomo, pero antes Kate me detiene y me pide que tome asiento para hablar sobre políticas de adopción.

—¿Disculpe? —digo un poco nerviosa—.

Añade, que conoce a Samuel Bridges, Sam, de cariño y, que son muy buenos colegas. Luego de que el abogado Karim Chalas me viera con Sarah, le informó sobre mí, e inmediato contactó con Bridges, para saber si tenía idea de quién era yo.

Casualmente, formaba parte de su Departamento. Le comentó cuando me quedé con ella cuando apagaban el edificio, y eso llamó más su atención hacia mí. Kate quería saber sobre mi tutor y Bridges la puso en contacto con Howard, y estuvieron hablando un largo rato.

Le sonrío a Kate, un poco avergonzada.

—Puedo verlo en tu cara —comenta Kate—.

—Lo he pensado, claro, y es un proceso extenso —digo, tomando asiento—.

Kate se arrastra sobre su silla hasta unos archiveros a su izquierda, y toma una carpeta. Se regresa al escritorio. De la carpeta saca un folder, toma una pluma del escritorio y me las extiende.

— ¿Qué es? —pregunto, al momento que recibo el folder.

—Los papeles de adopción —responde.

—¿Cómo? ¿Así no más? —pregunto, asombrada de lo rápido que está pasando—.

—Confío en la palabra de Sam y, tu padrastro es una gran autoridad. No te preocupes —responde—. Encárgate de firmar, yo me encargo del resto.

—¿Qué pasará con sus familiares?

—Como te dije, no hay familiares registrados —responde Kate—. En caso de, se revocaría la adopción, sin embargo, en lo que ocurre, ella tendría un hogar y estaría bajo tu tutela. Sé que esto va más allá de ti, lo haces por su bien.

Asiento. Decidida, dejo el equipaje en el suelo para firmar los papeles. Devuelvo el folder.

—Hola, Sarah —dice Kate, viéndola de pie en la puerta.

Volteo a verla. Jeff se acerca, terminándose la barra de chocolate.

—Hay un hombre en la ventana —expresa Sarah.

Me pongo de pie, alerta, e intercambio miradas con Jeff.

—¿Qué hombre? —pregunto a Sarah.

Sarah señala hacia arriba.

—¿Hay algún hombre en el edificio? —pregunto a Kate—.

— Tenemos un jardinero y un cocinero, pero no se encuentran ahora mismo —responde—.

Mando a Jeff a ir por fuera del edificio. Le digo a Kate que se quede con Sarah aquí. Salgo del despacho y corro lo más rápido posible al tercer piso.

Me percato de que no haya ningún niño cerca, desenfundo mi arma y abro la puerta despacio. La habitación está vacía y la ventana abierta. La cortina ondeando por el viento. Me acerco cuidadosamente, y echo un vistazo hacia afuera, a los alrededores. No doy con nadie. Volteo hacia la cama y reviso debajo de ella. Me pongo de pie y al cerrar la ventana, noto unas rasgaduras en la ventana, al parecer hecho con un objeto filoso. Guardo mi arma y me regreso al despacho.

—¿Algún problema? —pregunta Kate con calma.

—No había nada —respondo.

Me acerco a Sarah.

— ¿Le viste la cara a ese hombre? —pregunto.

Sarah niega, moviendo la cabeza.

—Kate, ¿sabes cómo se rasgó el marco de la ventana de la habitación?

—¿Rasgado? No —responde con inquietud—. Todos los días verificamos las habitaciones. Todo estaba en perfecto estado en la revisión de hoy.

Jeff entra al despacho.

—Todo despejado —dice—.

Veo a Sarah y me acerco a la maleta. De él tomo un pantalón corto, y un suéter.

— ¡Honey! —llama Kate, y de inmediato entra la chica que nos abrió la puerta—. Lleva a Sarah a cambiarse de ropa.

Le paso la ropa y ella sale del despacho en compañía de Sarah.

—Entonces, ¿creen que haya sido su imaginación? —pregunta Kate sobre el supuesto hombre en la ventana—.

—Antes de entrar vi un hombre sospechoso del otro lado de la calle. No pude verlo bien del todo —digo insegura—.

—¡Ay, Dios mío! —expresa Kate, preocupada—. Pero Sarah estaba en un tercer piso, no hay escaleras o accesos. Es imposible que alguien alcanzara esa ventana.

Bajo la mirada, pensando en el hombre de ayer.

—Podríamos traer seguridad esta noche. Solo por precaución —comenta Jeff.

—Me parece una buena idea —dice Kate—. Esta casa alberga muchos niños y necesito que se mantenga seguro.

Sarah entra en la habitación, acompañada de Honey. La vestimenta le queda a la perfección.

—¡Ay, que linda! Esa ropa si le queda —expresa Kate alegre—.

—¿Qué más tengo que hacer para llevarla conmigo? —pregunto.

Jeff nos ve con asombro.

—Oficialmente, eres su tutora. Ya firmaste —responde Kate.

—¿La adoptaste? ¡Wao! —expresa Jeff emocionado—.

Kate va a su escritorio y saca de una gaveta una carta, toma un papel de la mesa y me los entrega.

—Gracias, Kate —digo, amablemente—.

—Gracias a ti, por colocar tu granito de arena a nuestra comunidad —agradece Kate con una sonrisa—. Una vez haya arreglado todo con Karim, me comunicaré contigo para terminar de cuadrar todo.

Jeff toma el equipaje y yo la mano de Sarah para luego salir del orfanato, guiados por Kate.

—Vayan bien —dice Kate, mientras nos acercamos al auto—.

Jeff se despide, levantando su mano. Abre la puerta detrás del asiento del conductor para poner allí el equipaje. Cierra la puerta.

Abro la puerta trasera del lado del copiloto, y allí acomodo a Sarah, quien estaba inexpresiva mirándome. Le sonrío, intentando sacarle una sonrisa. Ella pone su mano en mi cara por unos segundos. Con ese pequeño gesto sentí una cálida sensación recorrer mi cuerpo. Cierro su puerta y entro al auto. Jeff es el conductor esta vez y nos trasladamos con destino a mi apartamento.

En el camino, Sarah se quedó dormida.

Llegamos a mi apartamento para las 1:10 p.m.

Jeff carga a Sarah desde el auto hasta mi habitación. Dejo el equipaje en el suelo, al lado de la cama.

—Yo regresaré al Departamento. Arreglaré la seguridad al orfanato, sino yo mismo puedo prestarme —dice Jeff.

—Gracias —digo cruzada de brazos, mirando a Sarah—.
—Ella estará bien. No te preocupes.
Asiento.
Jeff sale de la habitación. Le sigo.
En la puerta me despido con un abrazo y dándole nuevamente las gracias. Sé que él también haría lo mismo por mí.
Desde la ventana de mi sala, lo veo subirse al auto y se marcha.
Camino hacia mi habitación y la veo dormir.
Me siento a su lado y delicadamente paso la mano por su cara y pelo.

* * *

—¡A despertar, campeona! —se escucha la voz de Howard.
Me encuentro boca abajo y me giro en la cama un poco agitada y con la mirada entristecida. Howard lo nota y se me acerca, agachándose.
— ¿Qué pasa? —pregunta un poco preocupado.
—Soñé con mamá y papá.
Howard pasa su mano por mi pelo y remueve sudor de mi frente. Se sienta en la cama, al igual que yo. Tomo a Eva y la pongo entre mis brazos. Miro por la ventana, aún está oscuro.
—Gracias por quedarte conmigo —digo en voz baja.
—No digas eso.
— ¿Qué cosa?
—"Quedarme contigo", como si fueras un objeto —dice con tono preocupado—. No te acogí por pena, o por orden de la jueza. No. Lo hice para ayudar a una niña a la cual le veo un gran potencial y que tiene un buen corazón. Sin importar la decisión de la jueza, hubiera seguido visitándote e incluso ayudándote, si lo necesitaras. Sé que serás grande. Lo veo cada

vez que te miro a los ojos. Cualquier cosa que necesites, estaré aquí para ti.

—¿Lo que sea?

—Lo que sea— dice Howard con una sonrisa en su cara—. Pero ahora necesito que te levantes jovencita, tenemos que ir a correr y a nadar.

—Aún está oscuro —digo cansada.

—Si quieres ser policía, deberás ser menos dormilona.

—No soy dormilona. Estoy de vacaciones —digo defendiéndome—. Me lo merezco por pasar mi primer año en la academia.

Le arrojo la almohada a Howard y la agarra. Me vuelvo a tirar a la cama con mi muñeca.

Howard me lanza la almohada y me estremezco del golpe.

—¡Oye! —digo, tomando la almohada.

—¿Qué vas a hacer? —pregunta desafiante y juguetón.

Me paro de la cama a toda prisa. Howard sale corriendo de mi habitación. Lo persigo eufórica.

* * *

Abro los ojos. Giro la cabeza, y veo a Sarah que aún duerme. Sonrío. Paso mi mano por su pelo. Me levanto y miro el reloj en mi teléfono móvil.

—Dormiste hasta las 5 de la tarde… muy bien, Alice —digo para mí misma pensando en lo dormilona que soy—.

Me quito el uniforme, y me pongo un pantalón deportivo y un jersey de los Yankees. Me acerco a la ventana y le echo un vistazo a la calle. Sobre mi escritorio, dejo mi cinturón. De él, tomo mi arma, y me la engancho en el pantalón.

Salgo de la habitación hasta la cocina donde resalta una pila de basura acumulada.

—La basura es como el crimen, nunca acaba.

Tomo las bolsas y las saco del apartamento hasta un contenedor en la calle.

Regreso a subir las escaleras y me cruzo con un hombre que viene bajando, vestido de un impermeable amarillo largo hasta los pies y gorro oscuro.

Cuando paso por su lado, siento el aire pesado. Subo un escalón más y noto como me agarran por el cuello y me lanzan escaleras abajo, donde suelto el arma que llevaba en el pantalón, golpeándome la cabeza de mala manera.

El sujeto se destapa la cabeza mostrando unos ojos amarillos, de piel oscura con grietas amarillentas, y con garras que salen de sus manos. Sus brazos crecen hasta sus rodillas, y de su cabeza crece un cuerno.

Quedo en shock al ver dicha figura delante de mí. Se acerca con un salto, me toma del cuello y me levanta en el aire, asfixiándome. Mis ojos se cierran poco a poco y quedo totalmente inmóvil.

El brazo de la criatura comienza a brillar y abre la mano. Caigo al suelo despertando con el impacto e inhalando aire a prisa.

La criatura se lleva las garras hacia su propio cuello que comienza a introducirlas y producir un gran chillido.

— ¡Corre! —grita un hombre rubio desde lo alto de la escalera con sus manos brillantes hacia la criatura.

Me pongo de pie con dificultad, tomo el arma, y comienzo a bajar las escaleras.

Salgo a la calle, y me detengo en la puerta de entrada a tomar un respiro.

Toco mi cuello y cabeza con cuidado. Se escucha un estruendo y, aquel hombre rubio sale disparado desde el tercer piso del edificio, abriendo un agujero en la pared, y cae en la calle entre los escombros.

La criatura, de pie en el agujero, suelta un chillido. Salta en dirección a él que, hace brillar sus manos, las une y las separa subiendo una y bajando la otra, creando así una cuchilla de energía cortando a la criatura a la mitad.

Ray se levanta agarrándose la espalda y camina hacia mí.

Apenas puedo reaccionar, viendo la criatura partida.

—¿Eso... eso es un demonio? —pregunto perturbada.

—Hay que salir de aquí —sugiere Ray, a lo que mueve sus manos sobre el apartamento y lo cubre con un manto luminoso que desaparece—.

No hago caso, aún asombrada por la situación.

— ¡Alice!

Subo la mirada lentamente hacia él y lo recuerdo. Es el hombre de aquella noche.

—Eres tú. El del parque —digo.

—Ahora no tenemos tiempo para charlar, tenemos que irnos —dice Ray acercándose a mí.

Me aparto, apuntándole. Las personas de los alrededores se alarman, al ver el cuerpo partido a la mitad y a nosotros.

— ¡Atrás! —digo— Aléjate de mí.

— ¿En serio? No es lo más inteligente que puedes hacer en este momento —comenta Ray.

—No sé qué mierdas está pasando aquí —digo muy alterada.

—Exacto. Es una mierda. Tenemos que irnos —dice Ray.

Ray ve a las personas de los alrededores. Levanta su mano brillante, murmura unas palabras, y chasquea los dedos. Todos quedan dormidos en segundos.

Pronuncio una cara de espanto al presenciar dicho acto.

— ¿¡Qué hiciste?! —digo muy nerviosa viendo como todos caen al suelo.

Escuchamos un crujido a nuestra derecha y se ven dos criaturas más. Les apunto con el arma.

—Claro. Eso de seguro nos ayudará.

Los Leales toman a los humanos dormidos.

—Mierda —dice Ray, que corre por ellos.

Me quedo estática apuntando mi arma. Ray enciende sus manos y ataca con fuego a una de las criaturas.

—¿Está lanzando fuego de sus manos? —digo para mí misma atónita—.

El Leal suelta a un hombre, y ataca al caballero de la gabardina que, crea nuevamente la cuchilla y le corta la cabeza antes de que pudiera hacer algo.

—Esto si funciona —dice para sí mismo—.

El otro Leal arrastra a una mujer por el suelo. Ray salta hacia él, y la criatura lo agarra de la cabeza y lo choca contra el suelo, aturdiéndolo.

La criatura camina hacia otro civil. Antes de que lo tome, descargo mi arma sobre la criatura, sin ningún efecto. Esta, suelta a sus presas, y salta hacia mí.

Esquivo, dando una vuelta hacia mi derecha. Me pongo de pie y la criatura se lanza hacia mí. Por reflejo, cierro mis ojos y me agacho. En ese mismo instante, escucho un golpe.

Al abrir mis ojos, veo al sujeto de la gabardina delante de mí, atravesar su pecho con su mano encendida en fuego. Levanta a la criatura que está haciendo ruidos extraños, y la hace explotar, creando un gran destello luminoso.

De la explosión, caigo sentada al suelo, asombrada y transpirando. Ray cae un momento al suelo, tocándose la cabeza.

—Tu mano estaba en llamas…

—¿Estás bien? —me pregunta.

Me quedo viéndolo sin habla.

—¿Qué si estás bien? —pregunta con un tono subido de voz.

Asiento nerviosa.

—Debemos irnos.

—No iré contigo a ningún lado —digo asustada, poniéndome de pie y apuntándole con el arma—.

—Esas cosas volverán —dice Ray reincorporándose—. Tengo que llevarte a un lugar seguro.

—Tengo una niña en mi habitación…

—Si la sacas, puede que vengan por ella también —interrumpe—. El edificio ahora está protegido.

— ¿De qué estás hablando? —pregunto confundida—. No voy a dejarla sola.

Me regreso a la entrada, viendo los escombros y los cadáveres.

Ray saca su Transportador, y antes de entrar al edificio, me toma del brazo y siento como mi cuerpo se estremece.

— ¡Suéltame! —digo quitando su mano de mi brazo—. Pierdo el equilibrio por un momento y caigo de rodillas, sobre una alfombra.

No recuerdo haber visto una alfombra en la calle.

Me pongo de pie con dificultad, tambaleándome un poco.

—Les pasa a todos la primera vez, ya te acostumbrarás —comenta Ray a mis espaldas.

Subo la mirada y diviso una gran estatua. Sigo subiendo la mirada y veo estrellas sobre mí. Me quedo boquiabierta de la impresión.

— ¿Dónde estoy? —pregunto, mirando a mi alrededor turbada—.

VI
Ανήκε στη μητέρα σου
(Pertenecía a tu madre)

Me pongo de pie con dificultad. Empiezo a transpirar frío, mi vista se nubla por unos segundos. El caballero de la gabardina camina hacia mí.

—¿Dónde estoy?

—Black Hole —responde a secas.

—¿Qu-qué es Black Hole? —pregunto confundida—.

—Un planeta.

Lo miro de arriba a abajo pensando que aún estoy en mi habitación dormida. No hay otra explicación.

Este lugar está sacado de alguna película de ciencia ficción, de esas que tanto Jeff disfruta.

Aún sostengo el arma. Miro mi mano libre y luego a la alfombra. Si este es un sueño, se siente muy real.

—Tengo que despertar —digo, llevándome la mano a la cabeza—.

Camino en círculos pellizcando mis cachetes.

—¡Alice! —llama Ray.

Me detengo y poso la mirada en él, intrigada. ¿Cómo es que sabe mi nombre? Además, lleva el mismo vestuario que aquella noche y eso sí fue real.

—¿Cómo sabes mi nombre?

Una ventisca se hace notar, acompañada de despampanantes sonidos de truenos.

Miro arriba, dando unos pasos hacia atrás, para ver un hombre de piel oscura y de harapos blancos descender desde las estrellas hasta colocarse delante de mí.

Estoy perpleja y a la vez bastante intimidada. Esto sí debe ser un sueño, estoy segura.

Aquel hombre mira a Ray.

—Dos visitas en un menos de un siglo, ¿a qué debo este honor? —pregunta con suma tranquilidad a Ray, para luego mirarme de arriba a abajo—. ¿Y quién es usted, señorita?

La impresión me impide vocalizar.

—Eso no te incumbe —responde Ray hostil, al momento que se me acerca y me toma del brazo para alejarme de él—. ¿Ya la viste? Okay. Se quedará en la ciudad por un tiempo. Lejos de ti. No te metas.

Envuelta en mi asombro, me dejo llevar sin oponer resistencia.

—Como dijiste antes, no somos amigos —expresa Frudd—. No puedo dejarte que te pasees como te plazca o traigas personas a tu antojo. Así que, sí es de mi incumbencia.

Los ojos de aquel hombre brillan por unos segundos.

—¿Alice? —dice Frudd, asombrado.

Al escuchar mi nombre vuelvo en sí. De pronto mi escenario cambia a una habitación. Me mareo por unos momentos, seguido de un ataque de ansiedad.

—¿Cómo es que saben mi nombre? —pregunto un poco agitada—.

—Necesito que te quedes aquí, por protección —explica Ray—.

Aquel hombre suelta mi brazo y se da la vuelta. Doy un paso hacia él, pero tropiezo debido a mis piernas flojas a causa de estos saltos de lugar. Con mi mano libre, logro agarrar su saco, y una vez más, mi escenario cambia al salón de recién con aquel hombre de harapos blancos.

Ray se percata de que algo lo hala hacia atrás y me detiene antes de que caiga por completo.

—¿Qué diablos estás haciendo? —pregunta Ray con cierto enojo—.

Frudd se acerca.

—Ni siquiera lo pienses —dice Ray con hostilidad—.

Quito sus manos de encima y me alejo unos pasos, intentando mantener el equilibrio.

—¿Qué está pasando aquí? ¿Quiénes son ustedes y por qué los dos saben mi nombre? —pregunto muy nerviosa y en voz alta—.

—Mi nombre es Frudd — expresa con una sonrisa—.

—Y ahora te callas —interrumpe Ray, para luego acercarse a mí—.

—Detente —digo, apuntándole con el arma—.

Ray se detiene.

—Sabes que está vacía, ¿verdad? —pregunta—.

La mano me tiembla al apuntar. El sudor baja por mi frente hasta mis ojos, me cuesta no parpadear.

—Solo quiero respuestas —digo en voz baja—.

—Tienes un gran poder dentro de ti —comenta Frudd.

Ray voltea hacia Frudd bastante enfurecido. Aprovecho para remover el sudor de mi rostro, pensando de que poder está hablando.

—Ni siquiera lo pienses —replica—. Ella no está aquí para unirse a tu equipo de mierda.

—Tiene potencial —continúa Frudd—.

—Ella está bajo mi protección —expresa Ray, subido de tono—.

—¿Entonces por qué la trajiste ante mí?

Ambos se quedan mirando mutuamente.

—Los Leales están tras ella, ¿cierto? —continúa—.

—¡Entonces sí sabes lo que está pasando! —afirma con propiedad, al momento que enciende su puño—. ¡Habla!

—Esto no es real —digo desconcertada—. Ustedes no son reales.

Frudd posa su mirada en mí.

—Lo somos —sostiene Frudd—.

—¡Por supuesto que no! —mantengo bastante alterada—. Las personas no vuelan, no pueden moverse de un lugar a otro en segundos, no pueden viajar a… —pauso mientras observo todo a mi alrededor, concluyendo con una vista hacia el cielo sobre mí— …otros planetas. Y por supuesto, no pueden crear fuego de la nada y no quemarse —señalo la mano de Ray—. Solo hay una explicación lógica a todo esto: sigo en mi cama, durmiendo. Solo necesito despertar.

Cierro mis ojos, estrujándolos con fuerza.

Frudd mira a Ray, y luego se me acerca despacio. Ray, aún enojado, apaga su puño y lo ve.

Siento como una mano se posa sobre mi hombro. Al abrir los ojos, puedo apreciar lo alto que es este hombre. Me siento bastante intimidada por su presencia, pero a la vez me transmite calma.

—Lo somos —sostiene—. Con el tiempo, te será sencillo comprender esta nueva realidad.

Todas estas sensaciones no las había sentido dentro de un sueño. No me quita la idea de que sea uno, pero estoy intrigada por lo que está pasando.

Ray se acerca y detiene a Frudd.

—Vámonos de aquí —dice al momento que me intenta tomar del brazo—.

Me alejo antes de que pueda sujetarme.

—No. Si esto es real, quiero entender que está pasando —digo, mientras camino alrededor, viendo todo con más detenimiento. —¿Qué es esto? ¿Quiénes son ustedes? —pregunto—.

—Soy un guardián designado por el dios Zeus —contesta Frudd con firmeza—. Junto a Ray, y otros valientes guerreros, somos quienes mantenemos el orden en la existencia.

Esta explicación no hizo más que confundirme más de lo que ya estaba.

—Puedes guardar tu arma —añade Frudd—.

Miro el arma en mi mano. Al verla, tuve sensaciones de mareo, pero lo pude controlar. Guardo mi arma en la parte trasera del pantalón. Regreso la atención con Frudd.

—Entonces, ¿eres un dios? —pregunto curiosa y algo ingenua—.

—Una entidad poderosa más no un dios —responde—. Por otra parte, Ray, es humano.

—Estoy haciendo un gran esfuerzo para entender todo esto, pero me dices que él es humano y puede encender su mano en fuego, okay —digo en tono neutro—. Y, ¿qué hay de esas cosas en mi calle?, ¿por qué me atacaron?

Frudd gira su cabeza hacia Ray.

—Quiero respuestas también —expresa Ray—. No fue un simple ataque. Varias de esas cosas a la vez. ¿Quién las envió?

Frudd, con una mirada triste, suspira.

—Él está libre —responde pasivo—. Ofiuco, está libre.

Ray se sorprende por la respuesta.

—Perdón, ¿quién? —pregunto.

—¿Qué mierda estás diciendo? —Ray se acerca a Frudd colérico, su cuerpo despide calor y sus ojos se vuelven rojizos—. ¡Tú lo mataste luego de la Gran Guerra!

—No, no lo hice —confirma—. Solo lo aprisioné en Xero, pero ha escapado.

—¡Hijo de perra! —expresa Ray con enojo, al momento que parte de su cuerpo se enciende en fuego—. Por eso saliste de Black Hole.

Quedo asombrada por lo que veo. Ray está en llamas, pero no se está quemando, tampoco su ropa.

—Tenías un solo maldito trabajo que hacer. ¡Uno! ¿Y qué hiciste? Por eso los constantes ataques a La Tierra —dice colérico, al momento que le lanza una llamarada de fuego con sus manos, cubriendo a Frudd por completo.

Lanzo un grito de espanto.

—¿Qué estás haciendo? ¡Detente! —grito—.

Ray cesa el ataque.

—Hice lo que tenía que hacer. Ese fue su castigo —expresa Frudd, que se apaga sin ningún daño aparente.

Estoy sorprendida. Lo acaba de incendiar y está como si nada hubiese pasado. Esto definitivamente es un sueño.

—Él no necesitaba castigo, merecía morir —arremete—.

—No busco venganza —expresa Frudd con voz fuerte—.

Ray suelta una corta risa, al momento que se apaga lentamente.

—Por supuesto, él puede matarnos a todos, y tú lo defiendes.

—Él es mi responsabilidad —dice dubitativo—.

—¿Ahora es tu responsabilidad? ¿Dónde está? —interrumpe—.

—Lo estoy buscando.

Frudd le da la espalda a Ray.

—¿Lo estás buscando? ¿Cómo mierda lo perdiste? ¿Qué intentabas hacer con él? —pregunta subido de tono.

—No tengo porque discutir mis métodos contigo.

—Eres un maldito cobarde sentimental —vocifera Ray con disgusto—. Y te haces llamar guardián. ¿Mera no te bastó?

— ¡Suficiente! —expresa Frudd, haciendo que retumbe toda la sala—.

Ambos intercambian miradas, luego Frudd me mira apenado.

— ¿Quién es Ofiuco? —pregunto inquieta—.

Ray baja la mirada para quitarse el anillo de su dedo, lo suelta y sale disparado al dedo anular de mi mano izquierda, y allí empieza a brillar.

—¿Qué hiciste? —digo forzando el anillo—. ¡Quítame esto!

—Ese anillo pertenecía a tu madre. Ahora es tuyo.

Detengo el forcejeo y miro con cuidado la pieza de joyería azul en mi dedo.

—¿Mi madre? —digo angustiada—.

Ray me mira confundido.

—Su nombre era Mera y fue asesinada por él —revela Ray—.

Frudd le mira inexpresivo.

—Esas cosas que te atacaron fueron enviadas por Ofiuco para matarte —continúa, ahora mirándome—. Los Leales, rastrean energía. El brillo del anillo lo confirma. Fueron por ti.

Me cuesta procesar toda esta información.

Añade que, la batalla en donde murió no se libró en La Tierra, y que nací unos días antes de esos sucesos.

Mis piernas empiezan a temblar y mi cabeza a doler. Tomo asiento en uno de los escalones.

—Esto es demasiado —digo anonadada, observando el anillo—.

—Ella necesita entrenamiento —comenta Frudd—.

—No —interrumpe Ray—. Te dije que no se involucrará. Solo la traje porque La Tierra no es segura.

Poso mi atención sobre ellos.

—Es por eso que necesita desarrollar sus habilidades —expresa Frudd—.

—¿Qué clase de habilidades? —pregunto con mucha intriga—.

—Cállate, no te interesa —responde Ray hostil—.

Tomo fuerzas para ponerme de pie y camino hasta él.

—Me traes aquí, me das este anillo, me cuentas sobre "mi madre", hay… demonios que están cazándome, y ¿no es de mi interés? Soy el objetivo aquí —desahogo mi frustración—.

—Me importa un carajo lo que pienses —fija con muy mala actitud—.

Respiro profundo del coraje. Giro hacia Frudd que, por alguna razón, vuelvo a sentirme intimidada cuando lo veo de cerca. Le hago la misma pregunta.

Responde que, cada uno de nosotros habita un poder que en ciertas personas se manifiesta y en otras no. Me cuenta que, como pude ver, Ray tiene la habilidad de manipular el fuego, y cree que yo, al igual que mi madre, tengo el poder de manipular el agua.

Con cada nueva revelación siento como me late el cerebro. Soy una persona realista, con los pies sobre la tierra. Que me digan este tipo de cosas, me parece muy fantasioso. Aunque con todo lo que he visto en la última hora, estoy en dudas.

Ray no estaba nada contento con esta idea del entrenamiento, pero si esas cosas siguen apareciendo, mi vida y la de Sarah están en peligro.

—¿Tengo opción? —pregunto directa—.

—No lo harás —ordena Ray—.

—¿Qué pasa contigo? —pregunto con enojo—.

—Eso es lo que quieres, ¿terminar muerta?

—¿Qué pasa si acepto a esto? ¿A estas supuestas habilidades? —pregunto a Frudd aun mirando a Ray—.

Este se disgusta con mi pregunta.

—Tendrás un entrenamiento para desarrollar tu poder y así convertirte en protectora de nuestra realidad y de tu mundo, por supuesto —responde Frudd.

Esta es una responsabilidad aún más grande. Miro el anillo que está brillando. Volteo hacia Frudd.

—¿Puedo pensarlo? —digo un poco dudosa—. Ahora tengo una niña conmigo que necesita de mi atención, un trabajo y no sé si pueda hacerme con todo. Lo que sé en estos momentos es que tengo que volver a casa. Necesito volver.

—No puedes —dice Ray caminando hacia mi lado—. Si vuelves estarás expuesta.

—Dijiste que el edificio era seguro, si no salgo, estaré bien, ¿no?

Ray se queda viéndome directamente a los ojos.

—Te quedarás. Fin de la conversación —expresa Ray—.

—No te pedí que me trajeras aquí. Llévame de regreso. Ahora —pido con firmeza—.

Ray, sin nada más que agregar, se ofrece a quedarse conmigo como protección, a lo que me niego rotundamente.

—Llévame de regreso —pido—.

Ray exhala enojado. Une sus manos y las hace brillar, para soltar partículas de luz que se adhieren a mi cuerpo.

— ¿Qué es esto? —pregunto, tocándome los brazos y caminando hacia atrás, intentando escapar de las partículas.

—Esto te mantendrá segura, al menos 24 horas.

Ray levanta sus manos y crea un portal detrás de mí, al cual entro y aparezco de regreso en mi habitación. Delante de mí, la luminancia desaparece, al igual que las partículas de luz.

Volteo para ver a Sarah en la cama. Siento un ligero mareo y desfallezco sobre el colchón.

Ray cierra el portal y cae de rodillas, mostrando signos de dolor. Se lleva la mano a la cabeza.

—Estás débil —comenta Frudd.

—Y tú eres el cabrón que nos condenó a todos.

Ray se pone de pie y lo mira directo a los ojos, muy enojado.

—Ofiuco sabe sobre ella —expresa en voz alta—. Esto era exactamente lo que quería evitar, pero tú hiciste mierda todo.

—Tu enojo desmedido no elimina la convicción de que la necesitamos, y más allá de eso, pertenece aquí.

—Yo la entrenaré —comenta Ray—. No por ti, sino para ella misma. No permitiré que más sangre se derrame por tu culpa.

Ray toma su Transportador y, desaparece del Gran Salón.

El silencio invade la sala. Frudd camina hacia la estatua de Zeus y se detiene a contemplarla.

—Padre, dame fuerzas —dice en voz baja—.

Frudd toma asiento en uno de los escalones, y mira las estrellas en espera de una señal.

— ¿Dónde estás, hermano? —pregunta para sí mismo—.

* * *

Abro los ojos. Me encuentro con la cara contra la almohada. Suspiro de alivio.

—Esto fue un mal sueño —digo en voz baja—.

Me paso la mano por la cara y siento que algo duro me lastima. Me miro la mano, y allí veo el anillo. Espantada, me pongo de pie, con la respiración alterada.

—Ay, no, no, no —digo ansiosa—.

Intento quitármelo, pero es inútil. No desiste.

—Esto no fue un sueño —digo para mí misma, y a la vez veo a Sarah, aun durmiendo.

Miro a través de la ventana. Está oscuro. Tomo mi móvil del escritorio, y le marco a Jeff, que contesta de inmediato.

— ¡Jeff! ¡No vas a creer lo que pasó! —continúo saliendo de la habitación—. Una cosa, demonio, algo feo me atacó. Apareció un hombre rubio que podía hacer brillar sus manos, reventó una pared en la escalera aquí en el edificio y, y, y lo explotó, en frente de mí. Luego, me llevó a otro sitio tocándome del brazo. Dijo que era un planeta, donde había un dios que protege al mundo. No, el mundo no. El universo, la vida, qué sé yo —continúo muy nerviosa—. Y me hablaron de mi madre que era una de ellos, y ahora tengo un anillo en el dedo que no se zafa. ¡Ah! También que supuestamente tengo poderes. Loco,

¿no? —termino sentada en la puerta de entrada, transpirando y agitada—.

—*Tienes sueños muy vívidos, ¿sabes?* —responde Jeff.

—No fue un sueño. Fue real —digo—. Tómatelo en serio. No estoy jugando.

Apoyo mi cabeza sobre la puerta, muy angustiada.

—*Lo siento, es que suena un poco…*

—Lo sé… —digo interrumpiendo, y mirando el anillo—.

Tocan a la puerta. Me estremezco con los golpes.

—Alguien llama a la puerta, espera —digo en tono bajo—.

Me pongo de pie y veo a través del ojo mágico de la puerta. Observo a dos oficiales.

—Jeff, tengo dos oficiales en mi puerta.

— *¿Los reconoces?* —pregunta.

—No creo haberlos visto en el Departamento —responde.

—Te dejaré en línea.

Paso la mano por mi pelo y por mi rostro. Abro la puerta.

—Buenas tardes, señorita. Soy el oficial Martínez, él es el oficial Christensen. Estamos aquí porque uno de sus vecinos reportó un incidente ocurrido hace algunas horas. ¿Puede decirme algo sobre eso?

— ¿Incidente? ¿Cuál incidente? —digo intentado parecer sorprendida—.

—El agujero en la pared de la escalera, ¿no lo había notado? —responde el oficial Martínez.

Salgo de mi apartamento y veo escaleras abajo el agujero. Toda la pared estaba destrozada.

—Sus vecinos se quejaron por un fuerte ruido —continúa—, además de que afirman haberse quedado dormidos en la calle espontáneamente, y antes de eso, lograron identificar a un hombre rubio de vestimenta formal y una chica caucásica de pelo corto con ropa deportiva que concuerda con su apariencia actual, señorita…

—Langstrong. Alice Langstrong —respondo un tanto nerviosa—. Bueno, como pueden ver vivo aquí y quizá me vieron esta tarde. Saqué la basura.

— ¿Y no escuchó ningún ruido? —pregunta el oficial Christensen dudoso—. Está muy cerca de la escalera.

—Estuve fuera todo el día, y… luego regresé. Del cansancio quedé dormida hasta hace unos momentos —respondo—. Cuando volví a casa no había ningún agujero. Debió pasar durante mis sueños. Son muy pesados —digo entre risas—.

— ¿No que había sacado la basura esta tarde? ¿Cómo, si estaba durmiendo?

—Si, claro… es que primero saqué la basura y luego me dormí- Así en ese orden —digo, con una sonrisa—.

Los oficiales me miran sospechosos.

— ¿A qué se dedica, señorita Langstrong?

—Soy del banco. Quiero decir, trabajo en un banco. Servicio telefónico nocturno —respondo un poco nerviosa—.

— ¿Vive sola?

—Conmigo misma —respondo chistosa.

Los oficiales no se inmutan.

—Muy bien, gracias por su cooperación —dice el oficial Martínez—. Volveremos si necesitamos cualquier otra cosa. Y, no duerma tan profundo.

—Lo tendré pendiente, oficial, gracias —digo con una sonrisa en mi rostro—.

—Pase buen resto de la tarde —dice el oficial Christensen.

Asiento, y cierro la puerta. Suspiro. Mi rostro pasa a preocupado. Vuelvo a la llamada.

— ¿Sigues ahí?

—*Le mentiste a oficiales…*

—Lo sé y me siento mal —digo apenada—.

La única persona que sabe que soy oficial es Serinda, mi vecina. Ella no estaba en ese momento.

El edifico de apartamentos tiene cinco pisos, yo vivo en el tercero. Todos son muy reservados. No conozco a nadie, apenas de vista.

Vuelvo a recostarme de la puerta y me dejo caer.

—*Recuerdas que eres policía, ¿verdad?*

—Lo sé. Espero que no pase a una investigación porque quedaré muy mal, y me tildarán de loca si hablo sobre lo que realmente pasó.

—*Efectivamente. Y no solo eso, serás la sospechosa principal de todo esto* —argumenta Jeff muy directo—. *Pero, volviendo al tema, eres una especie de súper heroína. ¡Esto es asombroso!* —exclama.

—Te cedo mi puesto —digo.

—*No, gracias. Si algo he aprendido sobre películas de superhéroes es que, cada héroe tiene su contraparte* —explica—, *y si eres la chica poderosa, hay alguien que puede ir por ti, así como lo hicieron hoy.*

—Su líder, o al menos eso creo, dice que necesito entrenamiento —digo, mientras veo el anillo—.

—*Eso quiere decir que les puedes ser de ayuda a su causa* —expresa Jeff con sumo interés—. *Desde que te conocí quieres hacer el bien, y ayudar a los demás. Ser alguien grande, y aparentemente tu madre estuvo ahí, lo llevas en la sangre. Si crees que es lo correcto, sabes que hacer.*

—Ese es el punto, no sé si es lo correcto. ¿Nada de esto te preocupa ni un poco?

—*Estoy más para el lado del no* —responde—. *Realmente estoy emocionado, estas cosas solo pasan en películas y ahora es una realidad. Además, todo tiene sentido ahora, tu pelo, tus sueños, todo forma parte de esto.*

—No me siento segura, pero intentarlo no debe ser tan malo, ¿verdad? —pregunto un poco confiada.

— *¡Esa es mi Alice!* —dice emocionado—.

Miro el anillo que está brillando un poco ahora.

— *¿Y cómo está ella?* —pregunta.

— ¿Sarah? Aún duerme —respondo sin dejar de ver el anillo—.

—No duermo —habla Sarah desde el pasillo—.
Subo la mirada y la veo allí de pie.
— ¡Hey! Hola, Sarah —digo con una sonrisa—.
Inexpresiva, camina de regreso por el pasillo.
— *¿Despertó?* —pregunta Jeff.
—Sí, te llamo luego —respondo, levantándome del suelo—.
Cuelgo el móvil y camino a la habitación. Allí estaba ella, de pie en la ventana, contemplando el cielo.
—Dormiste mucho —comento, buscando conversación—.
Sarah no responde.
Me acerco a ella. Ambas vemos la calle solitaria. Bajo la mirada hasta el vendaje en su brazo. Me pongo de rodillas para revisarle, y al removerlo noto que no hay ningún tipo de quemadura. Aunque las gasas están manchadas. Es muy extraño.
Sarah gira con su mirada triste. Se acerca a la cama y se acuesta con la mirada a mí.
No ha comido nada en todo el día y no sé si comió algo en el orfanato antes de venir. Ahora que lo pienso tampoco he almorzado, y no tengo nada en mi despensa o refrigerador.
Le comento la idea de pedir comida. Ella no se inmuta, pero en todo caso, tomo mi móvil y busco servicios de comida a domicilio. Me decido por la pizza. A todos nos encanta, ¿no?
—No me gusta la pizza —responde en voz baja—.
Quedo perpleja ante semejante revelación.
— ¿No? ¿Estás segura? —pregunto confusa.
Sarah solo se queda viéndome inexpresiva.
—Pues no pizza, no hay problemas —digo, sentándome en la cama—. ¿Qué te gustaría comer?
Sarah se sienta.
—Me gusta la piadina —responde cabizbaja—. Mi papá nos llevaba a comer.
Puedo notar la tristeza en sus ojos al terminar esa oración. Me siento a su lado y me abraza al instante. Siento su respiración agitada.

—Estoy aquí para ti, Sarah. Siempre —continúo abrazándola—. Lo prometo.

Paso la mano por su rostro el cual se siente muy caliente.

— ¿Te sientes enferma? Estás caliente —digo preocupada.

Niega, moviendo la cabeza. Toco su frente y ya no se siente caliente.

Me quedo con Sarah en la cama y me dispongo a localizar un restaurante que venda piadina. Encuentro un local y hago el pedido.

Mientras esperamos, deshago su cola despeinada. Noto que tiene el pelo largo, hasta por los codos. Le amarro el pelo, esta vez trenzado, con la cola descansando sobre su hombro izquierdo. Tomo varios de sus flequillos y los suelto sobre su cara, la cual no mostraba ninguna emoción. Sarah se recuesta en la cama.

Me pongo de pie y tomo el equipaje del suelo al lado de la cama. Lo coloco sobre el escritorio. Tomo el arma de mi pantalón, y la guardo dentro del equipaje para que Sarah no la vea.

Pasados unos 25 minutos, el pedido llegó. Lo recibo en mi puerta, pago con tarjeta de crédito y me la llevo a la cocina.

Tengo mucha curiosidad por ver cómo es la piadina en realidad. Cuando buscaba los establecimientos vi varias fotos, y luce como una tortilla rellena.

Abro las dos bolsas. Tomo uno y lo abro. Y efectivamente, es una especie de taco o tortilla rellena. Como no le pregunté a Sarah de que ingredientes le gustan, pedí en variedad, más unas cuantas salsas. En el refrigerador tengo bebidas. Tomo un par de cartones de jugo y unas latas de soda. Busco un par de platos, los coloco sobre una bandeja y llevo todo a la cama.

Sarah siente el olor a distancia y al entrar a la habitación pude ver cómo se inclinaba hacia la puerta.

Pongo todo sobre la cama. Agarro el control remoto de la mesa de noche al lado derecho de mi cama y enciendo el televisor, que está sobre una mesa con rueditas al lado del escritorio en frente de la cama, que raramente uso.

Le digo el menú a Sarah y se decide por las de jamón y queso. En cambio, yo opto por las de vegetales con queso.

Pego la primera mordida y puedo decir que está sumamente rico. Doy otro bocado.

—Mejor que la pizza, ¿no? —pregunta Sarah, intentando entablar una conversación por primera vez—.

—Es debatible —respondo con una sonrisa.

Ella ríe por igual y continúa comiendo.

Eso me hizo sentir bien, aunque fuese por ese corto tiempo, no pensó en su dolor. También pude notar que estaba hambrienta. Apenas me comí 2 piadinas, a diferencia de Sarah que se comió 5 y se tomó un cartón de jugo y una lata de soda.

Como no encontré algo interesante para ver en el televisor, vimos la noche desde mi ventana. Las nubes y las estrellas exhibían en el horizonte un espectáculo de serenidad.

Al terminar, ambas traemos los platos y demás cosas a la cocina. Al devolvernos, Sarah se desmaya en el pasillo. Corro hacia ella con prisa.

— ¿Sarah? ¿Me escuchas? —le llamo preocupada—.

Le toco la frente y está ardiendo en fiebre. La cargo y la llevo al baño. La introduzco en la tina y abro la llave para llenarla de agua. Tomo una toalla del lavamanos, la empapo y se la paso por la frente.

Me dirijo al botiquín encima del lavamanos, tomo el termómetro y lo coloco en su boca. Tomo un frasco de alcohol y lo paso por su nariz. Sarah reacciona al olor y abre los ojos lentamente.

— ¡Hey! ¿Cómo te sientes?

—Estoy bien —responde sin aliento, mientras cierra sus ojos—, solo tengo mucho sueño.

Toco su frente, y ya no está caliente. Estoy desconcertada por la situación.

Cierro la llave, tomo una toalla y la saco del agua. La llevo a la habitación, y la coloco sobre la cama. Saco el termómetro de su boca que marca 72°C.

Observo el aparato, confusa. Lo pongo en la almohada. Subo a la cama y me siento a su lado. Toco su frente, la cual está fresca.

Miro la noche a través de la ventana, pensando en que me quedaré en casa, y no saldré a patrullar. Regreso la mirada con Sarah y me quedo pasándole la mano por su pelo.

A la mañana siguiente despierto sola, recostada en la cama.

Me pongo de pie y al llegar a la puerta, noto que la mesa y el televisor no están en la habitación. Escucho a una persona adulta hablar.

Sigo aquella voz hasta una de las habitaciones del fondo. Abro la puerta y veo a Sarah, sentada en el suelo con el televisor encendido.

— ¿Sarah?

Ella voltea hacia mí y responde: —Hola, Alice —muy amena.

— ¿Qué haces aquí? —pregunto intrigada.

—No quería despertarte así que traje el televisor aquí —responde—. Esta habitación está vacía.

Encuentro bastante extraña sus respuestas. No se siente cohibida y responde muy solvente.

— ¿Cómo te sientes?

—Me siento bien —responde y se queda mirándome fijo—. ¿Qué pasa?

—Es que anoche me preocupaste un poco, pero ya estás mejor —respondo con una sonrisa.

— ¿Qué pasó anoche? —pregunta Sarah—. Estábamos comiendo piadinas y luego nos dormimos. No sé porque te quedaste sentada en la cama.

Me acerco a ella.

—¿Segura que no recuerdas nada más? —insisto.

—Estaba mojada, no recuerdo por qué. Desperté con mucha hambre —responde levantando un tazón de entre sus piernas—. Fui a la cocina y solo encontré cereal. Perdón si no te pedí permiso.

—No. Está bien, no hay problema. Vives aquí ahora, no tienes que pedirme permiso para nada —digo bastante confusa—.

Noto que su ropa está seca y algo dura. Le sonrío y salgo de esa habitación.

Camino de vuelta a la mía. Toco el lado de la cama donde Sarah yacía. Estaba totalmente seco y toda la superficie muy rugosa. Veo el termómetro y lo tomo, pero no enciende. Noto que está descascarándose. Esto es muy extraño.

Entro al baño y lo tiro a la basura.

Me dirijo a la cocina por un vaso de agua. Camino hacia la ventana frontal, y veo varias personas alrededor del edificio, supongo que viendo el agujero en la pared.

Me preocupa tener tanta atención cerca de mí. Me alejo de la ventana y me regreso al baño. Al quitarme la vestimenta, me percato del anillo. Intento removerlo una vez más pero no pasa nada.

Entro en la bañera, y dejo caer agua sobre mi cabeza.

¿Será eso cierto? ¿Puedo manipular el agua? Miro el anillo un tanto escéptica.

Levanto mi mano y la muevo varias veces. No hago más que solo salpicar agua. Me río de mí misma.

Termino mi baño, y me regreso a la habitación para vestirme con mi uniforme. Me miro al espejo de piso en una esquina de mi habitación.

No creo que sea una buena idea ahora salir vestida así. ¿En serio me estoy escondiendo de mi profesión? Solo hasta que esta situación se calme un poco.

Me quito mi uniforme y me visto de civil. Unos jeans, camiseta y tenis.

Voy a echarle un vistazo a Sarah y la encuentro dormida. Toco su frente y no está caliente. Tomo una manta de una silla y la cubro. Agarro el tazón del suelo y salgo de la habitación.

Llaman a la puerta impaciente.

Dejo el tazón en la cocina, y abro la puerta, es Jeff uniformado y con un periódico en mano. Entra sumamente alterado.

—¿Qué pasa contigo? —pregunto, al momento que cierro la puerta—.

Jeff me muestra un artículo en un periódico sobre los sucesos de ayer en la calle, y una fotografía de una mujer apuntando un arma.

—Supongo que esa eres tú.

Tomo el diario y lo observo con cuidado. Efectivamente era yo.

—Tienes suerte de que tu ausencia no fue motivo para relacionarlo con esto —comenta Jeff—. No saben que eres tú. Hiciste bien en no identificarte ante los oficiales, de lo contrario, estarías siendo interrogada.

—Esto se está saliendo de control. No lo entiendo —leo el periódico—. ¿Por qué no hablan de las criaturas que me atacaron? —comento—.

—En ningún periódico habla sobre las criaturas que viste —comenta Jeff—. Es como si nunca estuvieron ahí.

Lanzo el periódico a el mueble. Me acerco a la ventana, divisando la calle.

—Hace rato, varias personas se encontraban en los alrededores viendo el agujero, ¿no viste a nadie en la entrada? —pregunto.

—No había nadie en la entrada —responde—. Y, vaya desastre en la escalera.

—Creo que me estoy volviendo loca —volteo y digo en voz baja—. Anoche, Sarah se desmayó. Estaba sumamente caliente y de un momento a otro, estaba bien. Despertó esta mañana, y estaba diferente. Como si nada hubiera pasado, y me refiero al incendio. Está de buen humor, podría decirse, y no recuerda la noche anterior.

—Ahora si me estás asustando —dice Jeff.

—Y eso no es todo —continúo—, cuando le puse el termómetro, marcaba más de 70 grados. La mantendré aquí y veré cómo progresa de estas anomalías.

—Has tenido unas últimas horas bastante irregulares —comenta Jeff, seguido de un suspiro—.

Levanto mi mano para mostrarle el anillo.

—Se ve bonito —dice—.

—Lo fuese más si pudiera quitármelo —comento—. Necesito un favor. Sabes que no estoy comiendo en casa últimamente, y ahora tengo a Sarah aquí.

—Necesitas comida —interrumpe.

—Por favor —expreso aliviada—. Sé variado, aun trato de averiguar que le gusta. Como cereales, quesos, y ese tipo de cosas.

—No te preocupes, yo me encargo —Jeff camina hacia la puerta—. Si se te ocurre algo más, me llamas.

Jeff abre la puerta, y le detengo antes de salir para decirle que no use el uniforme cuando regrese, para no despertar sospechas. Él asiente y sale del apartamento.

Tomo asiento, con la mirada en el periódico donde extrañamente solo estoy yo en la imagen.

Me pongo de pie y salgo del apartamento. Bajo las escaleras hasta el agujero, el cual tiene cinta policial.

Una caída desde aquí podría causar una contusión grave, o incluso la muerte, pero él se levantó como si se hubiera caído de una silla.

Bajo las escaleras hasta la calle a ver el lugar de impacto. Por la calle cruzan varias personas viendo aquel agujero.

Él partió esa cosa a la mitad aquí. No pudo desaparecer así de la nada. Camino hacia mi derecha.

—Allí estaba el otro cadáver —digo para mí misma—.

En las paredes de los alrededores hay manchas negras. Esto pudo haber sido de la explosión. También recuerdo haber disparado mi arma. ¡Rayos! La policía debió haber encontrado los casquillos.

Regreso a la entrada de mi edificio y veo personas fuera de los edificios aledaños del otro lado de la calle.

Esa fotografía pudo haber sido tomada desde cualquiera de esos edificios.

Tomo rumbo a la izquierda de la calle e intentar dar con el posible ángulo y apartamento que pudo haber tomado esa fotografía.

Observo un edificio de apartamentos en reconstrucción, con andamios por fuera de la estructura. Este pudo haber sido el lugar, pero no creo que nadie viva ahí. Miro a los edificios de la calle pensando que pudo haber sido cualquier otro.

Me regreso a mi edificio y entro a mi apartamento.

Un par de horas más tarde, Jeff regresa vestido de civil y con bolsas de supermercado. Las coloca en la cocina.

—Creo que tienes suficiente para un mes —comenta Jeff—, todo lo que una preadolescente necesita.

—Te lo agradezco mucho.

—¿Lista para irnos? —pregunta.

—Creo que ocuparé el turno en la tarde. Quiero asegurarme de que Sarah esté cómoda y en buen estado antes de salir.

—El detective Aldo estuvo ayer en el Departamento —cuenta—. Me dijo que te informara que pronto estaremos siendo trasladados.

—¿Dónde? —pregunto.

—Solo me dijo eso. El tipo es misterioso —dice Jeff—. Bridges sabe que tienes la niña pero que necesitas ir a trabajar. No puedes darte el lujo de tomarte días libres.

—Lo sé, solo que no quiero dejarla sola —expreso desanimada—.

Entro a la cocina, y desempaco las bolsas. Me topo con una caja de cereal que tiene un payaso en el cartón.

—Eres un niño grande, Jeff —comento, mientras le miro moviendo la caja—.

—Saben bien —se defiende.

Silenciosa e inexpresiva, Sarah se acerca a la sala y nos ve.

—Hola, Sarita —dice Jeff con una sonrisa.

La veo de pie en el pasillo. Sin ningún tipo de respuesta, baja la mirada y se regresa a la habitación.

—Okay, eso fue todo lo contrario a lo que me dijiste —comenta Jeff—.

—Sí… —digo en voz baja—.

—Creo que esa es mi señal para irme —dice Jeff saliendo de la cocina—.

Me despido de él con un abrazo. Le digo que nos mantendremos en contacto. Jeff sale del apartamento.

Tomo el tazón que traje a la cocina, y lo lleno con el cereal de payaso. Busco un tazón para mí y hago lo mismo.

Voy a la habitación del fondo y allí estaba Sarah pasando canales hasta que se detiene en una película.

Me siento a su lado. Ella se recuesta de mí. Le paso un tazón y ambas comenzamos a comer.

—Este está bueno. Tiene miel —digo—.

Sarah pone el tazón a un lado.

—¿Qué pasa?

—Extraño a Cynthia —dice en voz baja—.

Pongo mi tazón a un lado.

— ¿Quién es Cynthia? —pregunto con discreción—.

—Mi hermana menor —responde entristecida—. Peleaba con ella porque tomaba mis muñecas.

Me quedo en silencio para no interrumpir su momento de desahogo. Le vendría bien hablar, mostrar un poco sus emociones. Saber lo que realmente pasa en su cabeza.

—Esa noche le di un beso cuando dormía —continúa jadeante—. Igual con mis padres, ambos me dieron un abrazo antes de dormir. No sabía que iba a ser una despedida.

Su respiración comienza a agitarse. Se remueve las lágrimas, y me sujeta de la ropa con fuerza.

—Cuando te acercaste a mí en la calle, en el hospital y en el orfanato, pensé que, ellos te guiaron a mí para cuidarme. Aún siguen haciéndolo.

Mis ojos se humedecen.

—No estás sola, Sarah. No más —le susurro.

En el televisor se muestran imágenes de una fogata. Sarah lo mira, y se altera. Comienza a gritar y me abraza.

—¡No! ¡Fuego! ¡No! —grita incontrolable—.

Rápidamente tomo el control remoto y apago el televisor.

Es evidente que el incendio provocó en ella un trauma.

—Todo está bien. No es fuego real. Ya lo quité. Todo está bien, estás a salvo —digo susurrándole, intentando calmarla.

Sarah se queda entre mis brazos, apretándome fuerte y respirando a prisa. Siento como le sube la temperatura, pero luego de unos segundos se normalizó.

Así nos quedamos un buen rato, hasta que ella se quedó dormida. Me levanto suavemente, y la llevo a la cama.

Observo a través de la ventana que está lloviendo.

Me quedo con ella un par de horas hasta que despierta.

De una de las mesas de noche, saco notas adhesivas, y un lápiz. Anoto mi número de móvil y la coloco en el teléfono sobre el escritorio.

Ella me mira cansada. Le comento que tengo que ir a trabajar. En la cocina hay comida, toda la que quiera. Sobre el escritorio tiene mi número, solo tiene que marcar y le contestaré.

Sarah se sienta en la cama.

—No tardaré.

Sarah me abraza y se vuelve a acostar. Le acaricio el pelo y le beso la frente.

Me pongo de pie, tomo un abrigo y salgo del apartamento.

Al salir a la calle, noto que la lluvia ha cesado un poco. No creo que llegue empapada y me voy caminando hacia el Departamento.

Una vez en el Departamento, puedo escuchar la voz del jefe Bridges a la distancia. Me acerco a la sala principal donde lo veo dando un comunicado junto a los oficiales de turno.

—…no sabemos lo que está pasando. Debemos dar a entender que sus quejas son importantes, por eso, estaremos patrullando extra, solo por unos días, hasta que se calme esta locura.

Bridges me mira fijamente entre los oficiales.

—Es todo —concluye, retirándose a su oficina—.

Jeff se me acerca, me toma por el brazo y me lleva a un rincón. A lo lejos, Paul, sospechoso, nos echaba el ojo.

—Tienes que ver esto —dice impaciente.

—¿Qué pasa? —pregunto exaltada.

Jeff me lleva al área del comedor. Nos sentamos y Jeff toma su móvil, y me lo pasa.

—Luego de que me fui de tu casa, me puse a investigar sobre cosas paranormales y me topo con estas noticias. Son de hace unos días.

—"Criatura se sumerge en el Canal de Venecia."; "Cientos de daños a causa de fenómeno paranormal en el Canal de Venecia."; "Misterioso hombre en gabardina con manos brillantes causa furor en el Canal de Venecia."; "¿Saco volador?" —digo sorprendida al leer los enunciados—.

—Esto ya ha pasado en otras partes del mundo, no solo Venecia. En El Cairo, Egipto; Perth, Australia; San Petersburgo, Rusia; Tierra de Fuego, Argentina y allí hubo un sismo de 24° Richter. Esto no es nada ordinario —informa Jeff—. Los terremotos constantes que están pasando aquí pueden estar relacionados, ayer ocurrieron varios, y creo que en ese tiempo no estabas aquí.

Quedo sorprendida sobre estos artículos y el comentario de Jeff, haciendo que todo encaje.

Añade que, ha habido avistamientos de personas junto a criaturas extrañas, y otros de un hombre rubio solitario con manos brillantes. Todo esto, en el último año.

—Su nombre es Ray —digo—. Concuerda con su descripción.

—Algo pasa y sea lo que sea, no es bueno —continúa—. Estos son blogs, no son noticias confirmadas por alguna cadena de esos países. Lo que significa que quieren mantenerlo bajo perfil hasta saber con exactitud lo que pasa y tienen la excusa de las fallas tectónicas para los sismos e histeria colectiva en las personas para cubrir que ven estas cosas.

Me reclino sobre la silla acongojada.

—Puede que para esto es que te necesitan —continúa Jeff—.

Cierro mis ojos con angustia y toco el anillo.

—A veces es la vida que tiene su camino trazado, solo nos hace falta un ligero empujón para que nos muevan en la dirección correcta. Creo que este es tu empujón —dice confiado—. El mundo está lleno de misterios y secretos que nadie, ni de por casualidad, observará jamás. Tú tienes un don y tienes una entrada a ese mundo. Debes responder a tu llamado —concluye—.

—¿A quién estás citando? —pregunto.

—Sherlock Holmes —responde orgulloso—. Pero ese no es el punto. El punto es que este es tu camino.

—Quisiera que esto fuera una de mis pesadillas y despertar. Lo agradecería mucho —digo mirando el techo, reclinada.

—¿Tienes miedo?

—Estoy aterrada —respondo.

Jeff me mira preocupado.

—Vamos a la calle. Te hace falta subir ese ánimo —dice, poniéndose de pie—.

— ¿Iremos en tu lata de sardinas? —pregunto.

—Muy graciosa.

Preocupada, pero con las mejores intenciones acepto la propuesta. Antes, paso por los vestidores para ponerme el uniforme.

Regreso a la sala principal donde Jeff me esperaba y ambos salimos del Departamento.

Llegamos al parqueo y entramos al auto.

—Algo no estaba bien. No huele a nada, ¿qué hiciste? —pregunto con curiosidad—.

—Compré unas diez latas de ambientador en aerosol —responde—. Contrarrestó la peste y cualquier otro olor.

Sin más nada que agregar, nos ponemos en marcha.

En el camino, Jeff me cuenta que cuando era niño, tuvo una serie de ataques de fiebre bastante extraños, muy parecidos a los de Sarah. Sus padres no sabían que hacer, tampoco los doctores. Nunca empeoró, y al cabo de un año, no volvieron a ocurrir. Tampoco padeció sueño excesivo. Quizá solo sea Sarah que está cansada, eso espero.

— *"… A todas las unidades, se reporta un robo en proceso en una licorería en Upper East Side..."*

Jeff toma la radio.

—Aquí unidad 99, vamos para allá, cambio —comunica—. Es hora de la acción —me dice—.

Pisa el acelerador y rodamos a toda prisa.

Cuando llegamos, varios oficiales ya se encontraban en la zona, junto con el señor "récord perfecto".

Bajamos de la patrulla y nos acercamos a los demás.

— ¿Qué hay hasta ahora? —pregunto.

—Tres hombres armados, se presume que borrachos o drogados, no lo tenemos claro. Tienen rehenes —responde un oficial.

—Estos no te los quedas, Daniels —dice Paul.

—Ya lo veremos —confronta Jeff.

Uno de los asaltantes sale por la puerta de entrada con una botella en mano, luego cae al suelo.

—Uno menos —dice Paul.

El propietario de la tienda, de procedencia asiática, sale a con las manos en alto.

— ¡Puerta trasera! ¡Están escapando! ¡Corran, corran! —grita el propietario—.

Varios oficiales recogen al sujeto en el pavimento.

Paul corre al final de la calle para ir por el callejón detrás del local, Jeff le sigue, y yo a él.

Uno de los asaltantes nos ven y corre en dirección opuesta con botellas en las manos.

— ¡Ese es mío! —grita Jeff.

— ¡Claro que no! —contesta Paul.

Al estar más atrás, veo al tercer implicado salir de la tienda. Este me mira y se da a la fuga por otro callejón que da salida a la calle.

Corro lo más rápido posible. El asaltante deja caer una botella al cruzar la calle.

Al salir del callejón, choco con un ciclista. Ambos caemos al suelo. Doy un par de vueltas, pero me pongo de pie al instante, sintiendo una molestia en un costado. Veo que no le pasó nada al ciclista y sigo corriendo.

—¡Lo siento mucho! —digo al perjudicado—, ¡persecución policial!

Llego al otro extremo del pavimento y sigo tras aquel sujeto. Entra por otro callejón, y resbala en un charco. Se pone en pie y sigue la huida. Salto el cúmulo de agua y sigo en persecución.

El corredor, un poco lastimado por la caída se va chocando por las paredes del callejón. Me le acerco lo suficiente. Levanto mi brazo, y a pocos centímetros de agarrarlo, se aparece una figura a mi lado.

—Hora de irnos—.

Me llevo un sobresalto con el cual pierdo el equilibrio y caigo al suelo, dando una vuelta. El ladrón sigue corriendo, aunque cada vez más lento. Ray se acerca a mí.

Le miro furiosa. Me pongo de pie, y vuelvo a emprender la persecución. Atravieso un destello de luz y aparezco justamente donde caí. Ray me mira.

—Tenemos que irnos —dice Ray.

Levanta su mano brillante en dirección al corredor, quien cae, se golpea la cabeza, y es arrastrado por su pie derecho hasta mis pies.

Me quedo perpleja ante su acción.

—Ahí lo tienes. Termina tu juego. Es hora de irnos —repite Ray—.

—No puedes hacer eso —digo algo nerviosa—.

El sujeto, sin la más mínima idea de lo que estaba pasando, se levanta confuso y se da a la fuga. Ray lo levanta en el aire y esta vez lo deja colgado.

— ¡No! ¿Qué haces? Bájalo —digo viendo lo fácil que es para él realizar lo que sea que esté haciendo. Magia, o eso creo—.

Lo suelta y vuelve a golpearse la cabeza quedando inconsciente.

—No lo diré otra vez.

—¿A dónde se supone que me vas a llevar?

—Tengo que entrenarte —responde—. Vamos.

Ray saca un aparto del bolsillo y miro al asaltante.

—No puedo dejarlo aquí —digo—.

Ray mira al sujeto. Saca un cigarrillo del bolsillo y lo enciende con su dedo.

—Tienes 2 minutos.

—Ni siquiera he aceptado a esto —respondo un poco nerviosa—.

—El asesino de tu madre está libre —informa Ray—. Si viene por ti, tienes que estar lista.

Mi rostro refleja incomodidad. Me agacho, le coloco las esposas al maleante y lo pongo de pie. Suspiro y lo miro atento.

Regreso al frente de la licorería, con el hombre un poco desorientado y lleno de barro, al igual que yo, diciendo muchas incongruencias sobre del fin del mundo, a las cuales no presto atención.

—El fin llega… niña, huye. No hay escondite. Los demonios están sueltos —balbucea el borracho, tambaleándose—.

Lo entrego a un oficial que lo pone en una patrulla y me acerco a Jeff, que está emocionado.

— ¡Genial! Cada uno atrapó uno. Aunque tuve que hacerlo decidir quien quería que lo arrestara, y me eligió a mí. Debiste ver la expresión en la cara de Paul —dice Jeff entre risas.

—Él está en el callejón —digo en voz baja.

Jeff detiene su emoción y mira a la entrada del callejón.

— ¿El hombre rubio? —pregunta en voz baja—.

Asiento y miro al callejón.

—Entonces… ¿irás?

—Creo que sí —respondo bastante insegura—.

—Mantén la calma, todo irá bien —dice Jeff.

—Cúbreme. Ve a casa al anochecer y quédate con Sarah —pido de favor—. Tienes copia de la llave, ¿cierto? —pregunto.

—Claro.

—Okay. No sé cuánto tiempo tardaré, así que te veo allá.

—No te preocupes, yo me encargo.

Asiento y me alejo de los oficiales. Paul me ve al regresar al callejón.

Regreso con Ray.

— ¡Mierda! —expresa Ray molesto, al intentar crear un portal que no se materializa—.

Se percata de mi presencia y toma nuevamente el aparato de su bolsillo.

— ¿Qué es eso? —pregunto.

—Un Transportador.

— ¿Con eso me llevaste la vez pasada? ¿Cómo funciona? —pregunto interesada.

— ¿Te vas a poner a hablar? Tenemos que irnos.

Uno de los bolsillos comienza a irradiar luz.

— ¿Es normal que haga eso? —pregunto, señalando la gabardina—.

Ray ve la luminancia. Introduce su mano en el bolsillo y esparce un brillo en el aire.

A simple vista, es solo una nube de humo en frente de mí.

— ¿Qué pasa?

—Problemas —responde, a lo que la luminancia se disipa—.

Insegura, le planteo la idea de ir con él. Me toma del brazo y sin más, desaparecemos del callejón, y reaparecemos en un espacio oscuro.

Esta vez el viaje no tuvo ningún efecto en mí.

Ray camina hacia una puerta y la abre.

—Entra aquí —dice—.

Atravieso una puerta hasta dar con una cocina color blanco. Inmediatamente la puerta detrás de mí se cierra.

Intento abrirla, pero el pomo no gira.

—¡Ray! ¡Ray! —grito—.

Giro para ver que hay más allá después de la cocina, y me sorprendo con lo estético de este lugar. No creo que sea su hogar, digo, es demasiado cuidado para lo que él proyecta.

Camino hasta la entrada de un pasillo oscuro y sigo caminando hacia un gran televisor que cubre toda la pared del fondo. Ahora mismo está presentando unas montañas nevadas, aunque el cielo es distinto, tiene un color violeta.

—Que extraño —digo en voz baja—.

Me acerco y puedo ver más del paisaje a su alrededor. Así no funcionan estos aparatos.

Curiosa, coloco mi mano en el cristal y la remuevo al instante. Está sumamente frío.

En ese momento me percato de que no es un televisor sino una gran ventana. No puedo creer que me encuentre en unas montañas nevadas.

Esto me hizo recordar los bosques nevados cuando iba a acampar con papá.

Inmediatamente el escenario delante de mí cambia y ahora veo un bosque muy parecido al que estaba pensando.

Del asombro, doy unos pasos hacia atrás chocando con una mesita. Escucho que algo cae al suelo. Sobre la mesa hay una de esas cosas que usa Ray para moverse de un lado a otro. En el suelo hay otro, pero estaba algo roto.

Con cuidado, la toco y siento una descarga de electricidad recorrer mi cuerpo. Todo a mi alrededor se vuelve borroso por unos instantes y caigo por completo sobre una alfombra, dejando caer el aparato.

Subo la mirada con dificultad para deslumbrarme por la inmensidad de las columnas y por el cielo estrellado sobre mi cabeza.

VII
Νιώστε το Νερό
(Siente el agua)

Estoy de regreso en este lugar. Me pongo de pie con dificultad pensando en cómo lo habré hecho. Apenas lo toqué. Puede que haya presionado algo sin darme cuenta. Lo que sí puedo notar es que mis músculos se sienten tensos.

Me muevo unos segundos para ganar agilidad viendo a mi alrededor.

Venir aquí se siente como si fuera un viaje en el tiempo. Todo luce muy antiguo.

Me siento diminuta por la amplitud que tiene este salón, sin mencionar el manto de estrellas sobre mi cabeza.

Bajo la mirada hasta una inmensa estatua, deduzco que es Zeus ya que sostiene un rayo. A sus lados, se encuentran otras 2 estatuas. No reconozco el dios con el casco, pero tengo ideas vagas de quien podría ser el dios portador del tridente, aunque me abstengo a revelarlo. Quizá el dios de los harapos y ojos rosa pueda leer mentes y quede en ridículo. Hablando de él, soy la única que estoy aquí.

Vuelvo a echar un vistazo al manto estrellado pensando si estaría allí arriba.

A lo lejos una puerta se abre en una zona que tiene aspecto de biblioteca. Me acerco y veo una mujer, vestida de harapos marrones, y el pelo suelto color grisáceo, colocando libros en estantes de madera.

Me pego un susto debido al sonido de un trueno que retumba en toda la sala. Miro atrás y allí estaba Frudd, de pie al final de la escalera. Mira hacia sus pies y recoge el aparato que había olvidado por admirar todo este lugar.

—Bienvenida una vez más, Alice —me mira un poco entrañado—. Llegaste aquí por tu propia cuenta. ¿De dónde sacaste esto? —pregunta mostrándome el aparato—.

—Fue un accidente —respondo nerviosa—. Ray me llevó a una casa y tropecé con una mesa, esa cosa cayó al suelo. Lo juro que solo lo toqué para levantarlo y me trajo aquí.

Frudd se queda mirando el aparato, con el ceño fruncido.

—¿Dónde está Ray?

—No lo sé —respondo algo intimidada—. Antes de que me dejara en ese lugar dijo que había problemas.

Frudd queda pensativo un momento y vuelve en sí.

—No te preocupes por eso —dice, guardando el aparato en un bolsillo largo que tiene en la zona del abdomen—.

Siento inseguridad en sus palabras.

—Así que, tomaste una decisión —continúa—.

—En cuanto a eso, no estoy del todo segura —expreso tímida—. Aun no entiendo ante qué se enfrentan, y cuál sería mi participación aquí.

Escucho la puerta de hace rato cerrarse, produciendo un gran eco, luego, el silencio se apropia del ambiente.

—Para comenzar este viaje necesitas comprender una cosa: todo lo que sabes sobre tu realidad no es del todo cierto —manifiesta Frudd elevando ambos brazos, mientras que nuestro alrededor comienza a oscurecerse y, bajo nuestros pies, emerge niebla que se esparce por todo el lugar—. Ahora, contempla el origen de tu realidad —expresa con una voz amplificada—.

La gravedad disminuye. Mis pies se despegan del suelo y me elevo.

Subo la mirada hacia Frudd, quien no comparte ninguna emoción. Supongo que esto le es bastante común.

—Esto es alucinante —digo para mí misma—.

Nos elevamos hasta una extensa masa que luce como una nube cargada eléctricamente.

—En el inicio solo existía el Caos —narra Frudd—. Solo espacio, sin forma, nada que pueda ser descrito. De este vacío, surgen las primeras realidades conocidas: Gea, la cual es La Tierra, y Eros, el responsable de las uniones del principio cósmico.

Simultáneo a sus palabras, la nube se expande y el suelo aparece bajo nuestros pies, en donde ambos tocamos suelo. Este no era el suelo del Gran Salón, sino tierra blanda.

Delante, un ente con vistosas alas blancas mostrando su cuerpo, representando la segunda entidad.

No tengo palabras para explicar lo asombrada que estoy en estos momentos. Miro al cielo y las estrellas se encienden, iluminándonos.

—De estos seres surge Urano, el cielo —continúa—.

La tierra debajo de nuestros pies empieza a despedazarse. Nos movemos a un lado.

—En el Tártaro se engendra Érebo, la oscuridad—.

Se siente la penumbra que emana de aquel agujero.

—Antes de la consumación del caos, nacen otras deidades: la diosa Nix, la diosa Hemera y la diosa Éter. La noche, el día, y el aire —prosigue—.

El cielo estrellado desaparece para dar lugar a un cielo brillante. El viento sopla con gran intensidad.

—De Nix surgen dioses relacionados con los sentimientos; de Gea surgen, Tifón, las tormentas, Pontus, el mar y Ourea, las montañas.

A lo lejos, una oleada inunda gran parte de la tierra, y sobre este, nubes relampagueantes. Sentimos un temblor que daba lugar al nacimiento de las montañas detrás de nosotros.

Una dócil lluvia cae y, todo se vuelve verde a nuestros pies. Los árboles crecen a nuestro alrededor. Un ave cruza por encima de mi cabeza a una gran velocidad. Me muevo rápido antes de que dé conmigo.

En el horizonte, diviso diferentes animales apareciendo tras el follaje. Sonrío maravillada.

Camino hacia una elevación, seguida de Frudd.

—Esto es alucinante.

Frudd, con una sonrisa, contempla el horizonte.

—De estos dioses primordiales nace la segunda generación de deidades, hijos e hijas de Gea y Urano, conocidos como los Titanes: Océano, Ceo, Crío, Hiperión, Japeto, Cronos; y las Titánides: Tetis, Teia, Febe, Temis, Mnemósine y Rea; también otros seres como los ciclopes Arges, Brontes y Estéropes, quienes representan el rayo, el relámpago y el trueno; y los hecatónquiros Briareo, Coto y Giges, seres deformes de 100 brazos y 50 cabezas.

De entre las montañas, 12 figuras enormes se levantan a lo lejos con alas, cuernos, garras, de múltiples contexturas y tamaños. A nuestra derecha, los cíclopes, de gran tamaño y peludos en su totalidad excepto su rostro, de orejas largas y con uno o dos cuernos en su cabeza; y a la izquierda, los hecatónquiros, una masa de seres desnudos, aunque sin genitales y lampiños.

La Tierra se abre y de allí salen cadenas de piedra que aprisionan a estos seres para ser arrastrados a las profundidades.

—Urano, amenazado por su propia creación, encierra a los Titanes, cíclopes y hecatónquiros en el Tártaro —continúa Frudd, acercándose a mí—. Gea, al ver a sus hijos prisioneros en lo profundo de su ser, les propone vengarse. Hace brotar una afilada hoz de sus entrañas, pero ninguno se atrevió a cometer dicho acto, excepto Cronos—.

El corpulento gigante de pelo largo, arranca la afilada arma del suelo, escala hasta la superficie y cruza sobre nuestras cabezas.

Vengativo, blande el arma hacia el cielo. De ese ataque, varios cometas caen sobre la tierra y el mar.

—Cronos arrancó los genitales de Urano —expresa Frudd—. Parte de él, cayó en la tierra. De esa sangre surgieron Las Erinias, las diosas de la venganza, Alecto, Tisífone y Megera; los gigantes, y las Melíades, las ninfas de los bosques—.

Las tres diosas de aspecto femenino, aladas, semidesnudas, y de color negro, brotan de la tierra y emprenden vuelo hasta desaparecer entre las nubes. Los gigantes, de aspecto humano, se desplazan a las llanuras. Las ninfas, también de aspecto femenino, de piel verdosa cubiertas por hojas y miradas seductoras, se internan en el bosque.

—La otra parte cayó en el mar, y de allí nació Afrodita, diosa de la belleza, amor y reproducción—.

Del mar, emerge esta hermosa mujer de cabellera rubia, que cubre todo su fino cuerpo.

—Tras la castración, Cronos liberó a sus hermanos y recluyó a su padre en el Tártaro, convirtiéndose así en el gobernante de los dioses—.

El suelo se abre y de allí salen los encarcelados por Urano.

Cronos, con una mirada intimidante, se sienta sobre una montaña enana.

—Así queda consolidada la segunda generación de dioses —continúa—. Cronos, quien gobierna de forma despótica, envía de vuelta a los cíclopes y hecatónquiros a las profundidades del Tártaro—.

Veo como los cíclopes y los hecatónquiros se acercan a Cronos para hacerle reverencias, pero el suelo bajo ellos se abre y caen al encierro nuevamente.

—Tuvo una unión con su hermana Rea engendrando la tercera generación de dioses —prosigue—. Gea, le advirtió a Cronos que uno de sus hijos le destronaría como había hecho con su padre. Y según como iban naciendo sus hijos, se los iba comiendo—.

Ante toda esta conmoción, observo a Frudd asustada luego de escuchar lo que estaba a punto de ocurrir.

Nos acercamos hasta una elevación donde se aprecia a Rea, una Titánide de menor tamaño, entregarle sus hijos para ser devorados.

—Esto es una locura —digo, un poco aterrorizada, al ver como Cronos se lleva a la boca a sus bebés—.

—Hestia, diosa del hogar; Deméter, diosa de la fertilidad; Hera, diosa del matrimonio; Hades, dios del inframundo; y Poseidón, dios de los mares —narra Frudd mientras Cronos se lo traga en el mismo orden—.

Rea, mientras Cronos devora a sus hijos, se dirige a una cueva detrás de nosotros de donde sale el llanto de un bebé.

—Pero hubo un sexto hijo que Rea no entregó a Cronos—.

De la cueva sale Rea con algo envuelto entre sus brazos, cubierto de harapos.

—Decidió esconderle y a cambio, da a Cronos una piedra envuelta en su lugar, que se come sin notar la diferencia—.

Rea le entrega a Cronos la piedra. El enorme titán la toma y la engulle sin más. Satisfecho, se echa al pie de una montaña.

Rea se regresa a la cueva en donde la espera un águila. Ella le da el bebé, y lo lleva lejos de nuestra tierra, hasta una isla que se puede divisar a lo lejos.

—La Titánide Rea escondió a su hijo en las cuevas de la isla de Creta, hasta que se hizo adulto, cuidado por las ninfas y los Curetes, seres que danzabas ruidosamente para sobreponerse a los llantos del infante, y Amaltea, una cabra—.

— ¿Una cabra? —digo.

—Una cabra —dice Frudd con una sonrisa.

—Zeus, una vez adulto —continúa—, logró hacer que su padre bebiera una pócima para que regurgitara a sus hermanos—.

Del cielo desciende un hombre alto, fornido, de pelo largo color blanco. Cronos se dispone a atacarlo, pero se detiene, cae de rodillas y vomita a los hermanos del joven dios.

De una pisada, Zeus abre la tierra y se lanza al vacío.

—Libera a los hecatónquiros y los cíclopes de Tártaro, que en agradecimiento le otorgan sus rayos. El arma más poderosa jamás creada—.

El cielo se cubre de nubes, y del agujero sale Zeus, disparados a los aires, con sus brazos electrificados. Del suelo, los cíclopes y hecatónquiros armados, se unen a su bando para pelear. Al igual que sus hermanos, ahora, adultos.

—Así ocurrió la primera Gran Guerra, la llamada Titanomaquia —expresa Frudd—. Zeus tuvo éxito. Encerró a Cronos y demás Titanes en el Tártaro.

Zeus levanta su mano, y de las nubes crea un rayo, lanzando a todos los Titanes, cayendo por el agujero que el mismo había creado, encerrándolos de una vez y para siempre.

—Así Zeus consolidaría su poder y la autoridad sobre los demás dioses, llamándose así Los Olímpicos. Origen y creación —concluye Frudd mientras todo vuelve a quedar en oscuridad—.

—¿Dónde están ustedes en todo esto? —pregunto curiosa.

—Luego de la Gran Guerra, comienza una era de paz. Las civilizaciones comienzan a tener su auge —Frudd señala sobre nuestras cabezas donde diviso un cielo de estrellas—. En vista de la desaparición de los dioses, y no dejar que el universo vuelva al caos, Zeus crea guerreros para la posteridad, nombrados como Los Celestiales.

Las estrellas se unen formando 12 constelaciones.

—Tú los conoces como el Zodiaco —continua—. Seres forjados con poderes de los elementos primarios: agua, tierra, aire y fuego. Salvaguardados en las mismas constelaciones creadas luego de que Zeus dividiera el universo y para su cuidado, dos guardianes, Ofiuco y Serpens, ubicados a los extremos del manto estelar—.

Las estrellas comienzan a brillar destacando cada constelación.

Los escenarios cambian rápidamente delante de mí, aunque no alcanzo a ver con claridad. Observo una mujer abriendo una caja, un planeta explotando, y un hombre seguido de 12 más, pirámides, una inundación, hasta que, mis pies comienzan a hundirse en arena y salgo de cabeza en un planeta árido con muchas personas y criaturas enfrentándose.

Un hombre a lo lejos en armadura levantando a los soldados en el aire y apretándolos como papel. Un hombre encendido en llamas atacando a criaturas parecidas a las que me atacaron.

Dos de ellas corren hacia mí y son detenidas por dos barras de hielo en sus cabezas. Al voltear, una mujer de cabellera azulada me atraviesa como si fuera un espectro dándome una descarga de energía que me tumba al suelo. Miro atrás, agitada. Me pongo de pie rápidamente y alzo mi mano, pero antes de que pueda tocarla se desvanece. Todo se vuelve oscuro.

Frudd aparece delante de mí, y el Gran Salón vuelve a ser visible. Aún agitada, caigo de rodillas.

—¿Qué fue eso? —pregunto respirando con mucha prisa.

—Esa fue la segunda Gran Guerra —responde Frudd.

—Esa mujer que me atravesó… esa sensación… ¿era ella? —pregunto agitada—.

—Sí —responde—.

—Un hombre en armadura…

—Ofiuco. Mi hermano —expresa con arrepentimiento—.

—Entonces tú eres Serpens —continúo—. Pero, ¿qué pasó? Se supone que ustedes son los guardianes.

Frudd me ayuda a ponerme en pie.

—El poder corrompe las mentes —explica—. Él quería gobernar. Ser el nuevo y único dios luego de que cayeran los Olímpicos.

—Y esas cosas, las que aparecen en la Tierra…

—Leales, creados por Ofiuco como su ejército personal, quienes llevan por igual el poder de los elementos. Son seres corrompidos con oscuridad. Ven conmigo —dice llevándome por una puerta a la izquierda del salón—.

A paso lento, le sigo hasta salir a un patio amplio. El suelo tiene pasto verde oscuro y al final un árbol sin hojas. Al horizonte, el espacio, con un tono violeta y un agujero negro a lo lejos.

—De ahí el nombre Black Hole —dice Frudd mirando al agujero—.

Quedo boquiabierta del asombro.

—Realmente es un planeta —digo para mí misma apreciando la magnificencia del exterior—.

—El Olimpo es un nombre muy sugerente para un lugar sin deidades —continúa—.

— ¿Olimpo? —pregunto para mí misma—.

Damos la vuelta, y me muestra la exquisita arquitectura antigua, y más detrás, un castillo de oro.

Mis ojos no podían creer lo que estaba viendo. El hogar de los dioses antiguos.

—El Gran Salón precede al Olimpo. Esto es una polis, conformada de la acrópolis, donde estamos, y debajo, la zona urbana —dice, mientras me muestra la urbe—. Luego de la Segunda Gran Guerra, trasladamos aquí nuestro hogar. La Tierra ya no era segura.

Me acerco al borde de un risco para ver un largo camino escalonado que conduce hacia la gran ciudad.

—Esto es alucinante —digo, quedándome sin aliento—.

Frudd se acerca a mi lado.

—He aquí los últimos griegos antiguos —comenta—. ¿Quieres echar un vistazo?

—¿Se puede?

—Por supuesto —responde con amabilidad—.

Me guía y caminamos hacia la urbanización.

—Dices que La Tierra no es segura por Ofiuco —comento—.

—Hizo cosas terribles —suspira y pausa, su rostro expresa una profunda tristeza—. Se creía un dios legítimo. Luego de los desastres causados, solo quedaba una cosa por hacer, terminar con su existencia —me mira—. No pude hacerlo. Es mi hermano, así que removí todo el poder que pude de él, y lo abandoné en un planeta lejano, y me confiné dentro de este planeta, para que así no pueda encontrarme. No uso mis poderes fuera de Black Hole. Eso nos expondría a todos, aunque ahora esté libre. Si llegase aquí, podría restaurar su poder y traer el caos a esta nueva era.

— ¿Tienes alguna idea de dónde puede estar? —pregunto curiosa—.

—No. Pero está débil, de eso estoy seguro. Utiliza el poco poder que le queda para esconderse de mí.

Llegamos al poblado griego. Creo que es la forma más exacta de llamarles.

Puedo ver algunos niños jugando a lo lejos. Las personas parecen ser amables ya que me sonríen, aunque no entiendo lo que dicen. Otras se sorprenden al verme.

Al ver a Frudd hacen reverencias ante él con mucho respeto. Las personas se les acercan y él los recibe con mucho amor. Los abraza y ríen entre ellos.

—Ellos son parte de la primera civilización de hombres y mujeres griegos que quedaron tras la caída de los dioses —dice Frudd orgulloso—. La población ha disminuido con el paso de los años, pero mientras exista una persona aquí, las futuras generaciones tendrán conocimiento sobre nuestro origen—.

Añade que, al igual que los dioses, no son inmortales, más bien longevos. Muchos de los dioses griegos se mantenían vivos debido a las creencias de los hombres. Una vez dejaron de alabarlos, comenzaron a hacerse débiles.

La multitud nos abre paso y seguimos caminando.

—Entonces, ¿solo necesitamos rezarles para mantenerlos vivos?

—No somos dioses, solo somos parte de su creación. Las plegarias no nos dan vida.

Avanzamos hasta llegar a una plaza redonda con una fuente en medio. Todo es tan tranquilo aquí.

—Tienes las cualidades de uno, puede funcionar —digo confiada—.

—Un falso dios no reemplaza al verdadero.

—Hicieron muchas cosas atroces…

—Oh, sí que lo hicieron —interrumpe Frudd—. Crean y destruyen. Es lo que los dioses hacen, ¿no? El poder es el mayor mal que puede obtener a una persona que no tiene control sobre sí misma.

—Tu hermano pudo fallar, pero tú podrías ser mejor.

—No es mi destino —dice Frudd sonriéndome—. Algún día, alguien tomará mi lugar.

—¿Te refieres a mí? —pregunto con cierta incertidumbre—.

—No estás lista —responde.

—Entonces si soy yo —respondo nerviosa—.

Frudd se acerca y me mira directamente a los ojos con suma seriedad. Al verlo tan de cerca, siento nervios. Trago en seco por la ansiedad que me provoca.

—Si fueras tú, ¿lo tomarías? —pregunta Frudd con seriedad—.

—No lo sé… es mucha responsabilidad —respondo abrumada por la petición—.

—Lo es —dice Frudd mientras se aleja de mí y observa el universo en el horizonte—. ¿Cómo puede existir tanto caos en tanta belleza? Balance.

Quedamos un momento en silencio admirando la maravilla del agujero negro.

—¿Qué hay con Ray?

—¿Qué hay con él?

—Todos tienen una historia, ¿qué hay con él? —pregunto curiosa—.

Frudd comienza a reír.

—Tú tampoco me contarás nada, ¿cierto?

—Él lo prefiere así —contesta—. No le gusta que nadie se meta con su pasado.

Camino hasta un árbol y lo toco. Madera gruesa y rústica.

— ¿Por qué es así? Digo, ustedes tampoco se llevan bien —digo intentando sacarle información.

—Es un buen hombre. Las pérdidas hacen cambiar a las personas —responde Frudd siguiéndome—. Lo saqué parcialmente de su dolor, pero no puedes salvar a nadie que no quiere ser salvado.

Me cuesta creer la parte de "buen hombre", aunque por otra parte tiene razón, una pérdida te puede llevar hacia un camino de oscuridad.

—Entonces sí sabes lo que pasa con él.

Frudd me mira en silencio.

—Entiendo —pauso—. Y, ¿qué hay de mi padre? ¿Puedes decirme algo sobre él? ¿Cómo era en todo esto? Porque nunca lo imaginé de esta forma.

Frudd sonríe, mientras sigue adelante. Le sigo.

—Él no ha aparecido en mucho tiempo. Se volvió frío, y distante.

Tiene sentido. Le costaba hablar de su familia, y evitaba el tema. Puede estar refiriéndose a eso.

—Él murió, pero creo que ya lo sabes —digo, un poco triste—.

—Es una forma de decirlo —dice Frudd.

— ¿Qué quieres decir con eso?

—No todo el mundo está completamente muerto, siempre queda algo dentro de nosotros que hace que lo llevemos. Mientras no los olvidemos, siguen vivos —responde afable—.

Cierro los ojos por un momento. Aprieto fuerte mi puño, en señal de impotencia, por no haber hecho algo útil cuando estuvo enfermo.

—Cuéntame más sobre él —digo con una lágrima en mi rostro—.

Frudd se detiene y me mira atento. Remueve la lágrima de mi mejilla.

—Lo siento, no puedo revelarte esta información.

—De acuerdo, si no pueden confiar en mí, entonces no acepto esto —digo mirando mi anillo e intentando quitármelo, lo cual no puedo—.

—Te prometo, que cuando sea el momento, lo sabrás —dice.

— ¿Por qué tanto misterio? —pregunto un poco enojada—. No deberían ocultar la verdad. Estoy tratando de entender todo. Mi vida ha sido un engaño la mitad del tiempo y cuando quiero respuestas, no puedo acceder a ellas, incluso cuando no te cuesta nada hacerlo.

Frudd me mira fijamente.

Cierro los ojos y me llevo una mano al rostro.

—Perdón, no quise ser… —digo apenada—. Lo siento.

Frudd se acerca y coloca su mano sobre mi hombro, transmitiéndome paz.

* * *

En La Tierra, Ray se encuentra por encima de la Torre Eiffel, en París, horario nocturno, siguiendo una señal de energía.

Varias personas caminan por debajo de la estructura.

Uno de sus bolsillos brilla nuevamente, Ray despliega las partículas en el aire, y le marca la señal justo en el área donde se encuentra, pero no ocurre nada.

Abre un portal, y salta en él, apareciendo en el soporte este de la torre. Allí un perro, con cadena, se le acerca. Ray se queda mirándolo. El perro le mira, moviendo su cola, se acerca a olfatearlo. Juguetón, comienza a ladrarle.

Ray se mueve al soporte sur para evadirlo. Saca un cigarro, y lo lleva a su boca. Cuando va a encenderlo, el perro le ladra, y se sobresalta, haciendo que se le caiga el cigarro. Se pone de rodillas para recogerlo, y en ese entonces el perro se le acerca para lamer su cara repetidas veces. Ray abre un portal debajo de él y lo desaparece. Se pone de pie con su cigarro.

—Estúpido perro —dice, abriendo otro portal, en donde el perro sale asustado, y se aleja de él—.

A lo lejos, ve una figura cuadrada moverse entre los árboles. Corre hacia su localización.

Cuando lo alcanza, lo sujeta y alza rápidamente a un hombre de avanzada edad. Una bicicleta cae junto con un lienzo.

Aquel hombre le habla malhumorado. Ray lo suelta y se aleja de él, un tanto enojado.

* * *

De vuelta en Black Hole, regresamos al patio, y me siento el suelo admirando las estrellas. Frudd hace lo mismo.

Continúa con que La Tierra, al ser el punto originario de toda la creación, el planeta cuenta con la mayor cantidad de guerreros apoyándonos, y que actualmente cuentan con 9.

—Son pocos para una resistencia —digo.

—Por eso necesitamos todos los que podamos, y demás allá fuera.

Quedo pensativa un momento.

— ¿Con allá fuera te refieres a vida en otros planetas?

— ¡Oh sí! El universo es un vasto conglomerado de civilizaciones características.

No comprendo por qué me sigo sorprendiendo al obtener un nuevo dato. Existen dioses, y por supuesto que hay vida fuera de La Tierra, estoy en otro planeta justo ahora.

—¿Por qué no pedimos ayuda en esos otros planetas?

—Muchos de los nexos se rompieron luego de la última Gran Guerra y el caos desatado, no confían en nosotros —responde desanimado—.

Si esto atenta contra el bienestar común, creo que puedo unirme a su causa.

—Lo haré —digo con propiedad—.

Frudd posa su mirada en mí.

—Ayudaré —continúo, mirándole a los ojos—, no quiero que haya otra guerra—.

Frudd me sonríe.

Desde la puerta de donde salimos se acerca un hombre alto, vestido de jeans azules, botas marrones, camiseta de color oscuro y chaleco negro.

Frudd se eleva hasta reincorporarse. Yo hago lo mismo, pero a la manera tradicional.

—Alice, quiero que conozcas a Chase —dice Frudd—. Nuestro líder.

Chase extiende su mano, correspondo estrechándola.

—Un gusto —digo.

—Lo he llamado para que inicies tu entrenamiento con él.

¿Cómo lo ha llamado? ¿Puede comunicarse con las personas a distancia? Entonces, existe la posibilidad de que si pueda leer los pensamientos de los demás. Espero que no sepa lo que pienso, aunque podría estar haciéndolo ahora.

—No seas rudo —dice Frudd a Chase, mientras se regresa al edificio, y desaparece—.

—Espera —digo, al verlo desvanecerse—. Vaya salida.

—Tiene mejores —comenta Chase—. Eres policía. ¡Genial!

Cierto, había olvidado que llevaba el uniforme y sucio también.

—No tuve tiempo de cambiarme, Ray me sorprendió en medio de un arresto —digo.

—No te disculpes, siempre es así de inoportuno —dice Chase—. Por aquí, él no es de mucho agrado.

—Creo que esa parte ya la tengo clara —digo—. ¿Él te entrenó?

—Por un tiempo. Quien estaba a cargo de mí decidió que esto no le sumaba nada interesante a su vida, la cual solo le sirve para ponerse ebrio —cuenta Chase sacando su Transportador—. ¿Cuál es tu elemento?

—Ehm… ellos dicen que soy agua.

—Perfecto, tengo un buen lugar para ti —dice, extendiendo su mano—.

La tomo y ambos desaparecemos de Black Hole.

Nos trasladamos hasta una costa. Puedo ver el cielo azul, estamos en La Tierra.

—Volvimos —digo observando la hermosa playa—.

—Si, es una isla deshabitada en el Pacífico sur —comenta—. Vengo mucho aquí cuando quiero alejarme de todo, y creo que servirá bien para que aprendas a usar tu poder. Espero que mantengas mi lugar secreto.

Sonrío.

—Nada de fiestas, lo prometo —digo jocosa.

—No, por favor, si lo haces, me invitas, me encantan las fiestas —dice riendo—.

Reacciono de igual manera.

Chase es la segunda persona de carácter ameno con la cual he interactuado en estos últimos días. Aunque no sé si pueda llamar a Frudd una persona, técnicamente es una especie de ser, no dios, todopoderoso.

—¿Tu elemento también es agua?

—No, soy tierra.

—¿No debería entrenar con alguien de mi propio elemento?

—Es lo más recomendable pero tampoco es necesario —contesta—. Todos los elementos se controlan de la misma manera, solo con algunas variaciones. Verás, tierra lo controlas con tu fortaleza mental. Si te dijera que puedo mover una montaña, ¿me creerías?

—A primeras no, pero luego de todo lo que he visto en estos últimos días tampoco creo que sea algo imposible —respondo—.

Chase, sin ningún tipo de movimiento, levanta dos rocas del suelo. Quedo impresionada. Me invita a sentarme, y ambos tomamos asiento uno en frente del otro.

—Mente sobre materia —explica—. No debes pensar en que tan grande o pesado, porque fracasarás, es solo pensar que ella cederá ante ti—.

Continúa explicando que aire lo controlas en estado de relajación. Es llegar a un nivel de serenidad el cual te permita interactuar con las moléculas de aire, y así manipularlas a tu antojo, en incluso volverlo sólido.

Fuego viene desde dentro, es como liberar energía. No hay mucha complejidad en este, pero es el que menos se manifiesta. Muy pocas personas desarrollan este elemento, también se cree que es el más poderoso, aunque no cree en esta teoría.

Cada elemento se complementa de otro. El fuego se aviva con el aire, pero sin aire se extingue. El aire puede comprimir una roca hasta destruirla. El fuego puede derretir la roca, y el agua, en su composición, contiene oxígeno, lo cual está relacionado con el aire, apaga el fuego, y en gran cantidad debilita la roca.

Ahora bien, agua es el más complicado de todos, ya que al ser un líquido necesitas tanto de capacidad mental, como un estado de relajación, y fuerza interior para poder dominarlo a la perfección.

—No es buen consejo decirle a un alumno en su primera lección que lo que aprenderá será complicado —expreso un poco preocupada—.

—Lo siento, pero tengo que ser sincero. Al ser un líquido necesitas que este responda a ti. Necesitas de gran concentración para poder controlarlo a tu antojo sino te será imposible —continua— Pero descuida, ese no es nuestro motivo hoy sino tu punto de quiebre.

— ¿Punto de quiebre? —pregunto.

—El punto de quiebre, lo describiría como un brote de adrenalina. Es una descarga de poder en tu interior que se manifiesta debido a emociones fuertes —expresa Chase—. Quizá por ser policía me dirás que estás rodeada de emociones fuertes.

—Eso creo, pero no he tenido ninguna manifestación.

— ¿Has presenciado muertes? —pregunta.

—Si, en varias ocasiones.

— ¿Has estado cerca de morir?

—No.

—Muchas de las manifestaciones vienen de un gran temor, muchas veces con experiencias cercanas a la muerte. Es el más común para liberar dicho potencial —continúa—. También interviene el alma pura o la inocencia de la persona.

—¿Qué tiene que ver eso con el entrenamiento? —pregunto curiosa—.

—El punto de quiebre te da acceso a tu poder —responde—.

—Ray me puso este anillo el cual dice que tengo poder en mí.

—Si eso es cierto, hay que buscar la forma de detonarlo.

—Entonces, ¿qué planeas hacer conmigo?

Chase se pone de pie, y se flexiona.

—Estaba pensando en atacarte y ver cómo te defiendes —responde hilarante—.

—Oye, Chase, espera un momento —me pongo de pie—, no sé nada. Deberías acercarme a lo que es mi "punto de quiebre" de alguna manera más sutil.

Explica que no existe manera sutil de hacerlo.

Cuenta que cuando le pasó, estaba siendo perseguido por perros. Ocurrió cuando tenía 17 años. Se encontraba en un chatarrero con unos amigos buscando piezas de autos, y se toparon con una jauría que comenzaron a perseguirlos. Intentó escapar subiéndose a un muro, pero no era lo suficientemente alto, así que uno de ellos lo mordió, aunque se pudo liberar. Estaba llorando, asustado y desesperado.

Corrió como pudo y dio con una calle sin salida y ante otro posible ataque, se agachó tapando sus ojos. No sintió nada, solo un pequeño movimiento.

Cuando quitó las manos de su cara, observó que toda la calle estaba hundida, y varios trozos de calle flotando en el aire. Lo había hecho inconscientemente. Unos segundos después, esos trozos cayeron.

Las personas de los alrededores vieron lo que había pasado. Llamaron a la policía de inmediato y ese hecho fue declarado como un evento sísmico inusual. Sospechaban, pero era poco probable o creíble que un niño iba a destruir una calle sin mover un solo dedo.

Una semana después, volvió a manifestarse y causó un terremoto provocado por una pesadilla. Al día siguiente, su antiguo maestro lo encontró y lo llevó a Black Hole para ser entrenado.

—Unos 16 años para ser exactos, media vida después, aquí estoy —dice con una sonrisa en su rostro—.

Debió sentirse como yo, cuando comenzaron a contarle sobre dioses y demás cosas.

—Suerte tengo que solo fue la calle, pude haber causado algo mayor —dice—. Esperemos que tú no hundas la isla.

Lo miro desconcertada.

Desabrocho mi cinturón y lo coloco encima de la roca donde estaba sentada.

—Muy bien. Hagámoslo —digo decidida.

—De acuerdo, comenzaremos con algo sencillo. Intenta llegar a mi sin golpearte —dice, extrayendo rocas del suelo haciendo que se muevan alrededor de él.

Camino hacia él. Las rocas comienzan a girar más rápido.

—Solo fluye —comenta Chase, sentándose en la arena—. Concéntrate.

— ¿A qué te refieres con que fluya? ¿Que me convierta en agua y atraviese todo esto?

—Tu poder es manipular agua, no ser agua —responde—. Los líquidos tienen la propiedad de adaptarse, son ágiles. Usa eso a tu favor.

— ¿Cómo eso detonará mi punto de quiebre?

—Solo inténtalo —dice Chase con una sonrisa en su cara—.

Me acerco lentamente y salto sobre una de las rocas. Me sujeto con fuerza, pero el movimiento me despide a la orilla de la playa, empapándome.

— ¡Otra vez! —dice Chase sin moverse.

Este será un largo día, pienso.

* * *

Del otro lado del mundo, Ray entra a su hogar.

—¿Alice?

Ray se acerca al ventanal y observa el Gran Salón. Mira hacia la mesa y se apresura a salir hacia el museo. Allí se transporta hacia Black Hole. El Gran Salón está deshabitado.

—¿Alice? —vocifera, produciendo eco—.

Frudd desciende del cielo de estrellas.

—¿Dónde está Alice, maldito pelado? —pregunta Ray a la defensiva—. ¡Habla!

Frudd no se inmuta.

—Ella está segura y no soy pelado —expresa prudentemente—. ¿Encontraste algo?

Ray no le responde.

—¿Dónde está? —pregunta Ray—.

El Gran Salón se estremece. Ambos se ponen alerta.

— ¿Qué diablos fue eso? —pregunta Ray alarmado—. Black Hole no posee fenómenos naturales.

Ambos miran al cielo en donde las estrellas están brillando con más intensidad.

—Algo grande ha despertado —comenta Frudd—.

Ray baja la mirada hacia Frudd.

— ¿Dónde está Alice?

* * *

De vuelta en la isla. La defensa de rocas ahora se mueve de arriba a abajo.

— ¡Esto es imposible! —digo sofocada.

— ¿Ya te cansaste?

—Este es un ejercicio inútil. ¿Cómo voy a llegar a mi punto de quiebre haciendo esto? Llevamos más de una hora y no pasa nada.

—Ese es el punto, no lo has intentado.

Lanzo un grito al aire.

— ¿Que no lo he intentado? Estoy enojada, golpeada, empapada, y llena de arena.

— ¿Te vas a rendir? —pregunta Chase lanzándome las rocas.

La esquivo lanzándome al suelo.

—¿Qué estás haciendo? —pregunto enojada—.

Chase lanza otra roca. Esquivo rodando hacia mi izquierda.

—¿Qué eres? ¿Una perdedora? —expresa con hostilidad—.

Chase levanta una roca y la mueve hacia mí. Me pongo de pie, y doy un salto a la orilla del mar para evadirla.

—¡Deja de hacer eso! —grito aún más enojada—.

Chase se pone de pie y se acerca.

—Pensé que eras capaz. Veo que solo eres otra simple niña indefensa —comenta provocativo—.

Chase levanta decenas de rocas sobre él y comienza a lanzarlas de una en una. Esquivo lanzándome a los lados y saltando.

—¡Para ya! —vocifero sumamente enojada—.

Una de las rocas me golpea y caigo en la arena. Enojada, tomo la roca y se la lanzo, se queda en el aire y se regresa a mí. La esquivo echándome al agua. Al ponerme de pie, lanzo otro grito al aire.

—¡¿Qué pasa contigo?! —pregunto bastante enojada—. Esto no está funcionando.

—Si no es mucha molestia, ¿podrías ver detrás de ti? —dice con mucha calma—.

Giro y veo que el mar se había retirado un poco y se movía con agresividad.

Miro mi mano, que está irradiando una luz azulada, pero no era mi mano exactamente, sino que la energía del anillo se había esparcido.

—Esto lo hiciste tú —dice Chase.

Giro hacia Chase, y me arroja otra roca. Por reflejo, logro esquivarla lanzándome a la arena.

—¿Estás loco?

—Estás a punto de llegar, no nos podemos detener —expresa Chase lanzando más rocas—.

Me pongo de pie, sofocada.

—¡Usa el agua! —vocifera—.

Miro al mar, y por descuido, soy golpeada por una roca y caigo al agua.

—¡Ouh! Creo que me pasé —dice Chase que se acerca a socorrerme— ¡Alice!

Chase se acerca a la orilla y ve como salgo disparada a chorro del agua hacia él, pasando entre las rocas y golpeándolo en el pecho. Ambos caemos sobre la arena empapados.

Chase tose. Yo por igual.

—¡Lo hiciste! —expresa Chase emocionado, a la vez que está tosiendo—.

Al notar que estoy encima de él, me pongo de pie con rapidez y apenada. Miro mi anillo que aún está brillando.

—Lo hice —digo con confianza—. Llegué a mi punto de quiebre.

—No lo hiciste —dice Ray que se acerca a nosotros—. Tú, lárgate —dice a Chase—.

Chase se pone de pie y ambos intercambian miradas, nada amenas.

—Tengo órdenes de Frudd —dice Chase—.

—Me importa un carajo. Lárgate —expresa Ray en tono amenazante.

Chase, enojado, lo mira unos segundos. Voltea la mirada hacia mí. Noto decepción en su mirada.

—Te veo luego, Alice —me dice Chase.

Pasa delante de Ray sin verlo. Toma su Transportador, y desaparece de la isla.

—¿Por qué siempre tienes esa actitud contra todo el mundo? —pregunto enojada—.

—¿Dónde estábamos?

—¿Contigo? En nada —me alejo de él—.

Ray camina hacia mí.

—Hiciste estremecer el mar hace un momento. Estabas enojada pero el enojo no desata tu poder. Es la desesperación —comenta Ray—.

—No estoy de humor en estos momentos. Llévame a casa —digo cansada.

—No. Lo haremos hoy.

Ray abre un portal bajo mis pies y caigo en él.

El portal es un camino directo hasta el medio del mar, y sin más, comienzo a hundirme. Trato de nadar, pero por más que lo intento no puedo subir a la superficie.

Mi cuerpo se siente pesado y la corriente me arrastra hasta el oscuro abismo.

El anillo comienza a brillar, y cada vez más me voy quedando sin aire.

Mis ojos se cierran lentamente.

* * *

—*¡Prepárense para la competencia!* —hablan por un altavoz.

George está conmigo estirando mis brazos y Ava a su lado, en el borde de la piscina, para la Competencia de Natación Infantil.

—Recuerda, cree en ti —dice George emocionado—. Eres una excelente nadadora. Vamos por ese trofeo.

—Estoy nerviosa —digo.

Ava pasa su mano por mi pelo, lo envuelve y cubre con una redecilla para luego cubrirlo con el gorro de natación.

—Estás en tu elemento —dice Ava con una sonrisa—. Nadie se mueve como tú bajo el agua. Eres un pececito. Pero ojo, ganar no lo es todo.

—Pero quiero ganar —digo—.

Ava se agacha con una sonrisa.

—Lo sé, pero no te puedes enfocar solo en eso —dice con tranquilidad—. Lo que si te puedo decir es que des lo mejor de ti.

—Y que ganes, claro —dice George, emocionado—.

Ava lo mira con seriedad.

—Sí, siempre dar lo mejor, ¿no, cariño? —dice un poco nervioso—.

Ava regresa la mirada hacía mí.

—Puedes hacerlo —me dice ella—.

Los tres nos damos un fuerte abrazo.

—Ahora, a tu puesto —dice George.

Ava se va a las tribunas, y mi padre se queda cerca de la piscina.

Las demás chicas se preparan en sus posiciones. El árbitro se acerca a nosotras para recordarnos las reglas. Debemos cruzar toda la piscina, tocar el borde y devolvernos. La primera que llegue, ganará.

Me acomodo en mi punto de salida. Miro a George una vez más y luego a la piscina.

—*En sus marcas. Listos. ¡Salida!* —informa el árbitro por la bocina—.

Suena la campana y me lanzo al agua.

* * *

En la piscina del internado, se lleva a cabo la Competencia de Natación entre las chicas.

— ¿Qué pasa, Alice?

—No puedo hacerlo —digo, inclinándome en el borde de la piscina—. Me concentro, pero cada vez que estoy en el último tramo pierdo fuerzas —digo enojada—. Es la semana final y no he podido ni quedar en tercer lugar. Entrar en esta competencia fue una mala idea.

Howard me detiene.

—En todos estos años, nunca te he visto perder. Estuviste enferma la semana pasada, no te puedes culpar por eso. Poco a poco te irás recuperando, pero no te puedes rendir. Además, sabes que querías esto.

No respondo de la frustración. Una lágrima pasa por mi mejilla. Las otras chicas nos miran y se burlan de nosotros.

—Que importa que las otras chicas piensen que eres débil. Tú y yo sabemos que eso no es así. Eres fuerte. Más de lo que crees. Concéntrate en lo que quieres lograr—.

—*Competidoras, a sus puestos para la segunda vuelta de la competencia* —solicitan los organizadores por las bocinas.

— ¡Vamos, Alice! ¡Tú puedes! —vocifera Jeff, desde las gradas—.

Ambos lo miramos.

—Estás haciendo esto desde siempre, es tu don —expresa Howard con confianza—. Ahora, ve ahí y demuestra quién eres.

* * *

George me va dando aliento a medida que avanzo en la piscina.

Mis brazos se sienten cansados, pero logro llegar al otro extremo de la piscina al mismo tiempo que las demás. Ahora comienzo mi retorno, pero me hundo en la piscina. Veo desde abajo, como las demás avanzan.

George fuera del agua, grita mi nombre.

Me quedo unos segundos bajo el agua. No logro sentir mis brazos, se sienten cansados. Con mis pies me impulso y salgo disparada hasta el otro extremo, dejando las demás competidoras aun a mitad de camino.

Los espectadores no creen lo que acaban de ver. Lo rápido que me moví bajo el agua.

Al llegar al borde, salgo a tomar aire y allí estaba mi padre sorprendido y sin habla. Se acerca a mí y me recibe con suma alegría.

Me saca del agua para darme un abrazo y cargarme sobre sus hombros.

Ava lanza un grito de emoción, al igual que todos dentro del centro.

* * *

En la competencia del internado, iba perdiendo en la primera vuelta. Al comenzar la segunda, ya sentía mis brazos cansados.

Howard y Jeff me animan. Puedo escucharlos entre toda la algarabía.

Me sumerjo y trato de avanzar por debajo del agua. Al llegar al extremo de la piscina, me giro y en la pared me impulso con los pies y salgo disparada, pero con poca potencia quedando a mitad de la piscina. Comienzo a nadar, pero mis brazos se sienten pesados.

Me apresuro a moverlos y una de las competidoras me alcanza. Ahora me disputo la victoria contra ella.

Luego de unos segundos, ambas llegamos al borde. Al mismo tiempo. Pero como estaba sumergida totalmente me costó un segundo en salir del agua, y por eso, me otorgaron el segundo lugar.

Al terminar la competición, todas salieron del agua a felicitar a la ganadora, mientras que yo, apenada y un poco frustrada, me sumergí y me quedé en el agua.

—¿Alice? —llama Howard fuera de la piscina—.

Toco el fondo de la piscina y miro hacia arriba para ver la luz y el movimiento del agua.

* * *

Dentro del mar, sigo descendiendo.

Mis brazos se sienten cansados. Siento como pierdo movilidad de mi cuerpo.

—"*…estás en tu elemento… concéntrate en lo que quieres lograr… ellos te guiaron a mí, para cuidarme.*"

Mi cuerpo comienza a tener contracciones involuntarias en el diafragma. Abro los ojos, ahora de un color azul brillante. Levanto mi puño, con el anillo apagado, y me impulso hacia la superficie.

Ray, en la costa, recostado de una roca, divisa el movimiento anormal del agua.

Se levanta rápidamente, crea una plataforma de energía, sube en ella y se mueve hacia el agujero que se está creando.

Salgo impulsada y Ray me atrapa seguido de un chorro de agua que nos empapa. El mar regresa a su calma habitual.

Ray me lleva devuelta a la orilla y me coloca en la arena. Empiezo a toser.

—Eres un maldito… casi me matas —digo enojada mientras escupo el agua—.

Lo golpeo en el pecho y lo empujo. Me siento y me arrastro lejos de él.

—Nunca estuviste en peligro real —comenta Ray.

— ¿De qué estás hablando...? —pregunto confundida, mirando el atardecer en el firmamento—. ¿Ya es de tarde? Pero solo han pasado unos minutos.

—Cuando atravesaste por el portal pasaste por un vacío de tiempo, lo que hizo que tu realidad se hiciese más lenta —responde Ray—. Duraste alrededor de 7 horas dentro del agua. Llegaste a tu punto de quiebre. Ahora puedes sentir el agua. Es hora de comenzar tu entrenamiento.

Intento ponerme de pie, pero colapso sobre la arena, y me desmayo.

VIII
Πόλη στα βουνά
(Ciudad en las montañas)

Despierto en la mitad de la noche sobre unas hojas de palma sobre la arena. A mi lado una fogata iluminando nuestro alrededor, y Ray, del otro lado, durmiendo recostado de una roca.

Toco mi cabeza, la cual me duele un poco. Me pongo de pie cuidadosamente y camino hacia el mar. Puedo ver mi cinturón sobre una roca. Al acercarme a la orilla todo se vuelve oscuro de repente. Miro atrás y no está Ray ni la fogata.

Regreso con la mano extendida y atravieso una especie de barrera. La iluminación regresa, la fogata y Ray se hacen visibles. Doy un paso atrás y todo desaparece nuevamente.

—Ingenioso —digo.

Volteo, y sigo mi camino a la orilla. Me siento sobre la arena para escuchar el sonido de las olas y el viento que me llevan a un estado elevado de relajación, todo vagamente iluminado por la luna.

Me percato de que el anillo está flojo. Lo deslizo y finalmente pude quitármelo.

En mi dedo se nota una marca que éste dejó luego de un par de días. Parece ser una especie de escritura. Palpo el aro interior del anillo, el cual tiene algo grabado.

Lo observo detenidamente, y con una leve sonrisa en mi rostro, vuelvo a ponérmelo.

Al amanecer, Ray despierta y se altera un poco al no verme. Se pone de pie con mucha prisa.
— ¡Vamos!
Se escucha mi voz a lo lejos.
Ray sigue el sonido hasta la orilla donde ve mis zapatos en la arena y luego da conmigo dentro del mar. Estaba con el agua hasta las rodillas, con el uniforme remangado.
Ray muestra una ligera sonrisa y se acerca.
—Despertaste temprano.
—Mira lo que puedo hacer —digo emocionada moviendo mis manos y el agua siguiéndola lentamente—. Es lo único que he logrado en más de 3 horas.
Con una mano levanto un poco de agua hasta la altura de mi pecho y con la otra mano la hago girar.
— ¡Esto es alucinante!
—Okay, acércate.
Salgo del agua, mirándole con desconfianza, aun moviendo el líquido.
Mientras me acerco, le reclamo sobre su acto de ayer y que me debe unas disculpas por haberme arrojado al mar sin avisarme. Ignora cada palabra que le digo.
— ¿Qué quieres? —pregunto incómoda.
—Necesitas aprender a hacer algo útil con el agua, comencemos tu entrenamiento.
—No —interrumpo—. Ayer estaba entrenando muy bien con Chase hasta que llegaste.
Ray se ríe unos segundos.
—Ese cretino no te estaba entrenando.
—Creo que ha sido suficiente. Estoy cansada. Llévame a casa —digo con seriedad—.

Ray enciende sus manos y me lanza una bola de fuego. Esquivo lanzándome a la arena.

— ¡¿Estás loco!? —expreso mientras me pongo de pie.

—Tienes que aprender a reaccionar y atacar —dice Ray con su mano encendida—, defenderte con la misma naturalidad que tú lo haces ante una situación de peligro.

—No voy a hacerlo —digo enojada—.

Ray lanza una ráfaga de fuego que esquivo con facilidad.

— ¡Deja de hacer eso!

—Entonces pelea —dice mientras me sigue arrojando fuego—.

Corro al mar y me sumerjo. Ray me sigue y, lanza fuego en toda la superficie del agua.

—¡Las amenazas no avisaran al atacarte! —expresa—. ¡Tienes que contraatacar!

Debajo del agua comienzo a sentir calor.

El anillo empieza a brillar. Confiada, subo mis manos, apagando el fuego y deteniendo el ataque.

Salgo del agua, e intento un nuevo ataque moviendo mis manos, pero el agua que levanto no tiene suficiente fuerza para avanzar.

—Si no puedes controlar el agua en cualquier situación, estarás muerta —dice Ray lanzando más fuego—.

—¡No sé lo que estoy haciendo y no estás ayudando!

Vuelvo al agua y dirijo mis manos hacia Ray. El agua se levanta hasta la altura de mi pecho y cae sin fuerzas, mojándole los pies.

— ¡Con convicción, maldita sea! —grita Ray—.

Esquivo cada ataque que Ray produce. Llego hasta él y lo golpeo en el estómago, deteniendo su ataque. Da un par de pasos hacia atrás.

—Lo siento. No quería…

Ray me interrumpe lanzando puñetazos prendidos en fuego, los cuales esquivo.

Lanzo mi mano hacia atrás en busca de agua. El líquido fluye hacia mí y con él lo lanzo a Ray para apagar sus manos. En un descuido, se me acerca y me patea en el abdomen y caigo debido al dolor.

—Eres policía, ¿no? —dice Ray provocándome—. En situaciones de peligro aprendes a pensar con frialdad.

— ¡Cállate! —grito, al momento que me levanto y tomo posición de pelea—.

Llevo una mano adelante y la otra detrás, moviendo los dedos. Ray camina hacia mí.

—Siéntela moverse a tu voluntad, concéntrate en lo que quieres hacer —dice Ray viendo como levanto una gran masa de agua—. ¡Si no crees que puedes hacer más que solo mojarme, no haces nada! —dice en voz alta—.

Mis ojos se tornan claros. Muevo mi mano trasera lentamente y a la par, el agua se mueve detrás de mí.

Ray levanta sus puños y los enciende.

—Continúa —exige Ray—.

Ray une sus manos y arroja un chispazo de fuego. Muevo mi mano hacia él. La ola responde con la misma diligencia apagando el fuego y golpeándolo fuerte.

Ray se incorpora y ataca nuevamente con una llamarada aún más grande. Uno mis manos abiertas y luego las direcciono hacia Ray. El mar se levanta imponente, y se abalanza sobre Ray, cayendo sobre él y atrapándolo en una masa de agua, de la cual se libera fácilmente con una explosión de calor.

— ¡Aún estoy de pie! —dice Ray, que corre hacia mí—.

Coloco mis manos sobre la arena. Ray se va hundiendo a medida que avanza, pero con su calor la va secando y continúa acercándose.

Giro hacia el mar, con una mano levanto y arrastro agua hacia Ray que llega con poca fuerza. Mis ojos vuelven a su estado natural.

—Perdiste concentración.

Pierdo el equilibrio y desfallezco. Ray se acerca y me atrapa antes de caer.

Me observa con cuidado. Delicadamente pasa su mano por mi frente, la hace brillar y recobro el sentido.

Caigo en la arena agitada.

—¿Qué me hiciste?

—Te desperté —responde Ray.

Veo el anillo titilar y me lo quito.

—¿Desde cuándo puedes quitártelo? —pregunta Ray con sorpresa—.

—Desde hace unas horas —respondo guardándolo en el bolsillo de la camisa.

—¿Puedes mover el agua sin el anillo?

—Con menos fluidez, pero sí —contesto con la respiración apresurada—.

Ray se queda en silencio unos momentos.

—Ese anillo es lo único que queda de ella. Atesóralo.

Observo el anillo unos segundos, luego a Ray, quien me ve con una mirada un tanto entristecida.

—¿Qué tanto la conociste? —pregunto curiosa.

Él se queda viéndome, y luego saca un Transportador, arrojándolo hacia mí.

—Ese Transportador es tuyo —responde Ray—. Siempre llévalo contigo.

Miro el aparato y me abstengo a tocarlo.

—La última vez que toqué uno me llevó hacia su planeta —digo—.

—Mientras no te ubiques a ti misma en ese lugar no irás a ninguna parte —explica—. Ahora, tómalo.

Con cuidado lo tomo. Trato de no pensar en nada para no activar sus propiedades. Me quedo viendo su estructura y detalles.

—¿Qué es eso negro que se mueve aquí dentro? —pregunto curiosa—.

—Lo que hace que te muevas. Ahora, cállate y escucha. Tienes que aprender a usarlo. Ve a aquella roca de allá —señala a una roca a su izquierda—, y regresa aquí.

—¿Puedes ser educado por una vez en tu vida? No te cuesta nada —digo hastiada de su mal comportamiento—.

—No —responde chocante—. Ve a la roca.

Sin hacerle caso, sujeto el aparato, al mismo tiempo que miro la roca. Siento como mi cuerpo vuelve a sentir esa sensación eléctrica recorriéndome de arriba abajo. En un segundo, me desplazo de mi posición en el suelo hasta la roca, ahora de pie. Caigo de rodillas, soltando el Transportador.

—¿Por qué siento esto sólo cuando lo hago yo y no cuando lo haces conmigo? —digo en el suelo temblando.

—Es un estímulo al ser tú el piloto y no el pasajero —responde—. Ahora, regresa aquí.

Tomo el Transportador con dificultad, y de rodillas me transporto de vuelta con Ray.

Caigo de nuevo y dejo caer el aparato. Mi mano empeora, pero no solo eso, no puedo mover gran parte de mi cuerpo.

—No me puedo mover —digo.

—Úsalo para ponerte de pie —dice Ray.

—No tengo movilidad…

—No me importa. Úsalo. Levántate —interrumpe—.

—¿Cuál es tu maldito problema? —digo enojada.

—Estoy aquí para enseñarte, no entablar conversación. Ahora, levántate.

Si no tuviera esta incapacidad momentánea, juro que le golpeaba.

Lentamente tomo el aparato y me transporto delante de él, pero vuelvo a caer, esta vez sentada.

Froto mis piernas.

—Esto está mal —digo.

—Otra vez —pide.

Sin dejar que mi enojo fuera más allá, me reincorporo nuevamente, doy un paso y caigo de rodillas.

—Otra vez —repite.

Vuelvo a levantarme y esta vez quedo en pie. Doy un par de pasos. Lentamente voy recuperando la movilidad.

—No fue tan difícil, ¿verdad? —comenta Ray—. Ahora, a Black Hole.

—¿El entrenamiento terminó? —pregunto.

—Continuaremos luego, ahora, Black Hole.

—Necesito ir por mis cosas —digo, ahora con un poco más de movilidad—.

Uso el Transportador para llegar a mi cinturón. Me lo pongo y vuelvo a moverme cerca de Ray. Me siento para ponerme mis botas. Ray se impacienta por lo lento que estoy haciendo las cosas, pero no me importa.

Ahora lista, me pongo de pie, lo sujeto de la gabardina, evitando tener contacto físico, y desaparecemos de la costa.

Reaparecemos en un lugar muy diferente al habitual. De tamaño reducido, todo destruido y oscuro.

Ambos vemos aquel lugar.

—¿Dónde nos trajiste? —pregunta Ray, creando eco—.

—No estamos en Black Hole —digo para mí misma observando una estatua de Zeus rota—.

—No me digas —expresa sarcástico.

—Eres bastante insoportable, ¿lo sabías? —digo, creando un eco mayor, que hace retumbar aquel lugar—.

Ray, haciendo caso omiso, revisa los alrededores. No hay nada que pueda indicar dónde estamos. Es un lugar cerrado.

Ray toma unas vasijas rotas del suelo y las deja donde estaba. Se me acerca, toma mi brazo y nos lleva hacia el Gran Salón.

—Memoriza bien este lugar —dice Ray, incómodo—.

—Sé llegar aquí. Lo hice una vez —digo, incómoda, quitando su mano de mi brazo—.

—Se nota.

Le miro irritada.

—¡Ray! —le llama una voz femenina.

—Ariadne —corresponde Ray a secas—.

Volteo para ver esta chica acercarse sin dejar de mirarme. Se para en frente de mí con una actitud bastante antipática, vistiendo de botas, pantalón y chaleco color negro, y una camiseta azul oscuro, pelo amarrado en cola alta, y adornando su pálido rostro con un ceño fruncido, observándome de arriba a abajo.

—¿Disculpa? —digo, incómoda por su presencia—.

—Aléjate de Chase —expresa tajante—. Sé que estabas con él.

—Lo siento, ¿tú eres…?

—No me hagas repetírtelo —dice, inclinándose un poco hacia mí—.

— ¿Me estás amenazando? —pregunto con propiedad—.

—Amenaza, advertencia, tómalo como quieras. No me asusta tu disfraz —dice irritada con una mirada penetrante—. Te quiero lejos de él —dice al momento que suelta una fuerte ventisca.

Ariadne da un salto, y vuela en dirección a la biblioteca.

Quedo sorprendida al ver lo que puede hacer.

Ray se acerca a Frudd que está bajo la estatua de Zeus, preocupado.

— ¿Descubriste lo que era?

—Tauro ha despertado —responde estupefacto—. Hubo actividad sísmica en las montañas.

La expresión en el rostro de Ray se pasma.

—Eso es imposible. ¿Hace cuánto tiempo? —pregunta Ray intranquilo.

—Hace algunas horas —responde.

Los veo preocupados.

— ¿Qué está pasando? —pregunto, procurando estar al tanto de lo ocurrido—.

—Una amenaza con probabilidades apocalípticas, me temo —responde Frudd inexpresivo—.

Ray se da la vuelta.

—Quizá querrás llevar a Alice contigo —dice Frudd.

—No —responde con su Transportador en mano y desaparece.

—Es un completo idiota —digo y suspiro—.

—Equivocada no estás —apoya Frudd—, sin embargo, hay otras ocasiones que…

Una luminancia circular se abre detrás de mí de donde sale una brisa helada.

—No puedo mantenerlo abierto mucho tiempo, ¿vienes o qué? —habla Ray desde el otro lado del portal—.

Miro a Frudd y me indica con la mano a que entre.

Lo atravieso y veo a Ray subir un camino cubierto de nieve. El viento frío sopla con intensidad. Cubro mi cuerpo con mis manos. Pensándolo mejor, creo que no fue tan buena idea. Aún estoy empapada de agua, y creo que tengo arena en todo mi cuerpo. Moriré de hipotermia y sucia.

Al cerrarse el portal detrás de mí, veo que no hay camino sino una roca sólida. Donde estoy parada es donde inicia. Es muy extraño.

Sin más lugares a dónde ir, le sigo.

—Deberías trabajar tus métodos de conversación —expreso, intentando darle otra oportunidad a su persona—.

—No hablo, peleo.

—¡Genial! No eres un ser humano. Eres una máquina —digo sarcástica.

Ray desacelera el paso, al punto que lo dejo atrás. Me detengo y giro hacia él.

—¿Ahora qué?

Ray, con una sonrisa en su rostro, me mira.

—Eres bastante extraño —digo.

Apresura el paso y me deja atrás.

En la cima del camino, nos topamos con una cueva que tiene una formación de rocas alineadas diagonalmente en su exterior.

—¿Dónde vamos exactamente? —pregunto, mientras froto mis brazos—.

—Ahí dentro —responde.

— ¿Por qué no nos aparecemos en vez de caminar?

—No podemos hacer eso aquí —responde.

— ¿Por qué no? —pregunto curiosa.

—Haces muchas preguntas.

—Y tú no contestas ninguna.

Ray me mira, y luego voltea con la cueva.

—Al final del camino está Yǒnghéng —expresa—.

—¿Perdón?

—Quien atraviese estas montañas debe tener un aura pura, en otras palabras, alguien de buen corazón —continúa—.

— ¿Qué pasa si no se es de "aura pura"? —pregunto curiosa.

—La montaña te aplasta —responde—. Por eso estás aquí.

Lo miro indiferente.

— ¿A qué te refieres?

—Entrarás y avisarás que estoy aquí —dice Ray.

—No pienso entrar ahí —digo, dando un paso atrás—. ¿Y qué es Yon...eso?

—No tenemos todo el día —expresa Ray enojado—. Tu alma es pura, no te pasará nada.

—No dejaré que me maten por tu culpa —defiendo mi postura—. No quiero ir ahí. Ni siquiera sé dónde voy.

Desesperado, Ray se acerca a la formación de rocas y da un paso dentro de la cueva. Me quedo viendo, en espera de que ocurra algo.

— ¿Por qué la cueva no te ha matado? —pregunto curiosa y jocosa—.

—Las defensas están desactivadas —dice sorprendido y se introduce corriendo en la montaña.

— ¡Espera! —digo, produciendo eco—.

Insegura, me acerco a la cueva y con cuidado piso dentro. Miro a todos lados y continuo mi camino dentro de ella. Al avanzar, la cueva se vuelve cada vez más oscura, pero a la vez más cálida. Luego de un minuto caminando puedo ver luz al final.

— ¿Ray? —llamo—. ¿Dónde estás?

Sigo avanzando, ahora pisando en una superficie más blanda. Cuando salgo de la cueva, llego a una elevación donde se aprecia a lo lejos un monasterio.

Quedo asombrada. A mis pies, el suelo cubierto con vegetación. De este lado de la montaña, no hay nieve y está soleado.

Sigo el camino abajo, y me topo con Ray delante de una gran puerta de bambú con inscripciones grabadas.

—Gracias por esperarme —me quejo—.

—No hay guardias —dice.

Empuja la gran puerta, y nos adentramos en el lugar.

Seguimos el camino empedrado hasta una casa, de estilo chino antiguo con un dragón en el decorado, y donde nos reciben con hostilidad dos jóvenes sin pelo, y con harapos color anaranjado, que nos derriban al suelo, a punta de lanzas.

Ray les habla en chino, lo cual me sorprende bastante, y se comunica con los jóvenes que cruzan miradas, aunque no bajan la guardia.

—Estás viejo, Ray.

Se escucha la voz de un anciano que se acerca a nosotros. Vestido de igual manera, de estatura baja, y con un bastón. Los jóvenes bajan sus armas.

Ambos nos ponemos de pie.

—Y tú aún sigues con vida, Wang —comenta Ray.

Aquel anciano me mira con una ligera sonrisa y se inclina, cortésmente.

—Bienvenida.

Me inclino por igual.

—Deja las formalidades…

—Disciplina, deberías aprenderlo de ella —interrumpe Wang, aun inclinado—.

Vuelve a su posición inicial. Se acerca a mí para verme con sus ojos caídos. Muy lentamente pasa su mirada por mis brazos.

—Puedo mostrarte cómo dominar tu energía, jovencita —expresa—.

Ray se interpone y le reclama que no hará nada conmigo.

Wang sube la mirada hacia Ray. Se da la vuelta suavemente y camina hacia la casa.

Ray le sigue, conmigo detrás. Los dos jóvenes se quedan en la entrada.

Aquel anciano nos lleva al interior de la casa para luego salir al monasterio. Un espacio amplio con zonas verdes y zonas pavimentadas donde puedo ver personas de distintas etnias y géneros meditando. Lagos naturales a cada extremo donde lleva a más zonas dentro del mismo complejo. Vistosas estatuas y lo más deslumbrante, un gran templo de color amarillo, rojo y blanco al fondo con unas largas escaleras, y detrás se puede apreciar una montaña, creando una vista impresionante. Allí es donde nos dirigimos.

Se siente una brisa de calma, armonía y tranquilidad.

—Supongo que no estás aquí para volver con nosotros, ¿o sí? —expresa Wang.

—Sabes porque estoy aquí.

—Ayer fuimos atacados por Leales… y por el Celestial Tauro —se detiene—.

—¿Tauro? —pregunta Ray inquieto—. ¿Estás seguro? ¿Lo viste?

—Vengan conmigo —dice Wang, al momento que abre un portal, como los de Ray, chocando su bastón con el suelo—.

Lo atravesamos y nos lleva hasta una ladera, donde se puede apreciar un enorme cráter dejado allí cuando aterrizó la criatura. Ahora nubes grises cubren el cielo.

—Esto está mal —dice Ray para sí mismo, luego, posa la mirada sobre mí—. Esta es la primera vez que siento inseguridad con él.

—Es imposible que haya llegado hasta aquí.

—Encontró una forma —expresa Wang—. ¿Qué está pasando allá fuera?

—Ofiuco está vivo —respondo.

Wang mira a Ray con gran asombro.

—No puedo creer que Serpens lo haya dejado con vida —dice Wang, angustiado—.

—¿Cómo ocurrió? —pregunta Ray.

Wang cuenta que un objeto atravesó el cielo estrellado hace unas 8 horas. Uno de sus hombres de confianza, Chao, estaba en su turno de cuidador nocturno cuando sintió el sismo. Él, junto a un grupo de guerreros, se dirigieron a las afueras del monasterio para investigar lo que había pasado en el bosque, que ahora estaba totalmente destruido.

Se encontraron con Leales y los enfrentaron, pero los superaban en número.

Tauro apareció y los enfrentó, acabando con la vida de muchos. Algunos se retiraron. Maestros y aprendices avanzados unieron fuerzas para luchar contra la enorme bestia, pero ninguno fue rival.

Wang estaba en la puerta este, asegurándose de que todo estuviera en orden. Cuando volvió dentro, Tauro estaba extrayendo energía de los cadáveres. Lo atacó, pero fue en vano. Dio un salto hasta el bosque y desapareció.

—¿Dónde está Chao?

—Eso no será posible —responde Wang.

—¿Dónde está Chao? No lo preguntaré otra vez —dice sumamente enojado—.

Wang baja la mirada.

—Lo siento —digo apenada—.

Ray, apretando sus dientes de enojo, se aleja de nosotros y abre un portal.

—¿A dónde vas? —pregunta Wang.

Ray no responde y lo atraviesa. Le sigo de vuelta a las escaleras del monasterio. Wang aparece delante de él, mediante otro portal.

—Dije, ¿dónde vas?

—No te entrometas —dice Ray moviéndose a un lado para seguir su camino.

Wang vuelve a aparecer delante de él.

—Este es un lugar privado al cual ya no tienes acceso —informa Wang—.

—A la mierda… —reclama Ray.

Wang lo sujeta del hombro con dos dedos y lo hace arrodillarse.

—Cuida tu lenguaje —dice el maestro.

La cara de Ray se torna roja por el dolor. Wang me mira un tanto preocupada. En eso, Ray remueve su mano con un golpe en su antebrazo. Wang lo suelta y Ray cae totalmente al suelo.

Me asombro de aquella acción.

—¿Qué diablos estás haciendo? —pregunta Ray enojado.

—Te enseño una lección —responde.

Ray se pone de pie y se acerca a Wang.

—Aún puedo patearte el culo.

—Nunca has podido —responde con una sonrisa.

Wang lo golpea en la frente con la palma, haciéndolo caer de espaldas.

—Hablas mucho —expresa Wang caminando a su alrededor—.

Ray se levanta. Se quita la gabardina, la lanza a mi lado, quedando colgada en el aire.

La veo perpleja y algo asustada. Me alejo un paso.

—Tu ego y orgullo siempre ha sido tus más grandes enemigos —expresa Wang con mucha calma—.

Ray se acerca a Wang subiéndose las mangas. Lo ataca con puñetazos y patadas bien coreografiadas. Wang detiene cada golpe con su bastón, como si leyera sus movimientos mucho antes de que los ejecutara. Le toca la frente con su dedo índice y empuja a Ray hacia atrás con mucha fuerza, tirándolo al suelo.

—Más de dos siglos y aún no puedes tocarme —dice Wang—. No has aprendido nada.

Wang lo levanta en el aire, haciendo brillar sus manos. La gabardina levita de regreso hacia su dueño.

—No te has ganado el derecho de entrar a nuestro hogar —continúa Wang—.

Ray se ve adolorido.

—No sé lo que está buscando, pero creo que, si es algo que puede servir para derrotar estas amenazas, ¿por qué no hacerlo? —digo un poco nerviosa—. No conozco sus reglas o sus razones de por qué no lo dejan ir donde sea que quiere ir, sin embargo, entiendo que todos buscamos el bien común y ponerle un alto a estas amenazas.

Wang me mira con mucho interés.

—Alguien que sí tiene el don de la palabra —expresa Wang con admiración—. ¿Eso es lo que buscas, Ray?

—Si, si... —responde inconforme—.

Wang nos mira a ambos, coloca a Ray en el suelo y luego nos abre un portal, el cual cruza primero.

Ray me mira por unos segundos, mostrando descontento y dolor. Regresa la mirada hacia el portal y ambos entramos en él, pasando ahora a los pasillos del templo.

El piso hecho en madera y las paredes de un material que no reconozco a simple vista. Lo toco y su textura es similar a la de una hoja de papel, pero más rugosa, y al parecer más resistente.

—Deberías salir de aquí —dice Ray.

—¿Quieres que deje mi voluntad, como lo hiciste tú, para formar parte del mundo? Lo siento, pero no creo en la violencia —dice Wang ameno—.

—Tienes miles de guerreros entrenados y otros más en camino, y no crees en la violencia.

Un par de chicos salen de unas habitaciones adelante. Ven a Wang y hacen una reverencia.

—Defensa personal no significa amor por la guerra. Su entrenamiento es para liberar el cuerpo y el alma. Todo para beneficiar el potencial espiritual —expresa Wang, asintiéndole a ambos—.

Puedo sentir su respeto hacia su maestro.

Los chicos siguen su camino por dónde venimos.

—Claro, díselo eso a quien mató a Chao.

—Era su destino.

— ¿Puedes ser más hijo de la gran…

Wang lo detiene con una mirada tan profunda que el ambiente se torna frío. Ray evita contacto visual.

Wang posa su mirada en mí, voltea y continúa.

El pasillo se abre en tres caminos adelante. Tomamos el de la izquierda. Caminamos por unos segundos y nos detenemos.

—Aquí estamos —dice Wang—. No puedes entrar —me dice—.

Wang abre la habitación colocando su mano sobre la puerta, se desliza y entra.

—No toques nada —me dice Ray entrando a la habitación.

La puerta se cierra, quedándome fuera en el largo, vacío y sumamente iluminado pasillo.

Tomo asiento en el suelo. Espero no ensuciarlo.

Dentro de la habitación Ray recorre cada centímetro de ella.

—No cambió nada desde que me fui —dice mirando la cama doble, un escritorio, y una cortina color crema—.

Wang no se mueve de la puerta.

— ¿Qué es lo que buscas? —pregunta Wang.

Ray toma una figura de origami, en forma de elefante, del escritorio.

—Ponlo donde estaba —reclama Wang.

—Eso hago —dice Ray colocándola al otro extremo del escritorio, encajándolo en una ranura—. Esto es un punto de partida.

Levita, y extiende sus manos en un blanco brillante. Sellos se hacen presentes en las paredes, techo y piso. Wang se eleva. Ahora la habitación comienza a girar y moverse como un cubo de Rubik.

—Buen método para guardar cosas, más no difícil de resolver —dice Wang.

—¿Quieres callarte?

Wang responde golpeando su cabeza con su bastón.

Ray lo mira con el ceño fruncido, mientras que el maestro, le regresa la mirada, inexpresivo.

La habitación termina de moverse y con todos los sellos marcando un espacio en la pared.

Ray introduce la mano en los sellos superpuestos y de allí saca un cuadernillo de cuero con muchas hojas sueltas.

—Recuerdo esas notas —comenta Wang—.

Una vez Ray las tiene consigo, la habitación se reorganiza volviendo a su posición original. Ambos descienden. Ray lleva la figurita a su lugar de recién.

—Ya veo, la figura de origami es un seguro.

Ray lo mira, mostrándo un semblante inexpresivo y aburrido de tanta palabrería, luego hojea las notas.

—Fue el único que dejaste entrar —continúa—.

—No me juzgaba —pausa—, ¿puedo verlo?

Wang extiende su mano y recrea una imagen con partículas de energía. Ray se acerca y lo observa con una sonrisa en su rostro.

—Luce viejo.

La imagen se deshace.

—No debió ser así —continúa Ray.

—Hizo lo que creyó correcto.

—No me vengas con tus estupideces. Tienes a todo un ejército de guerreros. Pudiste contenerlos. Sé que los escondiste.

—No puedo exponer la vida de los menos capaces.

—Esto es guerra —dice Ray enojado. Mira la puerta y se dirige a ella—.

— ¿Recuerdas cuando Serpens te trajo aquí? —pregunta Wang, deteniéndolo con el bastón—. Necesitabas entrenamiento tanto físico como mental. Eras solo un cuerpo, pero no mente, ni alma. Aquí te liberaste de mucho, pero el mundo te consumió una vez más. Cada vez te haces más ciego, solo necesitas ver dentro de ti, en tu corazón.

Ray ríe y guarda el cuadernillo en su gabardina.

—No dejas de repetir esa mierda.

—Y esa chica, veo mucho de ti en ella. Pude sentir sus inseguridades, y este camino que le haces recorrer, no es bueno.

Ray le da la cara.

—No me digas qué hacer con ella —expresa Ray amenazante—.

Wang lo mira de arriba a abajo, hasta terminar viéndolo a los ojos.

—Tu fuerza es débil.

Ray lo escucha con atención.

—Consumir energía oscura te está llevando a tu perdición —continua Wang—.

—Si hubieran tenido este tipo de energía, Chao estaría aquí para decirte lo poco capaz que fuiste —enfrenta Ray.

Ray quita el bastón delante de él y abre la puerta. Me ve sentada, recostada de la pared. Inmediatamente me pongo de pie.

Ambos salen de la habitación. Ray se adelanta y le sigo. Wang camina detrás de nosotros.

Escucho la risa de un niño. Miro atrás pero solo veo al maestro.

Al final del pasillo veo una terraza que da a un jardín.

—Yo acepto toda la culpa —dice Wang.

Ray se detiene y se vuelve hacia él.

—Tú debiste haber muerto en su lugar —dice Ray—.

Los miro con incomodidad, pero me distraigo por la risa de un niño proveniente de la terraza. Allí veo un infante escondiéndose en el jardín.

Camino hasta salir a un patio detrás del pequeño hasta una fuente enorme de forma circular, en donde se mete.

A los alrededores, cientos de flores de diferentes tipos, y a lo lejos varios hombres y mujeres trabajando la tierra. Ninguno se percata de mi presencia.

Busco al niño dentro de la fuente.

—¡Hola! —digo.

El niño sumergido se vuelve visible y sube sus manos para lanzarme agua, la cual detengo en el aire. Sonrío al poder manipularla, y se la devuelvo.

El niño se mueve al otro lado nadando y le sigo. Me acerco al borde, y lo observo moverse ágilmente.

Aquel jovencito se queda viéndome por un largo tiempo y lentamente saca un dedo debajo del agua. Asiente con su cabeza en señal de que haga lo mismo. Acerco mi dedo índice al de él, y justo en ese momento Ray me toma del brazo y me aleja de la fuente.

—Te dije que no tocaras nada.

—Solo estaba jugando con el niño…

—No es un niño. Si te toca, cambiarás de cuerpos con esa cosa —interrumpe—.

Miro al niño debajo del agua, ahora con una sonrisa macabra.

—Nos vamos —dice Ray—.

Me alejo de la fuente por primera vez agradecida de que Ray interviniera.

Unos segundos después, nuestra atención se concentra en unos gritos cercanos.

—¿Qué está pasando? —pregunto inquieta.

Wang nos abre un portal. Entramos en él y salimos en la entrada del templo.

Nos encontramos con un Leal, de un tamaño mayor, color negro, ojos rojos, sin un brazo, y con el otro atravesando a un monje con sus garras. Varios aprendices corren, otros se acercan a hacerle frente. Ray enciende sus manos.

—No le quites los ojos de encima —dice a Wang, refiriéndose a mí—.

Ray se acerca a la criatura que está golpeando a varios monjes que les están haciendo frente con el cadáver de uno de ellos. La criatura se percata del caballero de la gabardina, y le lanza el cuerpo. Ray, utilizando las cuchillas lo parte a la mitad de un golpe.

El Leal salta hacia él, pero Ray lo esquiva haciéndose a un lado. Se pone de pie y lo golpea, dejándole la cara marcada. La criatura lo sujeta del cuello y lo lanza contra el templo donde atraviesa una ventana de madera.

Varios aprendices y maestros llegan de sorpresa rodeando a la criatura. Todos hacen brillar sus manos para crear lazos de energía y sujetarlo, pero es demasiado fuerte y los hala a todos juntos. Otros lo atacan sin conseguir ningún efecto.

Con sus garras, atraviesa y hiere a muchos, lanzándolos por los aires.

—Tenemos que hacer algo —digo a Wang.

Desenfundo mi arma y disparo contra la criatura, llamando su atención y así deteniendo el ataque a los monjes.

Ray le lanza fuego. Corre hacia él para golpearlo varias veces con sus manos en llamas y remata con un gran golpe que lo tumba. Lo toma de un pie y lo lanza contra una pared.

Agotado, cae al suelo.

Me acerco a socorrerlo.

Uno de los aprendices a su lado, muy mal herido, pide su ayuda. Ray pone la mano en su pecho y extrae de él su energía recuperándose y matándolo al instante.

— ¿Qué estás haciendo? —pregunto indignada—.

—No la iba a necesitar, morirá de todas formas —responde.

Me acerco a él, y lo abofeteo.

—Y pensar que estaba preocupada por ti —digo enojada—. Eres una mierda de persona.

Ray se pone de pie y se acerca a mí, imponiéndose.

—¡Cierra la maldita boca, tú no entiendes nada de esto!

La criatura nos hace un ataque sorpresa lanzándonos fuego. La gabardina de Ray se desmonta de él y me cubre, protegiéndome del fuego. De paso, quema a otros monjes en el área. Los veo quemarse con lágrimas en mis ojos.

Ray, ahora con parte de su camisa quemada, corre y salta sobre él, cortándole su otro brazo y una pierna, utilizando cuchillas de energía, cesando el ataque.

El Leal cae de rodillas, suelta un alarmante chillido y con determinación, Ray le corta la cabeza, terminando con su existencia. Posa su mano sobre el cuerpo de la criatura, hace brillar sus manos y la hace explotar.

La gabardina se desprende de mí y vuelve a su dueño que se acerca a mí.

— ¿Estas bien?

—Aléjate de mí —digo, entre lágrimas—.

Guardo mi arma y saco mi Transportador, pero no logro irme de allí.

—No funciona aquí dentro —dice indiferente—.

Busco al maestro Wang con la mirada, apenada, me doy vuelta y me encamino a la puerta de entrada, atravesando los cadáveres calcinados.

Cruzo la entrada en la montaña, nerviosa y jadeante. Ya fuera, y cubierta de nieve, me transporto a mi habitación en mi apartamento, donde caigo al pie de la cama.

Respiro profundo de lo alterada que me encuentro. De la rabia lloro por unos segundos, dejando caer el aparato.

Ahora que estoy en casa, quiero olvidarme de todo lo que vi y tener un momento de paz.

Sarah debe estar preocupada. Me fui por mucho tiempo. Miro por la ventana para ver que es de noche.

Escucho unos pasos fuertes acercarse desde el pasillo. Me pongo de pie, remuevo mis lágrimas y desenfundo mi arma para apuntarle a Jeff, vestido de civil.

—¿Alice? No sabía que estabas aquí —dice acercándose—. ¿Ahora qué? ¿Te teletransportas? ¿Y por qué estás cubierta con nieve?

Sin decir nada me acerco y le doy un abrazo. Él nota que algo no está bien. Remueve la nieve de mi pelo.

—¿Qué pasó allá?

—Es una larga historia —respondo cansada y jadeante—. No quiero hablar de eso.

Termino el abrazo, guardo el arma, me quito el cinturón y lo coloco sobre la cama, me siento y me quito las botas.

—Lo único que quiero hacer ahora es darme un buen baño caliente y descansar. ¿Dónde está Sarah? —pregunto mientras me acerco a la puerta de mi habitación—.

—Si, en cuanto a eso… —pausa—.

Volteo hacia él. Su expresión cambia a preocupado.

—Jeff, ¿qué pasa?

—Sarah no está aquí —responde angustiado—.

IX
Παρελθόν
(Pasado)

Aquellas palabras me caen como piedra al estómago. Creo que estoy teniendo un ataque de ansiedad. Mi respiración se agita.

—¿Cómo que ella no está aquí? —pregunto desesperada—.

—No lo sé. Creo que se fue.

—¿Tú crees? —interrumpo histérica—. ¡Era tu responsabilidad! Es solo una niña. ¿Qué tan difícil puede ser cuidar una niña?

Lo miro por un momento apenada. Me llevo la mano a la cabeza y respiro profundamente. Me disculpo por mi comportamiento. Él no tiene la culpa.

Jeff me cuenta que la dejó aquí la noche anterior. Esperó a que se durmiera, y luego se fue. Al regresar la mañana siguiente ya no estaba. Inmediatamente salió a la calle a buscarla en los alrededores. Callejones, parques, uno que otro lugar de refugio, e incluso fue al orfanato a echar un vistazo.

—¿Al orfanato? —digo alarmada.

—Fui con la excusa de ver a los demás niños. No saben lo que pasó.

Exhalo, llevándome las manos a la cabeza. Me recuesto de la puerta de mi habitación y me dejo caer.

—Estaba anocheciendo y volví acá, en caso de que hubiese vuelto —continúa—. Escuché un ruido y pensé que había sido ella, pero eras tú.

—Esto no puede estar pasando —digo entristecida, bajando la mirada—.

—Lo siento mucho —dice apenado—.

—No, no tienes por qué disculparte —expreso triste—. Fui yo la que fallé.

—La vamos a encontrar.

—¿Y si necesitaba mi ayuda? ¿Si me estuvo llamando y no estuve allí para ella?

Me apresuro a buscar en mis bolsillos mi móvil y lo encuentro doblado con la pantalla rota.

—¡Diablos! —digo a la vez que lo lanzo a un lado—. De seguro estuvo llamando. Debió estar desesperada. No soy más que una decepción —expreso dolida y con lágrimas en mis ojos—. ¿Avisaste a alguien?

—Nadie. Situación bajo perfil.

Jeff se sienta a mi lado.

—La vamos a encontrar —continúa, intentando darme esperanzas—. Seguro que está bien. Es una niña inteligente.

Ella es mi responsabilidad, y la perdí. Me siento tan culpable. Tengo que encontrarla.

* * *

Cae la noche en la ciudad de Nueva York. Pocas personas transitan las calles. Apenas un par por cuadra, uno que otro vehículo y, nadie se cuestiona la presencia de una niña, vestida de suéter blanco, pantalón largo y zapatos oscuros, caminando sola.

La pequeña cruza la calle con sumo cuidado, y divisa a unos pocos metros aquel edificio abandonado por el incendio de hace unos días.

Ella se interna en el edificio pasando por debajo de la cinta policiaca en la puerta de entrada. Se acerca a la escalera y al subir, la madera cruje espantosamente con cada pisada.

En el segundo piso, la escalera que conecta con el tercer piso está destrozada.

Sarah accede a uno de los apartamentos para dar con las escaleras de emergencias del edificio. Entra a una habitación, abre la ventana, se remanga el suéter, sale y sigue su camino por la oxidada estructura, donde sube hasta su antigua habitación.

Despacio, se sostiene del borde de la ventana para impulsarse y entrar. Lo primero que ve es un agujero en el techo que baja hasta la pared, dejando pasar la luz de la luna.

Inexpresiva, sale de su habitación y camina por el pasillo. Se detiene en una puerta, pero está bloqueada por escombros. Continua su camino hasta dar con la puerta de sus padres. La empuja con cuidado y ésta se desprende, cayendo al suelo provocando un estrepitoso ruido.

Allí, un agujero en el suelo y en la pared, que ilumina pobremente ese espacio. En una esquina, puede distinguir los restos de una cama.

Su rostro se entristece, y su respiración comienza a agitarse.

Mira un agujero en la pared que da a la habitación bloqueada. Sigue caminando y lo atraviesa para ver una pequeña camita carbonizada. Rápidamente evita la mirada.

La luz de la luna entrando por una ventana rota le hace ver la negruzca habitación.

Se regresa hasta el pasillo, y vuelve a su habitación. Ve el armario que le sirvió de refugio durante el incendio, al lado de la ventana por donde entró. Abre el armario y saca una muñeca a medio quemar.

Se acuesta en el piso, mirando el cielo por el agujero. Recuesta la muñeca de la pared, y se queda allí.

* * *

En mi apartamento, me estoy dando un baño. El agua cae por mi cabeza. Alzo mi mano derecha, y manipulo el agua haciendo que caiga en espiral.

Muestro una ligera sonrisa, pero no dura más de unos segundos. Frunzo el ceño, en señal de enojo e impotencia, pensando en lo ocurrido con Ray, y ahora con Sarah.

El espiral de agua comienza a deformarse y, menos agua sale de la ducha hasta que se detiene totalmente.

El cristal de la ventana se nubla, y exhalo vapor. El ambiente se torna frío.

— ¿Qué está pasando? —digo, colocando mis brazos a mí alrededor—. ¿Yo estoy haciendo esto?

Cierro mis ojos e intento relajarme. Toco la manguera, la cual esta rígida. Me concentro, moviendo mis manos alrededor de todo el tubo. Poco a poco, el agua comienza a fluir nuevamente y el ambiente se vuelve más cálido.

—Eso fue extraño —digo y continúo mi baño—.

Me siento débil de repente. Mi cabeza da vueltas y para no caerme, me siento en la bañera.

Pongo mis manos en la cabeza, con la respiración un poco agitada. Comienzo a llorar mientras el agua cae sobre mí de forma irregular.

* * *

En el edificio quemado, Sarah se había quedado dormida.

La madera cruje cerca de ella, lo que hace que despierte. Su muñeca sigue en el mismo lugar y la luna iluminaba la habitación como un farol.

Cerca de la pared destrozada, una figura estaba sentada en varios trozos de madera bajo el halo, mirando por la ventana.

Sarah se pone de pie y se acerca él, para sentarse a su lado a contemplar la luna.

—Hermosa, ¿no? —dice Ray admirando la gran blanca redonda del cielo acompañado de las estrellas—.

—Eso creo —responde Sarah con recelo—. ¿Vives aquí?

—¿Por qué viviría aquí?

—Muchas personas sin hogar viven en las calles, este no es un mal lugar —responde—.

—No estoy desamparado —dice con calma—. ¿Qué hay de ti?

—No —responde Sarah.

—Entonces, ¿qué haces aquí? —pregunta, posando la mirada en ella—.

—Quería estar sola —responde, bajando la mirada—.

—No es bueno estar a solas mucho tiempo —responde ameno—.

—Es la única manera en la que no me ven triste.

Ray ve una lágrima correr por su mejilla.

—¿Perdiste a alguien?

Sarah no responde e incrementa el llanto. Ray dirige su atención a la luna.

—Sé lo que se siente. Todos ellos fueron asesinados, hace un largo tiempo. Sigo culpándome por eso —cuenta, acongojado—. Pero aún los veo en mis sueños… solo que, mis sueños me llevan a revivir esos días una y otra vez.

Sarah deja de llorar y lo mira atenta.

—Con el tiempo crees que todo se vuelve sencillo pero no es así —continúa, ahora en un tono enérgico—. Convierte tu dolor en tu fortaleza.

Sarah baja la mirada, intimidada.

Ray se alza para levantarse, pero es detenido por Sarah quien agarra su pantalón y lo coloca devuelta en su lugar. Él la mira.

—Yo vivía aquí. Esa noche... escuché gritos —cuenta Sarah—. Yo… —se detiene y respira agitada—.

Ray ve como aprieta el pantalón.

—Me paré de la cama asustada y cuando abrí la puerta vi fuego —continúa—, y me quemó en el brazo.

Sarah cierra los ojos y su respiración se agita. Ray observa la habitación quemada y luego a sus brazos, ambos en buen estado.

—No sabía qué hacer. Entré al armario y me quedé ahí, escuchando sus gritos. Ella tenía 5 años.

Ray mira el armario quemado detrás de ella.

—Solo quiero que esto se vaya —concluye en llanto—.

—No hay lugar donde se pueda escapar del dolor. Solo puedes aceptarlo —consuela Ray colocando su mano sobre su rojiza cabellera—.

—Quiero que se detenga —dice entre lágrimas—.

Sarah se reclina hacia Ray.

* * *

Terminado mi baño, regreso a la habitación y veo el Transportador en el suelo. Lo levanto y lo pongo sobre la cama.

Me visto de tenis negros, pantalón jean azul, una camiseta gris sin mangas y un abrigo azul oscuro.

Agarro el Transportador y lo pongo en uno de los bolsillos del abrigo, junto a mi placa. Recargo mi arma y la coloco en la parte trasera de mi pantalón.

Regreso a la sala. Jeff, está sentado en el mueble revisando su móvil.

—Vamos por ella —digo diligente—.

Jeff asiente, se pone de pie y camina a la puerta, al igual que yo.

—¿Tienes una idea de donde haya podido ir? —pregunta Jeff—.

—No lo sé. Tenemos que averiguarlo —digo al momento que abro la puerta—.

Fuera en el pasillo del apartamento, nos topamos con Kate en un elegante traje color verde, portafolios color marrón en mano y, con su otra mano extendida hacia la puerta a punto de tocar.

—¡Buenas noches! —expresa Kate emocionada—.

Miro a Jeff espantada.

—Señorita Marcella, ¡qué sorpresa! —digo, con una falsa sonrisa—.

—Tuteame, por favor. Alice. Jeff —expresa cordial—. ¿Van a alguna parte? —pregunta con sumo interés—.

Le doy una respuesta afirmativa, a lo que Kate se emociona y nos mira con mucha ternura.

Los tres nos quedamos viéndonos las caras por unos segundos.

—¿Gusta pasar? —pregunto, rompiendo con este momento incómodo—.

—Solo un minuto —responde, abriéndose paso entre nosotros—.

—¿Qué haces? —susurra Jeff.

—No podemos deshacernos de ella, veamos que quiere —susurro de vuelta—.

Jeff cierra la puerta y se queda ahí de pie.

Kate se acomoda en el sofá y coloca el portafolios a su lado. Tomo asiento en un sillón.

—Para tener una niña, la casa está muy callada y ordenada —expresa Kate—.

—Aún se está adaptando. Solo ve televisión para pasar el rato —digo mostrando una gran sonrisa—.

—¡Uh! La televisión es muy dañina. Quema el cerebro, querida —comenta Kate con preocupación—, por eso estoy aquí.

— ¿Se llevará el televisor?

—Muy gracioso, Jeff. Pero no, vengo a traerte toda la documentación recopilada de Sarah.

—¡Es perfecto! Muchas gracias, Kate —expreso, esta vez con una sonrisa no fingida—.

—¿Puedo verla? ¿Dónde está ella?

Me quedo perpleja ante sus preguntas.

—Me gustaría mucho, pero me temo que duerme —respondo titubeante—.

—Pero si son las 8:28 p.m., ¿está enferma? —pregunta mirando su reloj de muñeca y algo alarmada—.

— ¡No, no! ¡Ella está bien! Está perfectamente bien —respondo en voz alta—. Solo que no queremos despertarla. Se desvela hasta tarde con caricaturas. Es cierto lo que dice, la televisión es mala.

—Entonces, veámosla dormir —expresa Kate firmemente—.

— ¡Pero no puede! —exclama Jeff.

Mi rostro se torna pálido. Giro hacia Jeff esperando alguna respuesta. Él me mira igual.

— ¿Y por qué no? —pregunta Kate sospechosa—.

—Porque —pausa y nos mira a ambas—, ella está en mi casa, con mi madre.

Me quedo anonadada y aterrada esperando la reacción de Kate.

Giro hacia ella, que está mirándonos a ambos de forma sospechosa.

—¡Sí, exacto! —sostengo exaltada la afirmación de Jeff—. Ella está con la madre de Jeff. Vine a darme un baño, y a volver con ella.

Este es el fin, nos va a descubrir.

—Es sensato que la niña conozca diferentes ambientes, pero no creo que es el momento para que esté de un lugar para otro. Necesita concebir el concepto de un hogar estable —comunica—. Por otra parte, las interacciones le hacen bien.

—Es exactamente lo que le dije —expresa Jeff, siguiendo el juego—.

Volteo hacia él y le chisto.

—Mejor así. Ese agujero en la escalera no es nada seguro para ella. Por cierto, ¿qué pasó allí? —pregunta curiosa—.

Regreso la mirada con Kate, que al parecer no se ha enterado por los medios. No creo que diciéndole la verdad le haga sentir este lugar seguro.

—Reconstrucción —respondo nerviosa—. Un descuido de los trabajadores. Otras de las razones por la cual movimos a Sarah de lugar.

Kate nos mira a ambos un tanto sospechosos.

— ¿Por qué mintieron? —pregunta con seriedad—.

—No sabía cómo lo iba a tomar. Lo siento por eso, me puse un tanto nerviosa —respondo apenada—.

Kate mira a ambos lados, viendo con detenimiento el lugar.

—La mentira no es una cualidad muy sana para una oficial —expresa Kate a la vez que toma su portafolio—.

Extrae de él unos papeles. Me los extiende y tomo al instante. Los veo rápidamente para ver sus datos personales y otro tipo de información migratoria, jurídica y acotaciones.

—Al experimentar este tipo de pérdida, y dadas las circunstancias, el orfanato le ofrece a Sarah consultas semanales con un psicólogo. Por si ha causado algún estrago en ella. ¿Has notado algo extraño? —pregunta—.

—Por el momento todo ha estado bien —digo.

—Eso es bueno. Le haría mejor asistir. Su primera cita está programada para mañana en la mañana. No le tomará mucho tiempo, es solo una hora —informa Kate—.

Le doy las gracias a Kate, la cual me sonríe de vuelta.

Ambas nos podemos de pie y la acompaño hasta la puerta, que Jeff abre.

—Jeff, necesito los datos de su madre —pide Kate cordial—. Necesito tener los contactos de cualquiera que haya estado en contacto con Sarah.

—Sí, claro —responde Jeff un tanto nervioso—.

Kate toma un bolígrafo y una agenda para anotar la dirección y números de teléfonos.

—Muy bien —dice Kate, guardando todo en su portafolios—. Los veo mañana.

Kate se despide con un abrazo. Puedo destacar que huele bastante bien.

Se despide de igual manera con Jeff.

—Saben, se ven bien juntos —comenta picarona—.

Jeff y yo nos miramos muy incómodos.

Kate sale del apartamento y Jeff cierra la puerta.

—Eso estuvo cerca —dice Jeff, acercándose a la ventana—.

Me siento sumamente agotada mentalmente. Me apoyo en el sillón con la mano en la cabeza.

Jeff voltea hacia mí.

—Tenemos que encontrar a Sarah sí o sí —digo con la respiración agitada—.

—Y avisarle a mi madre sobre esto —dice Jeff.

Le asiento.

Al hacer esa pequeña acción, mi cuello dolió. El cansancio estaba acabando conmigo. Pero no puedo tomarme un descanso, lo que importa ahora es encontrar a Sarah.

Saco el Transportador del abrigo y en este momento suena el móvil de Jeff. Él lo contesta y es el detective Aldo, solicitando de nosotros para esta noche.

Pregunta por mi paradero y le informa que estoy con él. Procede a darle la dirección del punto de encuentro, y cuelga.

Esto no es nada oportuno. Pero no puedo faltar, estoy comprometida.

—Tenemos que apresurar la búsqueda de Sarah —digo—.

—Tengo una idea, ¿por qué no le pides ayuda al hombre rubio? Ray es su nombre, ¿verdad?

—No, y no lo menciones —interrumpo irritada—. La encontraré por mi cuenta.

Tomo los papeles dejados por Kate para colocarlos en el encimero de la cocina.

—Alice, ¿qué pasa? —pregunta, preocupado—.

Con rabia y tristeza expreso que, Ray no tiene nada de bueno. No tiene respeto por nada ni nadie. No tiene corazón, está hueco. No puedo confiar en alguien así.

—Mira, no sé lo que has experimentado ahí fuera, pero no dejes que eso te trastoque emocionalmente —consuela—, sé cuándo estás mal. Desde que te vi cuando volviste, sabía que algo no estaba bien contigo. Y okay, no le pidas ayuda a él, de seguro conociste a más personas.

—No es tan sencillo —digo desanimada—, y no tengo deseos de volver.

—Esto lo haces por Sarah —alienta—. Desde que todo esto comenzó…

—¡Desde que todo esto comenzó! —interrumpo y me levanto de golpe—. ¡Eso es! Sé dónde podría estar Sarah.

Halo del brazo a Jeff y lo transporto conmigo hasta la calle, frente aquel edificio quemado, antiguo hogar de Sarah.

Jeff cae al suelo, tembloroso.

—¿Qué acaba de pasar? —pregunta Jeff, con lentitud y con poca movilidad. Sube la mirada y se queda asombrado pero confundido—. Estábamos en tu sala, ¿y ahora estamos en la calle?

—Es por esto —digo, mostrándole el aparato—. Es un Transportador. Puedo moverme a cualquier lugar tan solo pensándolo. Estás pasando por un efecto del viaje.

Lo ayudo a ponerse de pie.

—Necesito una de esas cosas —dice Jeff, intentando mantener el equilibrio y a la vez asombrado—. ¿Dónde estamos? —pregunta observando la fachada del edificio quemado.

—Aquí vivía Sarah, en el tercer piso —respondo, mirando a ambos lados de la calle, la cual está desierta—.

Cruzo la calle. Jeff al dar un paso se cae. Regreso por él y lo ayudo a caminar. Le digo que el efecto le pasará pronto, que no se preocupe.

Despacio nos acercamos y entramos al edifico moviéndonos por debajo de la cinta policiaca.

—¿Por qué no usas tu cosa mágica para llevarnos allá directamente? —pregunta Jeff—.

—Necesito conocer el lugar, y nunca he estado aquí dentro.

Subimos hasta el segundo piso, pero nos detenemos al ver las escaleras destruidas.

—No creo que haya podido subir —dice Jeff acercándose al borde de la escalera—.

—¡Sarah! —vocifero—. ¡Soy yo, Alice!

Mi voz produce un corto eco.

Suelto a Jeff y lo dejo recostado en una pared. Me acerco al borde de la escalera y miro hacia arriba. Tomo mi Transportador y me pongo de espaldas en el borde de las escaleras.

—¿Qué estás haciendo? —pregunta Jeff confundido—.

—Improviso.

Me transporto en el aire, sobre el lugar en el que deberían estar las escaleras. Logro ver el suelo del nivel superior y antes que comience a caer, me transporto de nuevo hasta el tercer piso, cayendo sobre la madera quemada.

—¿Alice?

Aparezco al lado de Jeff, lo tomo del brazo y nos transportamos al piso superior.

Jeff, se recuesta de la pared para no volver a caer. Estaba asombrado de lo que acababa de hacer.

—¡Wao! Eso fue increíble —expresa con emoción—.

Le sonrío. Guardo el Transportador y lo ayudo a moverse por todo el tercer piso en busca del antiguo apartamento de Sarah.

Caminamos unos minutos y damos con una habitación que tiene un armario quemado.

—Creo que es aquí —digo observando la madera a medio quemar, y luego a una muñeca medio quemada en el suelo—. El bombero que la sacó me dijo que la encontró dentro de un armario.

Me acerco a la muñeca y la tomo.

—Ella estuvo aquí. Puede que esté cerca, podría volver —digo un poco ansiosa—.

El móvil de Jeff comienza a sonar. Lo saca de su bolsillo.

—Aldo está llamando —digo—. Deberías ir.

—No me iré sin ti —dice, guardando su móvil—.

—¿Y si vuelve y no estoy aquí? —pregunto preocupada—. Si le pasa algo malo no me lo perdonaría.

Coloco la muñeca donde estaba y me acerco a Jeff.

—La acogí para darle un hogar. Para protegerla y no pude hacerlo —continúo—.

—La vamos a encontrar —dice—. Algo me dice que solo quería salir un momento. No debe estar muy lejos.

El móvil de Jeff suena una vez más.

—Tenemos que ir —digo, sacando el Transportador—.

Miro el armario quemado, seguido de toda la habitación.

—Volveré cuando terminemos con Aldo. Esta búsqueda no ha acabado —expreso.

Le pido la dirección a Jeff, lo tomo del brazo y desaparecemos de allí—.

* * *

Nos transportamos a unas calles de la plaza del Parque Greeley en la 6ta. Avenida y la calle 32.

Miro a mi alrededor para ver si alguien nos vio aparecer de la nada. Todo bien.

El detective Aldo nos esperaba sentado a solas. Al vernos llegar se pone de pie.

—Fort, Daniels —dice el detective estrechando nuestras manos—.

—Detective —digo—.

—¿Qué sucede? —pregunta Jeff.

Cuenta que hubo un cambio de planes. El cargamento que se esperaba para los próximos meses, llegará esta noche. Interceptaron las comunicaciones de uno de sus hombres, informando que pasarán por Jin en una camioneta al Madison Square Garden luego del partido. Estuvieron reclutando conductores de alta velocidad y que tienen detenido a quien se supone que lo recogería. Se cree que este sería su primer encuentro.

Aquí es donde entramos en juego. La misión es que uno de nosotros se infiltrará como su chofer y lo llevaremos donde pida. El otro será su apoyo e irá conduciendo detrás y reportará lo que esté pasando. Seremos monitoreados vía GPS en los vehículos, donde equipos capacitados estarán atentos a nuestras órdenes para apresar y desmantelar su organización.

Una vez dadas las informaciones nos alejamos de la plaza. A la vuelta de la esquina hay una van, a la cual tenemos que ir para un cambio de atuendos.

—¿Qué hay de los demás conductores? —pregunto—.

—Aún no tenemos más información sobre ellos —responde a secas—.

— ¿Estaremos solos en el campo? —pregunto preocupada por nuestra seguridad—. ¿Qué pasa si algo sale mal?

—Solo hagan lo que les diga y todo saldrá bien. Nos mantendremos comunicados en todo momento. En caso de que la misión se vea comprometida, un equipo irá por ustedes, mientras, estarán por su cuenta. Por eso deben ser sumamente cautelosos y seguir el plan al pie de la letra —responde—. ¿Entendido?

—Sí, señor —responde Jeff—.

Miro a Jeff, preocupada.

Aldo se aleja de nosotros para hablar con otro de sus hombres que se acerca a él.

— ¿No crees que esto es muy sospechoso? —susurro a Jeff.

— ¿A qué te refieres?

—Esta operación es muy apresurada.

Jeff pone una mano sobre mi hombro y me mira confiado.

—Sé que estás pasando por mucho ahora —comenta—, lo entiendo, es abrumador, pero para esto nos preparamos, ¿no?

Esta operación es mucho más que acatar órdenes. Llevan mucho tiempo organizándose con personal especializado: equipo S.W.A.T., Seguridad Nacional, y esos agentes de alto riesgo. Espero que estemos a la altura.

Aldo nos hace una señal para que lo acompañemos a una van. La abre y allí estaba Howard. Me llevo un sobresalto de emoción y le doy un abrazo. Tenía unos meses que no lo veía. Un pequeño descuido de mi parte. Ahora me siento más segura con él cuidándonos las espaldas.

Howard nunca ha sido lo más sincero a la hora de demostrar afecto hacia Jeff, pero esta vez le dio un gran abrazo. Le daba gusto verlo.

Jeff es designado como el conductor. Le entregan un enterizo color crema, gorro del mismo color y un móvil. Los hombres de Aldo están manteniendo contacto con los hombres de Jin mediante ese dispositivo, dueño del supuesto chofer.

—¿Dónde está el chofer real? —pregunta Jeff—.

—Apresado. Tomamos toda la información que pudimos de él y aquí vamos, muchacho —responde Howard—.

Yo visto de ropas oscuras. Botas, pantalón jean, una camiseta manga larga y un chaleco antibalas.

Tomo mi arma, un móvil provisional, y secretamente guardo el Transportador en mis pantalones.

Nos entregan unas llaves. A Jeff las del transporte para Jin, y a mí para un auto negro.

Con el plan repasado a último momento, y con el tiempo justo, nos despedimos y vamos a nuestras posiciones.

Aldo y Howard nos desean suerte. Todos preparados, y entramos en acción.

El equipo de Aldo estará atento a mis indicaciones para dar el golpe o para cualquier situación que ocurra.

Jeff enciende la camioneta y la conduce hasta el Madison, y estaciona en las indicaciones dadas.

Por otro lado, estoy parqueada a unos metros delante de él, en espera del pasajero.

Nuestros vehículos están comunicados mutuamente por radio así que puedo hablarle cuando Jeff me permita acceso.

Le comento sobre lo peligroso que es esto. Jeff se mostraba confiado, aunque conociéndolo, sé que esto lo pone un poco nervioso.

Aldo nos comunica que el partido ha acabado, en cualquier momento Jin hará su aparición.

Jeff se comunica con Jin vía mensajes de textos anónimos para avisarle que está a punto de abordarlo.

Al cabo de unos minutos, un sujeto de aspecto asiático, que no coincide con la descripción de Kino Jin, vestido de negro, se acerca a la camioneta de Jeff y sube en ella.

En este momento, mis nervios están por los aires.

Le comunico a Aldo que quien abordó el transporte no fue Kino Jin.

Mientras espero una respuesta, observo por el retrovisor y veo movimiento dentro de la camioneta.

Aldo me ordena que mantenga posición hasta saber que está pasando.

Desesperada y pensando lo peor, me quito el chaleco anti balas y me desmonto del vehículo. Camino en su dirección, y la camioneta enciende. Espero a que se muevan para así devolverme a mi vehículo.

Cuando pierden contacto visual conmigo, me regreso corriendo, subo de vuelta al auto. Le informo a Aldo y los sigo.

Conducen en dirección norte, alrededor de unos 25 minutos hasta llegar a su destino, Apartamentos Riverview, en West Harlem.

Me estaciono a una distancia prudente. El sujeto baja del auto, y entra en el edificio.

Algunos hombres pasan por el lado de mi vehículo de manera sospechosa. Miran que no haya nada sospechoso y siguen su camino. En ese momento, Jeff se comunica conmigo.

— *¿Alice? ¿Estás ahí?*

Me apresuro a tomar la radio.

— ¡Jeff! ¿Estás bien? ¿Qué pasó?

Cuenta que cuando aquel hombre entró en la camioneta, hizo una llamada. Solo le dijo que lo trajera aquí. No sospecha nada, pero lo mira con desprecio. De lo que sí está seguro es que ese no es Kino Jin.

Eso me pone nerviosa. Estamos tratando con mafias y personas peligrosas, que no le tiembla la mano para hacer cualquier fechoría. Si ese no es Kino Jin, entonces, ¿dónde está?

Reporto lo ocurrido con Aldo. El sujeto que transporta Jeff no es Jin.

Me comunica que continúe al margen de la situación y que siga brindando información.

Vuelve a invadirme la ansiedad, ahora pensando en Sarah.

Según el detective Aldo, estas personas trafican con personas. No quiero imaginarme que pudieron haberla atrapado sola en la calle.

Respiro, intentando calmarme.

Tomo la radio, y le comento este pensamiento a Jeff, y que me haga saber, si por casualidad, comentan algo sobre alguna niña. Me comunica que estará pendiente de todo lo que hablen.

—*Mientras estamos parados, puedes usar el cosito mágico que tienes e ir a ver. En un segundo estás de vuelta* —dice—.

Es cierto, puedo hacer una viaje rápido, pero no quiero perder de vista a Jeff.

Saco el Transportador de mi bolsillo y lo observo. Miro la camioneta adelante y luego al edificio.

—Jeff, vuelvo enseguida —digo, transportándome a mi apartamento—.

Aparezco en la sala y procedo a revisar todo el lugar llamándole una y otra vez, pero está vacío.

Cerciorándome de que no haya nadie aquí me transporto a la antigua habitación de Sarah en el edificio quemado. Nada por aquí. La muñeca sigue en el mismo lugar.

Escucho ruidos en el piso de abajo.

Me transporto al primer piso, y allí, en uno de los apartamentos alguien movía cosas. Sigo el ruido hasta dar con un vagabundo que se estaba acomodando en el suelo. Este me ve y se espanta. Levanta sus manos.

—No me haga nada, por favor —dice asustado—.

—Tranquilo, no le haré nada.

Aquel hombre baja sus manos, me saca la lengua y sigue removiendo unos muebles.

Mi ansiedad volvió en ese momento.

— ¿Te has topado con una niña por aquí?

Me mira unos segundos para luego negar, moviendo su cabeza.

Salgo de la habitación. Aquel hombre mira por la puerta y me ve desaparecer.

Regreso al vehículo. Coloco el Transportador en el asiento del copiloto sobre el chaleco.

La camioneta de Jeff sigue allí. Tomo la radio, y veo al sujeto salir del edificio con otros dos hombres. No creo que sea lo más conveniente comunicarme con Jeff en estos momentos.

Hablan por unos minutos, y luego el pasajero se regresa al vehículo. Los que quedaron fuera, son recogidos por otra camioneta.

Jeff se pone en marcha y les sigo.

Avanzan en dirección sur. Al tomar la avenida los pierdo de vista. Le informo a Aldo y me indica que vaya a los muelles. Era la opción más lógica.

Me dirijo hacia allá y estaciono en un lugar alejado. Tomo la radio, el Transportador, me pongo el chaleco, bajo del vehículo y con sigilo, busco la camioneta de Jeff.

Me topo con unas rejas que impiden mi paso. Con el Transportador libro la metálica obstrucción para continuar con mi búsqueda.

Logro ver al sujeto asiático con vista al río Hudson. No hay ningún tipo de seguridad en el muelle, es muy extraño. ¿Todo es parte del plan? Es una posibilidad.

—*Alice…*

— ¡Jeff! Estoy aquí —contesto por la radio—.

— *¿La encontraste?* —pregunta con sumo interés—.

—Ella no estaba allí —respondo—. ¿Qué ha pasado?

—*Ahmm… no lo sé. Me pidió que lo trajera aquí y que me quede en el auto* —contesta algo intranquilo—.

—Parece que espera el cargamento. Me comunicaré con Aldo. ¿Estás bien?
—*Sí, todo bien.*
Reporto lo sucedido con Aldo. Da el visto bueno, y moviliza sus hombres a la espera de que Kino Jin aparezca junto con el cargamento.

Al cabo de un par de horas esperando, el sujeto aún se encontraba de pie en muelle.
Estoy sentada, bostezando, recostada de un muro. Mi móvil marca las 11:42 p.m., y aún sin señales de alguna embarcación.
Los hombres de Aldo se encuentran a unas calles de distancia, en espera de órdenes.
A medida que avanza el tiempo, mi cuerpo se siente más cansada, y a la vez más desesperada porque termine todo esto.
— ¿*Alice?* —se comunica Howard.
—Hola, pá, ¿qué me cuentas?
—*No mucho, ¿cómo lo llevas?*
—Con bastante tensión, cansada y aburrida a la vez —respondo riendo—.
Escucho su risa a través de la radio.
—*Es parte de este trabajo. La clave está en la paciencia y mantenerte siempre alerta. Le estás cuidando las espaldas a tu compañero.*
— ¿Dónde está Aldo? —pregunto.
—*No lo sé. Salió de la van hace más de una hora y me dejó aquí* —responde—. *No te interrumpo más, me enorgulleces, Alice.*
Howard corta la conversación y otra vez puedo sentir la silenciosa noche.
Observo aquel hombre moverse cerca del borde del muelle.
— ¿*Estás despierta?* —pregunta Jeff por la radio.
—Afirmativo —contesto.
—*Esto es bastante aburrido* —dice, seguido de un bostezo—.
—Aburrido es poco —digo desanimada—.

—*¿Sabes que olvidé hacer? Llamar a mamá para avisarle lo de Sarah, por si Kate decide llamar* —expresa Jeff.

Me quedo pensativa unos segundos.

—Creo que iré a pedir ayuda para encontrar a Sarah.

—*Haces bien* —dice Jeff—. *Ve, no está pasando nada y no creo que tampoco pase mucho en los próximos minutos.*

Un pequeño temblor se hace presente, avivándome un poco.

— *¿Sentiste eso?*

—Lo sentí —respondo con el Transportador en mano—. Cuídate, por favor. No tardaré.

—*Aquí te espero. Ve por ella* —responde, alentándome—.

Tengo que hacerlo lo más breve posible.

Es simple, llego, saludo, pido ayuda a Frudd y listo. Regreso aquí, y nada de qué preocuparse.

Me pongo de pie, me engancho el radio en un costado del pantalón, pienso en mi destino, y desaparezco del muelle.

* * *

Aparezco en el Gran Salón con vista a la biblioteca. Todo iluminado, subo la mirada al cielo de estrellas. Giro para divisar la gran estatua de Zeus.

—Sí es aquí —digo, seguido de un suspiro—.

Al fondo Frudd hablando con Chase, Ariadne, un chico delgado y una chica de pelo colorido que no reconozco.

Camino lentamente hacia ellos.

—…debemos estar alerta —se escucha a lo lejos—.

Ariadne se percata de mi presencia, y me echa una mirada fría. El chico y la chica, no sin antes verme, se transportan fuera de ahí.

Frudd me observa y me pide que me acerque.

Chase voltea y me sonríe. Ariadne lo toma del brazo y se transporta con él antes de que pueda dirigirme la palabra.

—Veo que aprendiste a usar el Transportador —expresa contento—.

—Sí, es bastante funcional.

—¿Qué te trae por aquí? —pregunta un poco sorprendido—.

—Bueno, es que perdí una amiga, una niña y, no sé cómo encontrarla —le comento apenada—. Requiero de tu ayuda.

Al lateral derecho se abre una puerta, y sale este hombre de poco pelo, barrigón y con unas pantuflas de perrito, vistiendo de pijama, llevando un llavero en su cinturón y grilletes en sus manos.

—Disculpe, no sabía que tendría visitas.

—Alice, te presento a Erik. Uno de nuestros más hábiles expertos —dice Frudd acercándose a él—.

—No es para tanto —ríe un poco—, más bien soy un médico. Mucho gusto.

Erik le comunica a Frudd que no puede arreglar el Transportador roto que Ray obtuvo del Leal.

De solo escuchar que lo mencionan, siento como se me calienta la sangre. Erik lo nota en mí rostro, se me acerca y me mira detalladamente.

—Te me haces familiar —dice Erik rascando su barba—.

—Soy nueva aquí —digo, dejando a un lado mi mal genio—.

—Ya veo. En fin —ahora continúa dirigiéndose a Frudd—, el cristal está muy débil. Es un peligro mantenerlo funcional.

—Yo me haré cargo de eso —dice Ray, que se acerca a nosotros—.

Erik voltea hacia él.

—No creo que sea conveniente —replica—. ¿Quién es la niña? —pregunta—.

Al girarme, lo veo acercarse con Sarah. Mis sentidos se disparan. Me acerco a él colérica y a la vez desconcertada. Sarah se acerca a mí.

—¡Sarah! —expreso, a la vez que me pongo de rodillas para abrazarla, ella corresponde de igual manera—. Me tenías preocupada.

—Lo siento —expresa con tristeza y cabizbaja—. Te estaba llamando y no contestaste.

—Es mi culpa, no volverá a pasar. Lo siento mucho —digo, mientras toco su pelo y luego le doy un beso en la mejilla—.

Me pongo de pie y la muevo detrás de mí.

—¿Qué hacías con ella? —pregunto enfadada—. ¿Dónde la encontraste? —pauso y río en corto—. Sabías que tenía una niña y la sacaste de mi apartamento para manipularme. Eres un… —observo a Sarah—, una persona muy desagradable.

Saco mi Transportador y me agacho con Sarah.

—Iremos a casa —digo, aliviada—.

—No —expresa Sarah cabizbaja—.

—¿Qué quieres decir con no?

Sarah se aleja de mí y se pone del lado de Ray.

Dentro de mi crecía más desprecio por este hombre.

—¿Qué le hiciste? —digo, al ponerme de pie—.

—La protegí —responde—.

—¿Protegerla? ¿Igual que tus amigos del monasterio?

Ray cambia su semblante de inexpresivo a un aspecto más serio.

—No te metas en cosas que no entiendes —expresa amenazante—.

Intercambiamos miradas.

—Sarah, nos vamos a casa.

—No —dice Ray—. Tenemos un trato.

Miro a Sarah y subo la mirada devuelta con Ray.

—¿Qué trato?

—Voy a borrar su memoria —responde—.

Suelto una risa corta, a la vez que trato de comprender lo que está pasando.

—¡Estás loco! —digo angustiada—. No le vas a hacer nada.

Detrás de Ray, Sarah mira a Frudd, y este le sonríe.

—Ella no está bien, y lo sabes, aunque no te lo diga —se impone Ray—. Le propuse eliminar esos recuerdos que le hacen daño para así poder mejorar su vida. Ella aceptó.

—Esta no es la forma.

Mientras discuto con Ray, no me doy cuenta de que Sarah se acerca a Frudd.

—Hola, pequeña —saluda amable—.

Sarah mira a Erik, quien le saluda moviendo su mano. Regresa su mirada a Frudd.

Está impresionada al ver este hombre, mas no se inmuta por lo que está pasando o por donde se encuentra ahora mismo.

Me imagino que, por ser una niña, tiene una imaginación un poco más activa, por eso no se cuestiona tanto su realidad.

—Bienvenida a mi hogar. Soy Frudd, ¿cuál es tu nombre?

—Sarah. ¿Tienes hambre? —pregunta con actitud mansa, sacando una barra de chocolate de su bolsillo y se lo entrega—.

—Esos son buenos —expresa Erik, con una sonrisa en su rostro—.

Frudd lo abre y pega una mordida. Queda fascinado por el dulce sabor de ese alimento.

—¡Esto es increíble! ¿Cuál es el nombre de esta maravilla?

—Chocolate —responde Sarah con una leve sonrisa en su rostro—.

Por otro lado, la discusión con Ray se agitaba.

—Ella tiene que aprender a superar sus problemas por sí misma.

—Si sintieras lo que ella siente, lo entenderías —dice Ray desafiante—.

—Sé lo que ella siente, yo pasé por eso —digo en voz alta—. ¿Qué sientes tú? No te importan los demás.

—Piensa lo que te dé la gana —dice, acercándose a Sarah y dejándome hablar en solitario—.

Sarah le da la mano a Ray.

No puedo concebir esa imagen en mi mente. Estoy completamente seguro que la engañó de algún modo. Se está aprovechando de una niña inocente.

Me pongo de rodillas. Sarah me interrumpe antes de que pueda hacer algo.

Sarah me confiesa que, quiere que todo esto que siente, que le hace daño, desaparezca.

—Esta no es la forma —trato de convencerla—, tienes que confiar en que todo estará bien.

—No tendrá una vida normal. Sus padres están muertos —arremete Ray—.

Ahora más exasperada. Me pongo de pie. Sarah me hala de la mano hacia ella.

—Él no es una mala persona —dice Sarah—, no pelees. Confío en él.

—¿Cómo que confías en él? No lo conoces…

—Confío en él —interrumpe Sarah—.

Subo la mirada a Ray.

—¿Cómo sé que no la engañaste con alguno de tus trucos?

—Puedo analizarla para saber si es cierto —comenta Erik—, si quieres…

Por una parte, pienso que quizá, podría funcionar, remover sus emociones de ese evento traumático, pero no sería sensato, ya que ella no aprendería a tener control sobre sus emociones fuertes.

Cierro los ojos y acepto la demanda de Sarah. Me pongo de pie, y con actitud amenazante me acerco a Ray.

—Si la lastimas de alguna manera, te las verás conmigo.

El caballero de la gabardina me da una sonrisa un tanto sospechosa, y se va por la misma puerta que llegó al Gran Salón.

—Erik, te necesito aquí —dice.

Este se va detrás de Ray. Frudd se acerca a mí.

—Los niños son la bondad misma —dice con la barra de chocolate en mano—. Tienen mejor percepción de las cosas que los adultos—.

— ¿Me estás convenciendo que confíe en Ray?

—Esa decisión la debes tomar tú.

—Sé que ella se siente mal, pero esta no es la forma —digo preocupada—.

Frudd posa su mano sobre mi hombro. Observa mi pelo, notando que hay varias partes con un tono diferente a mi castaño teñido. Me sonríe.

—Tengo que volver con los ciudadanos brevemente. Eres libre de pasearte por donde quieras —dice Frudd, y desaparece—.

Ray vuelve al Gran Salón y cruzamos miradas.

—No te preocupes, ella te recordará —dice desde lejos.

Le ignoro y me encamino a la zona de la biblioteca.

Entre las hileras, me topo con personas. Estas me sonríen amablemente.

Unas filas adelante, hay un enorme libro abierto. Me acerco, e intento leerlo, pero no puede entender una sola palabra. Está escrito en otro lenguaje.

Al otro extremo del estante hay una mujer cubierta en un velo verdoso colocando libros. Me acerco a ella para preguntarle si podría decirme lo que dice aquel gran libro.

Ella coloca su dedo índice sobre su boca en señal de silencio. Puedo notar el color grisáceo de sus ojos.

Me lleva de regreso al libro y pasa su mano encima de él. Las palabras del texto cambian a mi idioma. Le sonrío, en señal de agradecimiento.

La mujer responde de igual manera y continúa colocando libros.

Muevo las páginas, donde narra la vida de los diferentes dioses griegos hasta llega a una hoja que tiene un título en grande.

—"Guerras Universales" —leo en voz alta—.

Cuenta lo que me había contado Frudd, de la primera Gran Guerra. Paso varias páginas más y llego a la segunda Gran Guerra y me detengo.

Leo detenidamente que Ophiuchus, al mando de los 12 Celestiales, le hizo frente a Serpens, demás deidades y sus guerreros liderados por la valiente General Mera, en el planeta Heixtstarr. Cuenta que la General murió en batalla debido a que...

— ¿Historia? —Ray interrumpe, apareciendo a mi izquierda—.

Doy un sobresalto, pero no le doy la cara. Lo ignoro y me alejo. Él me sigue por la biblioteca. Me detengo y volteo.

—¿Qué quieres? —expreso enojada—.

Las chicas que los alrededores me hablan en un lenguaje que no comprendo. Imagino que quieren que haga silencio.

—No sé qué le dijiste, pero ella es una niña. Inocente. Pura —continuo, susurrando esta vez—.

—Su pasado la atormenta. Ella vive con culpa de que, en algún momento pudo hacer algo para salvarlos, solo que la suerte no jugó a su favor.

— ¿Eso fue lo que te pasó a ti? —pregunto directa—.

Ray queda en silencio.

Ambos somos interrumpidos por una fuerte explosión que se hace sentir en todo el Gran Salón. Caemos al suelo.

— ¿Qué fue eso? —grito—.

Uno de los libreros se inclina sobre nosotros. Ray se pone de pie lo detiene. Los libros caen al suelo.

— ¡Muévete! —me dice.

Me levanto y aparto a otra chica a mi lado. Ray empuja el estante.

—¡Sarah!

Ray me toma del brazo y nos transporta al interior del laboratorio de Erik.

Una masa de humo ocupa todo el interior. Comienzo a toser debido al gas tóxico.

— ¡Erik! —grita Ray.

— ¡Estoy aquí! —responde tosiendo al fondo de la habitación.

Acudimos a él. El humo comienza a disiparse. Unos agujeros en el suelo succionan el gas.

Erik se encuentra en el suelo, con la pierna rota debido a la explosión. Se puede ver el hueso roto atravesando su pantalón, y mucha sangre en el suelo.

— ¿Qué pasó? ¿Qué fue esa explosión? —pregunta Ray.

—No lo sé. No lo recuerdo…

— ¿Dónde está Sarah? —pregunto.

—Sarah… —dice Erik mirándome fijamente —Lo siento, yo…

A nuestras espaldas, se escucha toser a alguien. Acudo al sonido.

—Había mucho fuego. No se movía —continúa Erik incoherente—.

— ¿Dónde están los enanos? —pregunta Ray—.

Llego a una mesa quemada donde estaba ella acostada. Su piel sucia y la ropa quemada.

— ¡Oh por Dios, Sarah! —intento levantarla, pero me quemo al tocar su piel—.

Le llamo, pero está inconsciente.

— ¡Ray! —le llamo desesperada—.

Se acerca con Erik en brazos.

—¿Qué pasa?

—Ella está caliente, no puedo tocarla —digo.

Ray hace brillar su mano y la hace levitar. Abre un portal en frente de nosotros, lo atravesamos y salimos al pasillo, en la puerta de entrada del laboratorio.

Suavemente coloca a Sarah sobre el suelo.

Ariadne se acerca volando, Bastian corriendo del lado contrario.

—¿Dónde está Chase? —pregunta Bastian.

—Se quedó ayudando en la biblioteca —responde Ariadne.

—Goliat... Rino... —dice Erik.

—¿Quiénes? —pregunta Bastian confundido—.

—Son los enanos. Están dentro. Ve por ellos —dice Ray.

Bastian, diligentemente, abre la puerta del laboratorio y se adentra en la habitación que expulsa el poco humo que le queda.

Me acerco a Sarah que no responde, ahora menos caliente. Ariadne se acerca. Mueve su mano derecha en círculos, con la izquierda abre su boca e introduce aire, y con el mismo movimiento, levanta su mano y saca el humo de sus pulmones. Sarah tose, recobrando la conciencia.

Ariadne se levanta antes de que pueda agradecerle, y ayuda Ray con Erik.

—Yo me encargo —dice Ariadne desapareciendo con él—.

Bastian sale con dos pequeñas criaturas, una de pelaje marrón y otra de pelaje gris con manchas blancas, ambos inconscientes.

—Sácalos de aquí —dice Ray.

Bastian toma su Transportador y desaparece del pasillo.

Ray se acerca a Sarah.

—¡No te acerques! Esto es tú culpa —digo enojada con lágrimas en mis ojos—.

—Yo no hice volar el maldito laboratorio.

Tomo mi Transportador, toco a Sarah y salgo de Black Hole, hasta mi habitación.

La levanto del suelo y la subo a la cama.

—Fuego —dice Sarah anonadada—. Mucho fuego...

Me siento a su lado, preocupada, pensando que no debí acceder. Esto es mi culpa.

—Tranquila, todo pasó. No hay fuego —le hablo delicadamente—.

Sarah me mira asustada. Noto que aún sigue muy caliente.

Voy al baño por una toalla, la mojo con agua fría y me regreso a la cama. Paso el paño húmedo por su rostro para limpiarla. De paso la reviso para saber si no tiene ninguna herida.

—Quédate conmigo —dice Sarah delirante, con la mirada perdida—.

—Siempre —respondo, y la vez que acaricio su pelo—. Descansa.

Sarah cierra sus ojos.

Le quito su ropa quemada y continúo limpiándola.

* * *

En la sala de curación de Black Hole, Eliud, de joven aspecto, pelo corto color gris, vestido de harapos blancos, sandalias, y con anteojos, está cociéndole la pierna a Erik, quien está acostado en una mesa de piedra.

—No recuerdo lo que pasó —dice Erik con dificultad—. No tengo nada claro.

—Intenta organizar tu mente —dice Ray—. Nos transportamos dentro con la niña, ¿cierto?

— ¿Lo hicimos? —pregunta Erik inseguro—. Tu estabas ahí, en la mesa.

—No, Sarah estaba en la mesa.

—Sarah… ¿Sarah? —dice Erik sorprendido—.

—Esto es una pérdida de tiempo —comenta Ray mirando a los enanos en otras mesas del otro lado del salón—.

Una puerta se abre a sus espaldas. Frudd entra y se dirige hacia Ray.

— ¿Cómo están todos?

—Este apenas puedes decir su nombre —responde Ray—.

Eliud termina de coser su pierna. Recoge sus remedios de su canasta y va a atender a los enanos.

—Muchas gracias, Eliud —dice Frudd—.

Eliud asiente.

—Que irónico, ¿no? —dice Erik exaltado—. Yo soy el médico y es a mí que me atienden.

—Erik, necesito que te concentres. ¿Qué pasó ahí dentro? —pregunta Frudd.

—Una explosión… fuego —continúa Erik sofocado, llevándose la mano a la cabeza—. Mucho fuego.

—Su memoria podría rehabilitarse en unas horas, semanas o en el peor de los casos, podría ser irreversible —comenta Eliud desde el otro lado de la sala—. No sé realmente lo que provocó esa explosión o los químicos que hicieron contacto con él.

Frudd se acerca a Ray.

— ¿Dónde está Sarah? —pregunta Frudd.

—Alice se fue con ella.

—No, Sarah no ha salido de Black Hole —expresa Frudd—.

Ray posa su mirada confusa sobre Frudd.

— ¿A qué te refieres?

—Ninguna aura terrenal ha salido de Black Hole —contesta Frudd—.

Un silencio de penumbra se siente en toda la sala seguido de un temblor de gran intensidad.

—Esto no es bueno —dice Erik preocupado, intercambiando miradas con Eliud—.

Frudd y Ray cruzan miradas.

Ray abre un portal directo al Gran Salón. Ambos lo atraviesan y ven que las estrellas comienzan a moverse.

— ¿Qué diablos está pasando? —pregunta Ray.

—Es Tauro, se ha vuelto visible y, se está moviendo —responde Frudd sorprendido—.

— ¿A dónde se dirige?
Ambos observan la trayectoria.

X
Σεισμός
(Terremoto)

Entro a la cocina con la ropa quemada de Sarah. Las echo en una bolsa y las arrojo a la basura. Me sirvo un vaso de agua y regreso a la habitación.

La veo dormir, ahora limpia y con un pijama liso color claro. Tiene un aspecto pálido, y suda mucho.

Me acerco a ella para tocarle su frente. Su temperatura está relativamente normal.

Coloco el vaso en la mesa de noche al lado de la cama. Tomo el móvil provisional, que marca las 12:48 a.m., y en ese mismo instante llama Jeff. Apresuro a contestar.

— ¿*Alice?* —dice Jeff sofocado—. *Te necesitamos. La situación se ha salido de contr-grrsh...*

Se corta la llamada.

¡Oh, no! La misión. La había olvidado por completo.

Mi atención se desvía al anillo sobre el escritorio. Lo había dejado ahí antes de haberme metido a la ducha. Me acerco y lo veo brillar con bastante intensidad. Lo tomo, me lo pongo y de repente, la habitación se sacude unos segundos.

Veo a Sarah, que no despertó por el movimiento.

Mi atención se desvía a la ventana donde puedo ver un cambio de luces. Me acerco para ver las lámparas de toda la calle prenderse y apagarse. Tampoco se escucha ni se ve a nadie. El ambiente exterior se torna más frío que de costumbre.

Insegura, me apresuro a cerrar la ventana y las cortinas. Apago la luz de la habitación, tomo mi Transportador, y me dirijo a la puerta de entrada.

Salgo de mi apartamento. Miro escaleras abajo. A través del agujero puedo ver que las luces están parpadeando.

Bajo las escaleras y salgo a la calle, echando un ojo a cada extremo. Sopla una ligera brisa.

Otro temblor se hace presente, pero esta vez más intenso que me tumba al suelo.

A mi izquierda, se abre el pavimento, y de allí emerge una enorme criatura, de unos 5 metros de alto aproximadamente. Corpulento y robusto, de cuernos largos, gruesos y puntiagudos. Cubierto de un pelaje oscuro, de cola larga, pezuñas negras y de grandes manos de 4 dedos. En su cintura se cubre con unas telas rotas sujetadas de un cinturón metálico de gran grosor. En ambas muñecas, brazaletes con cadenas que le llegan casi hasta los codos. Con cabeza de toro, y ojos rojos.

— ¿Qué diablos es eso? —digo aterrada, poniéndome de pie—.

La criatura suelta un bramido y corre hacia mí.

Corro en la dirección opuesta. En vista de la eminente embestida, me transporto hasta la entrada de mi edificio. La bestia se lanza contra el suelo y hace estremecer toda la calle.

Se reincorpora, voltea hacia mí. Coloca sus dos manos en el asfalto y levanta toda la calle destruyendo todo lo que se encontrara en ella, edificios, automóviles e hidrantes.

Caigo a un costado de la calle a los pies de un hidrante roto. Intento manipular el agua para atacarlo, pero solo le mojo.

La bestia levanta un pedazo de calle y la arroja hacia mí. Por reflejo, levanto mis manos abiertas hacia el frente. Toda el agua se acumula delante de mí, creando una pared que se solidifica en hielo. Aun así, no es suficientemente fuerte y es atravesada, golpeándome e hiriéndome en los brazos, ahora sangrando un poco.

Recoge otro trozo de calle y la avienta contra mí, pero esta se queda flotando en el aire por un momento envuelta en un brillo amarillo, que luego se regresa a la criatura, golpeándola, aunque no provoca daño alguno, solo la enfurece.

Me percato que hay personas en los alrededores, a lo lejos en la calle, y en los edificios.

Ray se acerca detrás mí y me ayuda a ponerme de pie. Observa el hielo en el suelo y la sangre en mis brazos.

La criatura golpea el suelo, creando un sismo. Muchas de las estructuras colapsan, las personas corren despavoridas y muchas son heridas por los escombros. Mi edificio continúa de pie.

—Hay muchas personas en peligro —digo, avistando las víctimas de este ataque—.

— ¡Olvídate de eso! El verdadero problema está aquí delante—.

El temblor se detiene.

Somos atacados nuevamente con otro trozo de calle, Ray se pone en frente de mí y con sus manos brillantes, destruye el concreto de un golpe.

Ray corre hacia él con la intención de atacarlo, pero la criatura lo toma por la cabeza y lo arroja contra un edificio medio caer, derrumbándolo en su totalidad.

En dirección contraria, me acerco a los demás edificios en busca de personas heridas. Escucho una explosión detrás de mí. Escombros de un edificio caen a la calle, ahora en llamas.

Siento como algo suave me toca la espalda y me abraza. Es la gabardina que se posaba sobre mí. Me siento un tanto extraña ahora que sé que esta prenda, al parecer, tiene vida propia o eso creo. De alguna forma se mueve sola.

Volteo y puedo ver a Ray, ahora con sus manos encendidas hasta los brazos, con una cortada en su rostro, y sus ojos rojizos, preparándose para atacar nuevamente a la criatura.

—¿Eso es todo lo que tienes? —dice, con una leve sonrisa—.

Salta sobre Tauro, que intenta golpearlo, pero falla. Ray se mueve hasta debajo de él, abre sus manos y desprende fuego.

Se escuchan un gran alarido.

Detiene el ataque con fuego, y hace brillar sus manos. Da un salto y lo golpea en la mandíbula. De un salto se sube hasta su cabeza y se sostiene de uno de sus cuernos. Se impulsa hacia atrás y lo tumba, para luego cubrirlo de un brillo amarillo y arrojarlo al aire.

Ray cae de rodillas por un momento, debido al esfuerzo. Crea un portal debajo de él. Cae y aparece en el aire, encima de la criatura. En caída libre se enciende en llamas y le pega un golpe. Con la misma fuerza, lo regresa al suelo para impactarlo contra el pavimento creando una explosión de fuego que me lanza hacia atrás, aunque la prenda amortigua mi caída.

Los civiles a los alrededores se estremecen por lo que están presenciando. Algunos toman fotos y graban videos, exponiéndose al peligro. Otros corren y se alejan de allí.

Del fuego, Ray es lanzando hacia mí, herido y en muy malas condiciones.

Acudo a él, y lo ayudo a poner en pie, pero cae sentado. Intenta encender sus manos, pero se apagan.

—Maldita sea —dice con pocas fuerzas—.

Se sienten las pisadas de la criatura y del fuego, emerge sin ningún daño aparente.

— ¿Qué vamos a hacer? —pregunto preocupada y muy asustada—. No podemos irnos y dejar que destruya todo.

Detrás de nosotros, se escucha un estruendo electrificado.

—Ahora es mi turno —dice Chase que se acerca a nosotros—.

Ray evita tener contacto visual con él.

—No esperaste por mí —dice Chase a Ray—.
—No te necesito.
—Sí, claro. Te está yendo de maravilla.
Chase observa la criatura.
—Así que eso es Tauro —comenta Chase, al momento que da una pisada y levanta un trozo calle, que impulsa con la palma y golpea a la criatura en la cara—.
La bestia se enoja y corre a nosotros.
Chase alza su mano y con el puño cerrado hacia abajo, abre la mano. La calle se separa bajo los pies de Tauro. Chase vuelve a cerrar su puño para atrapar a la criatura.
Sin mucho esfuerzo, Tauro se libera y sigue su camino hacia nosotros.
Del suelo se desprenden trozos de calle que se adhieren al cuerpo de Chase, creándose una especie de armadura rocosa. Corre hacia la bestia y la detiene, golpeándola en el abdomen. Esta lo golpea en el pecho haciendo que caiga al suelo de espaldas.
Chase levanta su brazo derecho y le dispara una roca a la cara haciéndolo enojar. Pone su mano en el suelo y vuelve a recubrir el área expuesta.
Eleva el suelo debajo de él para ponerse en pie. Con sus manos, eleva dos trozos enormes de calle a los lados de la criatura y le aplasta.
Tauro, sin problemas, remueve las rocas que lo acorralan y embiste a Chase atravesando un edificio.
Los perdemos de vista.
—Eso lo mantendrá ocupado —dice Ray poniéndose de pie, más descansado—. Ve por Sarah y llévala a Black Hole.
—¿Qué harás tú? —pregunto.
—Aún tengo asuntos pendientes con la ternera —contesta para luego irse corriendo hacia el agujero—.
Se siente un gran estruendo a lo lejos.

En la calle, las personas intentan refugiarse y salir de las viviendas en mal estado. Uno de los edificios se derrumba atentando con dejar bajo los escombros a varios civiles. Me acerco y manipulo el agua direccionándola con mis dos manos hasta el edificio, sosteniéndolo.

— ¡Sáquenlos de ahí, rápido! —vocifero—.

Al final de la calle, un andamio se suelta de sitio. Muevo una mano, tomo agua del suelo y detengo la estructura metálica, salvando a dos personas más.

Bajo el andamio con suavidad al suelo y vuelvo a dirigir mi mano al edificio que cada vez está más destrozado.

Siento como me tiemblan los brazos.

Logran sacar a las personas atrapadas y al fin, puedo soltar el concreto. El edificio cae, al igual que yo.

Trato de recobrar el aliento. Las personas me miran asustados.

Tomo mi Transportador y me muevo hasta mi habitación. Me pongo de pie con dificultad, y agarro la maleta, que aún estaba con ropa. Voy a la cocina, tomo comida, regreso a la habitación y la pongo en la maleta.

Intento recogerla sin despertarla, pero se me hace imposible con el equipaje.

La gabardina se desprende de mí y cubre a Sarah levantándola delicadamente. Recién me percato que aún la llevaba conmigo.

—Okay, eso funciona —digo bastante asombrada de las capacidades de entendimiento que tiene esta prenda—.

Toco a Sarah y nos transportamos al Gran Salón. Frudd se encontraba allí y se acerca a toda prisa.

— ¿Están bien? —se acerca con preocupación—.

—Lo estoy —respondo—. Te encargo a Sarah, está durmiendo. Tengo que volver—.

La gabardina deja a Sarah en los brazos de Frudd y vuelve a instalarse en mí. Dejo el equipaje a sus pies.

Me transporto de vuelta a mi calle, ahora deshabitada. Mi edificio en pie. Seguramente que traerá sospechas.

Sigo el rastro de destrucción. Los edificios de la zona están destruidos, al igual que las calles.

Corro unas cuantas cuadras hasta una estación de trenes donde hay un gran agujero en el suelo y calle arriba uno más inmenso. Los edificios alrededor de la calle están colapsados.

—Esto no está pasando —digo espantada—.

Calle arriba, se escucha una explosión. A lo lejos, veo como cae un edificio. También se pueden escuchar personas gritando.

Sigo en esa dirección, entre escombros, autos destrozados y personas heridas.

***

En la zona del caos, tanto Ray como Chase se encuentran en muy mal estado frente a la criatura que se acerca lentamente.

—Tenemos trabajar juntos —comenta Chase.

—Vete a la mierda. No necesito tu ayuda —expresa Ray un poco tambaleante—.

Patrullas policiales llegan al lugar. Al ver dicha abominación, entran en pánico.

La criatura, ahora viéndolos como nuevo objetivo, se dispone a atacarlos. Los oficiales salen de los autos y abren fuego.

—Yo lo distraigo. Salva a los policías —dice Chase corriendo hacia la criatura—.

—¡No me vas a dar órdenes! —expresa Ray enfurecido.

Chase salta detrás de Tauro. Lo golpea con tanta fuerza que cae de rodillas.

Los oficiales detienen el tiroteo. Tauro alza su mano, y toma uno de los autos que tiene delante para golpear a varios policías de paso y luego lo lanza contra su espalda para golpear a Chase que cae al suelo. Tauro lo agarra y lo lanza contra un camión.

—¡Fuera de aquí, inútiles! —dice Ray, a la vez que les arroja fuego a los oficiales para espantarlos—.

Los oficiales toman a sus compañeros heridos y se alejan del lugar.

Del suelo se desprende parte de la calle, haciendo que Ray caiga de espaldas. Tauro lo toma por un pie, lo levanta en el aire y lo impacta contra la calle, atravesándola para dar con un túnel.

Los vehículos chocan entre sí evitando los escombros y al mismo Ray, que termina siendo chocado por un auto.

La criatura lo sigue allí abajo. Los conductores salen de sus autos y corren despavorido.

Ray hace brillar sus manos e intenta inmovilizarlo, pero no tiene suficiente fuerza para contenerlo ya que se libera sin problemas. Tauro corre hacia él, embistiéndolo contra un auto y rasgando aún más su camisa e hiriéndolo en el costado derecho con uno de sus cuernos.

Tauro suelta un bramido. Lo agarra del torso y lo golpea contra las paredes del túnel.

Ray, con sangre en su boca, observa los autos a su alrededor y despide una llamarada que cubre todo el túnel haciendo que los vehículos allí abajo exploten.

En la superficie, toda la calle colapsa.

Asustada, puedo ver como el suelo se abre ante mis ojos, de donde también sale fuego.

Corro lo más rápido posible para llegar a la ubicación.

Del hueco, Ray sale disparado a la calle, en dirección a la Estación Grand Central. Sin camisa, y con parte de su pantalón rasgado. Parte de su cuerpo quemado y sangrando por sus múltiples heridas.

Se sienten pisadas, que hacen temblar toda la calle.

Tauro, con partes de su cuerpo quemadas, sale del túnel hecho una fiera hacia Ray, quien se intenta poner de pie.

Chase lo intercepta por la izquierda con un golpe en el costado, lanzándolo hacia otra calle, salvando a Ray.

Rápidamente, la bestia se reincorpora. Da una pisada y el suelo se levanta detrás de Chase, impulsándolo a él, para golpearlo en el pecho y luego estamparlo contra el suelo.

Llego a la zona, y veo a Tauro lanzar a Chase al túnel en llamas. Asustada al ver esa acción, me quedo inmóvil.

La criatura me ve a lo lejos, e inicia un ataque contra mí. La gabardina me levanta en el aire, evitando la embestida. La criatura se adentra en un edificio, haciendo que colapse. La prenda me lleva levitando hasta Ray, quien hace brillar su cuerpo y cura parte de sus heridas.

Tauro sale de los escombros embravecido. Ayudo a Ray a ponerse de pie e intenta un hechizo para inmovilizarlo, pero es inútil. La bestia con sus dos manos, levanta todo el suelo bajo nuestros pies. Ambos caemos.

Todo a nuestro alrededor se destroza por completo.

El suelo alrededor de la criatura se levanta y lo aplasta en todas direcciones.

Era Chase. Aún está con vida, aunque bastante herido. Puedo notar que tiene sangre en su rostro.

Los trozos de piedra y suelo con la que había atacado a Tauro, ahora se mueven hacia Chase y lo aplastan. Suelta un grito de dolor.

Tauro eleva la roca que tiene aprisionada a Chase y la deshace contra el suelo. Se acerca a él y pisa su espalda, seguido de otro grito de dolor y finalmente lo patea lejos del lugar.

Me espanto de aquella brutalidad hasta el punto de sudar frío.

Ray, se enciende en llamas, salta a él, pero Tauro lo agarra en el aire antes de que pueda atacarlo. Lo golpea un par de veces. Lo suelta y cae al suelo, apagándose.

Voy tras Chase, mientras que otros dos autos de policía llegan a la zona.

Los oficiales disparan contra la criatura. Esta se acerca a un auto, toma dos de ellos y les aprieta la cabeza hasta reventar. Los otros dos oficiales, aterrorizados por lo que acaban de presenciar, suben al auto para intentan escapar, pero la criatura salta sobre el auto, aplastándolos.

Llego con Chase en la calle siguiente, está muy malherido.

—¡Chase! —le llamo—. ¿Puedes escucharme?

En ese momento todo el suelo a mí alrededor se levanta y nos encierra, volviéndose cada vez más estrecho. Intento oponer resistencia pero no cede. Se escucha una explosión. La roca se rompe por una ventisca.

—Ve por Ray —me dice Ariadne, quien se acerca apresurada—.

Quedo en silencio unos momentos, en pánico, por la idea de que iba a morir aplastada.

—¡Es una orden! —dice en tono fuerte—.

Vuelvo en sí. Asiento y me pongo de pie para ir por Ray.

Tauro, que había sido lanzado contra un edificio, vuelve a la acción. Ariadne se eleva en el aire y crea un remolino de viento, alzándolo para golpearlo contra el suelo una y otra vez, como distracción.

Corro lo más rápido posible hacia Ray. La gabardina me saca un susto ya que me eleva y desciendo a su lado. Apenas puede abrir sus ojos.

Ariadne eleva a la bestia y la estampa contra el concreto pero esta vez, Tauro toma un pedazo de suelo y cuando vuelve a elevarse, aprovecha para lanzarlo hacia ella, golpeándola y haciendo que caiga sobre un auto.

Con cuidado pongo de pie a Ray. Escucho que algo se acerca detrás de mí a gran velocidad. Al girar, Tauro me golpea con su puño llevándome al otro extremo de la calle. Patea a Ray, y vuelve a dejarlo tirado.

Por más extraño que parezca, ese golpe no fue tan fuerte como esperaba. Digo, si dolió y bastante, al punto que me cuesta moverme ahora, pero en comparación a su tamaño, como se ve y el impulso que dio, no esperaba salir viva de esto.

Busco el Transportador en mi bolsillo. A mi lado, veo unas revistas de oficina.

La criatura salta para pisarme, pero la gabardina me mueve a un lado y luego me eleva, pero la bestia me toma del pie. La gabardina se desprende de mí y sigue hacia arriba. Antes de que me lance a un lado, me transporto con él hasta una oficina en el último piso de un edificio, en donde salgo disparada a través de una ventana. Al mirar hacia abajo puedo ver la calle en donde estaba.

Ray se logra poner de pie con ayuda de la gabardina que llega a él al yo desaparecer de la calle. A mismo tiempo, escucha el sonido de cristales rotos. Mira hacia arriba y me ve en caída libre. Tauro salta del edificio detrás de mí.

A toda prisa, Ray toma su Transportador y se desplaza al aire.

En plena caída, y aturdida por el impacto de la ventana, volteo para ver a la criatura cada vez más cerca de mí.

— ¡Mi mano! ¡Ahora!

Giro hacia mi derecha para ver a Ray, estrechando su mano. La tomo e inmediatamente desaparecemos del aire y reaparecemos en la calle.

Ambos caemos al suelo. La criatura avanza con mayor rapidez.

Ray se pone de pie, extiende ambas manos al aire, ahora con cierta luminancia, y las mueve hasta crear un aro de energía sobre nuestras cabezas. Tauro cae dentro de él, desapareciendo al instante.

El aro luminoso se cierra y sus manos dejan de irradiar luz. Ray voltea hacia mí, con la respiración acelerada.

—¿En qué demonios estabas pensando? —expresa molesto y agotado—.

Se aleja de mí tambaleándose.

No me encuentro en condiciones para argumentar con él.

Me pongo de pie, entre asustada y adolorida. Observo el Transportador en mis manos temblorosas. Subo la mirada por unos segundos para ver algunos papeles caer suavemente.

El sonido de una ambulancia llama mi atención en dirección a Ray y le sigo.

Era la tercera vez en menos de 5 minutos que tuve la sensación de que iba a morir.

Al acercarme le agradezco por salvar mi vida, aun agitada. Ray me mira y no dice nada.

—Hay que ir por Chase y Ariadne —continúo diligente—.

Tomo a Ray de la gabardina y lo transporto conmigo a la calle donde se encontraba Chase inconsciente.

—Quédate aquí, voy por él —digo, dejando a Ray recostado en un auto—.

Me detengo en una esquina para ver a dos policías revisar el cuerpo de Chase inconsciente en el suelo.

—Tenemos que llevarlo —dice un oficial—. Llama a los paramédicos.

— ¿Qué diablos pasó aquí? —dice otro oficial mirando a su alrededor.

Me acerco a ellos en silencio. Chase recobra la consciencia, tosiendo fuerte. Uno de los policías le apunta con el arma.

—Baja eso —dice a su compañero—. Oiga, ¿se encuentra bien?

El otro oficial baja el arma, desconfiado.

—Eso creo —dice Chase con dificultad—.

Los oficiales ven su cara cubierta de heridas, e intentando ponerse de pie, pero no puede y se queda sentado.

—Tengo que irme —continúa—.

—No, no. Tenemos que llevarte para interrogación —dice un oficial.

Toma su radio y reporta que tiene un hombre herido, y al parecer el único testigo de lo ocurrido.

En un descuido de ambos oficiales, Chase busca su Transportador.

El oficial recibe órdenes de llevarlo consigo. Cuando ambos vuelven con aquel hombre, ya no está.

— ¿A dónde se fue? —dice un oficial.

—No lo sé, estaba aquí —responde su compañero.

Desde la esquina, sonrío, y vuelvo con Ray, pero me detengo al ver otros policías descubrir a Ariadne sobre un auto, quien ha recobrado la consciencia.

Los oficiales de recién van tras ella, apuntándole.

—¡No se mueva! —expresan con autoridad—.

Detrás de ellos, levanto mis manos y ella consigue verme, a pesar de que está muy oscuro. Le hago ademanes comunicando que venga a la calle en la que estoy. Ahora sí me regreso con Ray.

Ariadne comienza a estornudar, levantando una nube de polvo.

Los policías se tapan las caras evadiendo la polvareda. Ariadne da un salto saliendo de la calle y aterriza con nosotros.

— ¿Dónde está Chase? —me pregunta con un tono amenazante—.

—El mismo se transportó, cálmate —digo.

Me ignora. Se acerca a Ray, y se transporta junto con él.

—Perra —digo.

Miro toda la destrucción a mi alrededor con tristeza.

—Esto no terminará bien —digo, y me transporto a Black Hole—.

El Gran Salón está deshabitado. La zona de la biblioteca estaba desordenada, debido a la explosión.

Automáticamente pienso en Sarah.

Me encamino hacia una puerta en el lateral derecho, y recorro un amplio corredor, hasta dar con un hombre canoso y de barba larga.

—Disculpe, ¿sabe dónde están todos?

—Sala de curación —responde—. Al final del pasillo, a tu derecha, la segunda puerta.

Le agradezco y corro lo más rápido posible. Me aproximo a la puerta sofocada y adolorida. Al abrirla, todos dentro de la habitación se quedan viéndome. Todas estas miradas me hacen sentir un poco incómoda.

Allí estaba Frudd, Ariadne junto a Chase, que también está en muy malas condiciones. Erik sentado que, al verlo me invade un brote de inseguridad por lo ocurrido con Sarah. Él lo nota y evita contacto visual.

—Nunca se enfrentaron a algo así —continúa Frudd—. Esto vas más allá de un simple entrenamiento.

Me acerco a Sarah, que está despierta, y le doy un abrazo.

—¿Cómo te sientes? —pregunto preocupada—.

—Estoy bien —responde inexpresiva.

Eliud acude a Chase. Le pregunta cómo se siente, a lo que este responde con que se encuentra bien, solo está un poco adolorido por los raspones.

— ¿Raspones? —comenta Ariadne—. Tienes toda la cara hecha mierda.

Ambos ríen.

—No te vayas sin mí la próxima vez —continúa, y le da un beso en la mano—.

Eliud empieza a curar sus heridas.

—Si no fuese por Alice, creo que estaría sepultado en estos momentos —comenta—.

Creo que me está dando más crédito del que merezco. Tampoco creo que haya hecho algo. Mas bien, no hice nada.

Estaba tan impactada con todo lo que estaba pasando que no pude ni pensar con claridad.

Por otro lado, Ariadne me mira desconfiada. No presto atención y continúo acariciando el pelo de Sarah.

Frudd se me acerca.

—¿Necesitas atención médica? —pregunta—.

—Estoy bien, creo que no es necesario —respondo.

Frudd mira atento a Sarah.

—Hay algo que no entiendo, ¿cómo es que ninguno de ustedes está muerto? —pregunto confundida—. Los vi recibir una gran cantidad de golpes y ninguno de ustedes está gravemente herido. Solo cortadas y moretones.

—Es por el punto de quiebre —responde Chase adolido—. Lo miro confusa.

—No hables —le dice Ariande a Chase.

—Verás...

Poso la mirada sobre Erik.

—...al liberar tu energía, obtienes un cambio tanto físico como mental —continúa Erik—. Tu cuerpo es más resistente, también va a depender de tu elemento. Chase, al ser elemento Tierra, es más resistente que cualquier otro elemento —explica—. Aunque no significa que no sienta dolor.

Miro las heridas en mis brazos.

—Puede que no sea un cambio visible pero cuando estés a prueba, verás a lo que me refiero —concluye Erik—.

—Al parecer tu memoria se recuperará —comenta Eliud—. Erik sonríe. Frudd camina hacia el centro de la sala, pensativo.

—Hay algo más que deben saber —pausa Frudd, algo preocupado—, y es que Ofiuco está con vida. Esa es la razón de los constantes ataques de Leales y ahora un Celestial.

Eliud detiene la curación en Chase y mira atento a Frudd.

—¡Por el gran Zeus! —expresa Eliud sorprendido y muy preocupado—. ¿Cómo es que sigue con vida? —pregunta con temor—.

—Lo dejé vivir —responde cabizbajo—.

—Todo este tiempo enfrentándonos a esas cosas no teniendo idea de que él sigue ahí fuera —expresa Ariadne enojada—.

Frudd me observa y baja la mirada. Vuelve con Ariadne.

—Todo esto es una mentira —continúa—. Todo lo que nos has dicho de que estamos aquí para proteger y para prevenir que los errores del pasado no se repitan, es pura mierda. Aun seguimos peleando contra ese pasado que has arrastrado hasta hoy.

Ariadne baja la mirada hacia Chase.

Eliud, ahora con su respiración más agitada, se acerca lentamente a Frudd.

—¿Por qué? —pregunta—. Nuestro pueblo ha sufrido mucho por él. Eso era lo único que nos mantenía con fe. Por eso todos estos años nunca quisiste que volviéramos a La Tierra.

Aquel hombre me mira con pena.

—¿Por qué Tauro fue tras ella? —pregunta Ariadne—.

—No estoy seguro del todo, pero Alice comparte similitudes con su madre en cuanto a su poder, puede que la estén rastreando de esa alguna forma.

—¿De qué hablas? —pregunta Ariadne—.

—Alice es la hija de Mera —responde pausadamente—.

Todos me miran sorprendidos. Me siento abrumada.

— ¿Mera? No tiene sentido —comenta Ariadne—.

—Con razón me resultabas familiar —dice Erik exaltado—.

—Desconozco los motivos del ataque de hoy —responde—, pero ahora estamos expuestos ante la humanidad. Puede que ahora seamos un blanco para ellos y que nos culpen por los estragos causados. Debemos demostrarles que no implicamos una amenaza, sino aliados.

—Ray se deshizo de él —comento—.

—Volverá. Si encontró una manera de ir a La Tierra, lo hará de nuevo —dice Ray, de pie y recostado de la pared al final de la habitación—. Esto no fue un simple ataque, fue una prueba. Se estaba resistiendo.

No había notado que estaba aquí. Además, ¿cómo es que ya no tiene ninguna herida si hace unos segundos no podía ni caminar del todo?

—Es cierto —expresa Chase—. Pudo destruir toda la isla de Manhattan de una sola pisada.

—Tauro es el Celestial que antecede a los demás. Es la fuerza bruta, el que prepara el terreno. La antesala del caos, para ser más específicos —expresa Frudd—. Ambos están en lo correcto. En cualquier momento puede iniciar un segundo ataque y con un nuevo adversario —ahora refiriéndose a mí— Alice, necesitas quedarte en Black Hole. Es un punto ciego para estas amenazas, aquí ambas estarán seguras.

En un respiro, pienso en Jeff, y los rastros de destrucción que llevan a mí, de vuelta a mi apartamento. No puedo quedarme. Tengo que volver.

—Entiendo todo esto, pero necesito regresar —digo, buscando mi Transportador—.

—¿Estás sorda? No puedes ir —expresa Ray enojado—.

—No puedo solo desaparecer sin más —digo, defendiendo mi posición—. Tengo familia, y amigos allá. Estaba en una misión cuando vine aquí, y creo que puse a todos en peligro. Tengo que volver. Tengo que saber que ha pasado.

—Eso no es importante ahora. Tenemos que seguir tu entrenamiento.

—Necesito que se encarguen de Sarah mientras regreso a La Tierra —digo a los demás, ignorando a Ray—.

Me acerco a Sarah y tomo su mano. Su aspecto ha mejorado. No quisiera dejarla, pero necesito saber que ha pasado con Jeff y la misión.

—No te vayas —expresa Sarah entristecida.

—No quiero hacerlo, pero debo —digo con tristeza—. No tardaré, lo prometo.

Sarah baja la mirada, soltándome la mano. Miro a Frudd, y salgo de Black Hole.

— ¡Mierda! —dice Ray, al momento que toma su Transportador para ir tras de mí—.

Ray desaparece de la sala.

Sarah se acomoda en la cama de lado. Ariadne posa la mirada sobre ella.

* * *

De vuelta en La Tierra, me transporto al muelle, en mi posición junto al muro y puedo ver que todo está hecho un desastre. Autos en llamas, cuerpos y un gran barco. El área está totalmente deshabitada.

— ¿Qué pasó aquí? —digo para mí misma—.

Me acerco a la van de Jeff, que está llena de agujeros de bala. Mi respiración de agita.

Con cuidado, abro la puerta y veo sangre en el asiento. Tomo la radio del vehículo.

— ¿Hola? ¿Alguien puede escucharme? —hablo por la radio—.

Luego de unos segundos de estática pude escuchar algo.

— *¿Alice? ¿Alice? ¿Eres tú? ¿Me copias?*

Escucho la voz del detective Aldo. Dubitativa, respondo afirmativa.

— *¿Dónde diablos estabas? ¿Dónde estás ahora?* —pregunta sumamente enojado.

—Estoy en el muelle —respondo tímida—. ¿Dónde está Jeff?

—*En el hospital* —responde.

Su respuesta fue como un disparo al corazón. No puedo creer que por mi ausencia hayan lastimado a Jeff.

—*Tú vas a darme una explicación* —continúa enojado.

—¿Dónde está Jeff?

—*No voy a darte ninguna información* —expresa Aldo—. *Regresa al Departamento ahora mismo.*

—¿Dónde está Jeff? —pregunto con firmeza y en voz alta—.

El detective Aldo concluye las comunicaciones.

Me transporto de regreso al auto con el que llegué a la zona. Estaba lleno de disparos de bala por igual.

Le marco a Howard, quien me contesta bastante preocupado. Hago la misma pregunta, y me da su ubicación. Él también está allá. Le doy las gracias y cuelgo.

Con el mismo móvil busco imágenes de la fachada del edificio. Con mi Transportador en mano, visualizo aquel lugar, y me transporto hasta la entrada del hospital.

Un hombre me ve aparecer delante de él hasta entrar al edificio.

Me dirijo al ascensor hasta el 4to. piso.

Las paredes metálicas que recubren el interior del ascensor tienen propiedades reflectantes. Me observo de pies a cabeza. Me encuentro maltratada, muchas heridas y estoy caminando algo coja.

Al abrirse las puertas, me topo con Howard. Ambos quedamos en silencio un momento, hasta que el me abraza y entra conmigo al ascensor. Las puertas se cierran.

—Alice, ¿qué pasó contigo? Me tenías preocupado —expresa Howard.

—Es una larga historia. Prometo contártela, pero necesito verlo —pido entristecida—.

—Aldo está sumamente enojado —dice Howard—. Todos estuvimos expuestos, el que más mal la pasó fue Jeff.

Me cuenta que no saben con exactitud lo que pasó, pero que cuando el equipo de captura llegó, Jeff estaba muy malherido. En estos momentos se encuentra muy débil. La habitación en donde se encuentra es la 409.

Howard ve mis heridas.

—¿Qué te pasó? —pregunta con suma preocupación—. Hubo… algo en el centro de la ciudad, que termino derrumbando muchos edificios. Reportaron un toro gigante destruyendo la ciudad. ¿Dónde estabas?

Me quedo en silencio.

—Alice…

—Fui atacada, okay. Es lo único que debes saber por ahora.

—¿Qué dices? ¿Quién te atacó?

Las puertas del ascensor se abren, y salgo. Howard me sigue.

—¡Alice! —Howard me habla subido de tono.

Mi rostro está al borde del llanto. Volteo hacia él.

—Prometo contarte todo, pero ahora mismo no es el mejor momento, ¿okay? Lamento todo esto. Te quedé bastante mal.

Volteo y continuo mi camino hacia la habitación. Howard me sigue.

Al final del pasillo, doblo a la derecha y Aldo se encontraba allí, con un brazo vendado, sentado en un sillón largo.

Tengo que encontrar la manera de entrar a la habitación sin que me vea. Tampoco puedo usar el Transportador, no conozco la habitación.

En ese momento, Howard pone su mano en mi hombro.

—A mi señal —dice Howard, con preocupación—.

Howard va con Aldo y crea distracción diciendo que me habían visto en el primer piso. Me oculto detrás de una puerta y espero a que pasen. Sin nadie allí, me acerco a la habitación a toda prisa, y entro en ella.

Quedo sorprendida al ver a Jeff conectado a una máquina. Me acerco despacio.

—Lo siento tanto, Jeff —digo poniéndome de rodillas a su lado, dejando soltar unas cuantas lágrimas—. Vas a estar bien, vas a salir de esta.

Tomo su mano y la aprieto. Mi anillo brilla por unos momentos y se apaga. Seco mis lágrimas y me quedo unos minutos con él. Puedo escuchar su respiración forzosa. También puedo notar el vendaje debajo de la bata.

Me pongo de pie y me acerco a los pies de la cama para tomar una tablilla con su diagnóstico. Mis ojos comienzan a lagrimear al leer su condición. Coloco la tablilla en su lugar. Regreso con él para darle un beso de despedida en la frente.

—Buscaré al causante de todo esto y va a pagar. Lo prometo —digo—.

Salgo de la habitación y allí se encontraba el detective Aldo con una mirada colérica. Le miro inexpresiva.

—Sabía que Howard no iba a delatarte y que desobedecerías mis órdenes una vez más al venir aquí y no esperar en el Departamento. No tienes acceso a esta habitación —expresa enojado, acercándose—. ¿A dónde diablos fuiste?

—Fui atacada —respondo sin más.

— ¿Quién te atacó?

Explico que no vi a mis agresores. Solo me llevaron lejos de allí y es todo.

Aldo no se cree ni una palabra de lo que le digo, culpándome del fracaso de la operación.

—Fue un grave error haberte puesto en el campo —expresa decepcionado—. Bridges sabrá sobre tu ineptitud. Gracias a ti el oficial Daniels está en esa habitación. Que no se te olvide.

—Aldo, Fort, ¿qué está pasando aquí? —dice el jefe Bridges, acercándose—.

—Que oportuno —dice Aldo, más ameno—.

Aldo me da la espalda y se acerca a Bridges. Le exige darme de baja por tiempo indefinido por estropear una operación con más de un año de planeación.

Samuel escucha la propuesta, pero no hace caso, diciéndole que qué esperaba de una novata.

De alguna forma, ese comentario me hizo sentir mejor y me está defendiendo. Howard se acerca a escuchar la conversación. Bridges me ordena que me vaya del hospital. Bajo la mirada y me acerco a Howard, que me ve inexpresivo. No puedo ni mirarlo a la cara. Me siento un desastre, y una decepción para él.

Aldo aún en espera de una respuesta más severa en cuanto a mí, enfrenta a Bridges, diciéndole que mañana temprano tendrán una conversación sobre lo sucedido esta noche.

Bridges le recomienda que se vaya a descansar. Aldo, con la nariz roja del enojo, se va de allí.

Sigo mi camino hasta un ascensor y entro en él. Howard me sigue. Antes de que se cerrase por completo, pasa la mano y se vuelve a abrir, pero se encuentra con que no estoy ahí.

Estoy de regreso en el Departamento, justo en los vestidores, los cuales están vacíos. Me acerco a un casillero y lo golpeo de la rabia, mientras lloro.

Me recuesto sobre ellos y me dejo caer.

—No fue tu culpa —dice Ray sentado en los asientos en frente de mí—.

No me inmuto por su presencia. Sin subir la mirada, le digo que se vaya.

Las luces empiezan a titilar, hasta que se apagan por completo. Me pongo de pie.

Mi anillo comienza a brillar. Ray enciende sus manos para iluminar el lugar.

Salgo de los vestidores para ver que todo el Departamento está a oscuras. Ray me sigue. Los oficiales murmuran entre ellos y otros encienden focos.

Al salir a la calle, los conductores bajan de sus vehículos, que tampoco encienden.

— ¿Qué está pasando?
—No es solo aquí —responde Ray, detrás de mí—. Está pasando en todo el país. Debiste haberte quedado en Black Hole.

Un ligero pitido casi imperceptible se hace presente por unos segundos y luego se detiene. Empieza a llover de repente con mucha intensidad.

El anillo comienza a brillar.

— ¿Qué está pasando? —pregunto, a la vez que me quito el anillo. Este continúa brillando—.

—Otra de esas cosas —responde.

La energía eléctrica se restaura. Las calles se vuelven a iluminar. Ray, con el Transportador en mano, se acerca a mí.

Me rehúso, alejándome de él.

—No tenemos tiempo para esta mierda.

Camino hacia atrás evitando tener contacto. No iré con él, Sarah está segura. Es lo que importa. Le explico que me quedaré hasta que Jeff se recupere, es lo menos que puedo hacer por mi amigo.

El agua bajo nuestros pies se reúne en un solo punto y comienza a crecer delante de nosotros creando un Leal de agua, y este se divide en dos. Ambos sueltan un chirrido agudo.

Personas en los alrededores ven lo ocurrido y corren despavoridas.

—Perfecto —expresa Ray malhumorado—.

Ray se dispone a atacarlos. Uno de ellos corre tras las personas. Me vuelvo a poner el anillo y a ese le sigo.

Oficiales salen del Departamento, por el ruido de las personas. Ven las criaturas y les disparan, pero no consiguen ningún efecto, ya que las balas atraviesan.

Un Leal salta sobre uno de los oficiales y le arranca a cabeza de una mordida. Ante esa acción, los demás oficiales huyen. Uno de ellos cae y el Leal salta sobre él.

Levanto mi mano y con el agua arrastro al oficial hasta mí. Este se altera por lo que hice. Me mira aterrado y se pone de pie.

—Eres una bruja —dice y se echa a correr—.

La criatura se lanza hacia mí. Levanto agua del suelo y se la arrojo, moviendo mis manos hacía la criatura, pero no consigo daños en él.

El Leal dirige sus manos hacia mí, y lanza chorros de agua que me golpean, llevándome al otro extremo de la calle.

A mi derecha, Ray está luchando con la otra criatura de agua que, por más que las evapora lanzándole fuego, vuelven a regenerarse. De un golpe, lanza a Ray hacia mí.

Se pone de pie y me ayuda a ponerme de pie.

Las criaturas de agua se abalanzan sobre nosotros.

Subo mis manos. Ray se prende en llamas y despliega una gran llamarada de fuego, eliminando a una de ellas sin volver regenerarse.

Ray mira hacia arriba y ve como estoy deteniendo el agua de a poco.

Ahora con sus manos encendidas, la otra criatura se aleja evitando las llamas y buscando agua fuera de los límites de mi contención, pero termina destruida por la segunda ola de calor que crea el caballero de la gabardina.

Bajo mis manos y toda el agua acumulada desciende de golpe. Caigo débil al suelo. Mi anillo se apaga.

—Puedes curarlo —digo sofocada—. A mi amigo, puedes curarlo, como lo haces contigo mismo.

Ray no dice nada, solo se queda viéndome.

—Maldita sea, es una persona muy importante para mi —digo, entre lágrimas, aunque no se aprecie por la fuerte lluvia—.

El agua, ahora a la altura de los tobillos, sigue subiendo con rapidez. Esto no es una simple lluvia.

El pitido vuelve.

—Lo ayudaré… solo si te saco de aquí —dice.

Sigo sin confiar en él, pero es la carta que puedo jugar en este momento para asegurar el bienestar de Jeff. No puedo dejar que muera.

Asiento, confirmando su condición, aunque le digo que tengo que ir a otro lugar antes de ir con él. Tomo el Transportador, lo sostengo de la gabardina.

En la puerta del Departamento, Denisse vio lo ocurrido y como desaparecemos de la calle. Se acerca a donde estábamos y mira a los alrededores.

—¿Qué eres, Alice? —pregunta para sí misma—.

* * *

Me transporto hasta mi calle, la cual está deshabitada y destruida.

La lluvia llena los agujeros creados por la pelea contra Tauro. Mi edificio aún seguía en pie, aunque inclinado y con luces parpadeando.

Una fuerte ventisca nos levanta a ambos por el aire y caemos de mala manera. La estructura de mi edificio también se vio afectada por el viento, comenzando a crujir y estremecerse.

—¿Qué fue eso? —pregunto.

En el aire, un Leal alado se acercaba a toda velocidad. Ambo nos podemos de pie. Ray le lanza una bola de fuego que esquiva.

Se escuchan gritos dentro del edificio que poco a poco comienza a ceder. Me pongo de pie y entro al edificio.

—¿Qué diablos haces? —vocifera Ray, al momento que levanta su mano para crear otra protección en la estructura—.

La criatura alada lo golpea con un chorro de agua, desconcentrándolo.

Dentro, el edificio tiene filtraciones muy pronunciadas. Las escaleras escurren agua proveniente de los pisos superiores.

Subo hasta mi puerta, la cual estaba abierta. Entro y diviso los documentos que me había entregado Kate para Sarah sobre la encimera de la cocina. Me acerco y los tomo.

Parte del suelo se despedaza y salgo de mi apartamento de un salto. Vuelvo a escuchar los gritos y avanzo al piso superior. Un golpe se siente en todo el lugar. ¿Qué diablos está pasando allá fuera?

Al final del pasillo, se escuchan llantos. Logro llegar a la última puerta, de la cual provenía una parpadeante luz. Allí un hombre sujetándose de un borde cerca de la puerta a punto de caer. Coloco los papeles debajo de mi brazo y lo ayudo a subir.

Llama a una mujer, que se encuentra dentro de la casa, junto con un niño. Aquel hombre pide mi ayuda desesperado.

Veo un cable eléctrico tendido sobre un agujero del techo, haciendo contacto con el agua, lo que provoca la parpadeante luz.

Dentro del apartamento no había suelo. En lo que sería la sala, una especie de catarata que se abre paso. En el pasillo, se encontraban las personas atrapadas.

No encuentro una forma segura de hacerlo.

Le paso mis papeles al hombre para que lo sostenga un momento. Espero a que el cable no pegue con el agua, tomo impulso y salto al agua y del agua me impulso hacia el pasillo. Antes de ese segundo salto, el cable de electricidad pegó con el agua y me llevé una descarga fuerte. Caigo al suelo con los músculos entumecidos. Aquí me encuentra una mujer y un chico llorando, que se alivian un poco al verme.

—Ayúdanos por favor —expresa la señora en pánico—.

El piso bajo nuestros pies se mueve un poco. Me pongo de pie lentamente, recuperándome del chispazo.

—Señora, calma, por favor. La sacaré de aquí —digo apresurada y con firmeza—. Tiene que hacer lo que le diga, ¿okay?

Asustada, asiente.

Les digo que no se separen de mí. La señora carga a su hijo, que no debe tener más de 8 años de edad, y a ella la sujeto por la cintura.

Miro las luces chispeantes, pensando que no puedo exponer a esta familia ante esas descargas. Saco mi Transportador y los sujeto a todos.

Damos un par de pasos hacia atrás para tomar impulso.

—Confíe en mí —digo—. A la cuenta de 3 corremos hacia el agua y saltamos los más que podamos, ¿okay? No se preocupen, todo va a estar bien.

La mujer asiente y me agarra con fuerza, al igual que a su hijo.

Hago un conteo regresivo y al terminar todos corremos. En el salto nos transportamos hasta la puerta donde caímos encima del hombre que esperaba por su familia.

Me pongo de pie. El padre de familia abraza a su mujer e hijo, y me agradece por salvar a su familia. Todos caminamos a las escaleras, pero estas se han caído.

La pared detrás de nosotros se despedaza.

Sin pensarlo, y con Transportador en mano, los sujeto a cada uno de ellos. El piso bajo nuestros pies se abre y caemos. En ese momento, nos transportó a las afueras del edificio, y caemos todos sentados de golpe sobre un charco de agua.

Ellos, entre confundidos y asustados por lo que acaba de pasar, y sin cuestionárselo mucho, se ponen de pie con dificultad y se alejan de edificio que está a punto de colapsar.

Bajo la mirada para ver los documentos en el charco de agua. Me apresuro a tomarlos, y al mismo tiempo, Ray me envuelve en una esfera de energía y me hala hacia él, evitando que los escombros del edificio me caigan encima.

Ambos sofocados bajo agua, vemos como colapsa este edificio más todo el desastre de la calle.

—Es hora de irnos —dice Ray—.

— ¿Dónde está esa cosa que nos atacó? —pregunto curiosa, mientras sostengo los papeles totalmente mojados—.

—La perdí —responde—.

Nos ponemos de pie.

Preocupada, echo un último vistazo mi calle y hogar destruido.

Ray toma su Transportador, me toca la espalda, y ambos desaparecemos de la calle.

XI
Καταιγίδα
(Tempestad)

Regresamos al Gran Salón, ambos empapados. Observo la alfombra con preocupación.

Erik se encontraba en una de las mesas del fondo, revisando unos libros y pergaminos, ayudado por un bastón. Se percata de nuestra llegada y se acerca a nosotros.

Ray le pregunta sobre el paradero de Frudd, a lo que le responde señalando hacia arriba. Todos alzamos nuestras miradas para verlo descender, informando que ha estado al tanto de las irregulares lluvias que están ocurriendo alrededor del mundo, asegurando estar relacionadas con otra entidad.

— ¿Cuál de todas es la causante? —pregunto.

Me mira con incertidumbre.

Informa que cualquiera de los 3 Celestiale que posea cualidades de agua podría provocar este tipo de evento.

Añade que, estas divinidades no actúan por cuenta propia. Necesitan un propósito y una dirección, y lo más probable es que Ofiuco esté detrás de estos ataques para provocarlo a que abandone Black Hole para así mostrarle el camino hasta aquí, lo cual no hará bajo ninguna circunstancia.

—Deberíamos estar pensando en un plan para salvar a todos —expresa Erik preocupado.

—No todos tienen salvación —comenta Ray, en un tono calmado—. Dejemos que hagan lo que quieran.

Por alguna extraña razón, Ray toma una postura más relajada ante él.

¿Quién es Erik en su vida? Es la segunda vez que los veo juntos y parece ser que ambos confían entre ellos.

Además, Erik está en lo correcto. No podemos permitir que destruyan el planeta.

Un temblor se hace presente en el Gran Salón. La sala se hace más brillante debido a que las estrellas sobre nuestras cabezas despliegan un intenso brillo.

Subimos las miradas para ver los cuerpos celestes en movimiento, indicando la presencia de otro ser.

Frudd levanta sus manos y las estrellas descienden hasta nosotros. Él las ve más de cerca hasta llegar a una conclusión.

—Se trata de Piscis —dice Frudd bastante serio—. Es quien ha estado provocando las tempestades.

Una miniatura del planeta se hace visible frente a nosotros. Frudd ubica la criatura. Puedo ver un punto de luz iluminar las costas de Brasil.

Concluye con que ya se encontraba en La Tierra, escondida y ahora se ha vuelto visible.

Las estrellas se elevan una vez más.

—¿Qué estamos esperando? —pregunto ansiosa—. Tenemos que ir.

—¡Al diablo con La Tierra! Tu no irás a ninguna parte —expresa Ray, tajante—.

La poca tolerancia que había tenía hacia él en la última hora estaba llegando a su fin.

—¿Cuál es tu maldito problema? —cuestiono enojada—.

—Tu estas a salvo, es lo único que importa —interrumpe con seriedad—.

—No es lo único que importa —replico con propiedad—. Hay vidas inocentes en riesgo. Tienes el poder de ayudarlos, pero te quedas de brazos cruzados. Y tienes razón cuando dices que no te entiendo. No entiendo el porqué de tus acciones. No entiendo porque eres tan arrogante y egoísta. No entiendo cómo puedes matar a alguien sin sentir remordimiento. ¡No entiendo porque eres una mierda de persona! —le grito, enojada, y con lágrimas en mis ojos—. Ese planeta es mi hogar y no lo abandonaré.

Ray se queda en silencio con el ceño fruncido. Me acerco a Frudd, en busca de su opinión.

—Me temo que no puedo dejarte ir —expresa pausadamente—. Incluso con tu espíritu y gran voluntad, no podrías hacerle frente. Tienes poder, de eso no hay duda, pero aún no estás preparada.

Pensándolo más calmadamente, tiene razón. Lo que he logrado hasta el momento me ha costado un par de días y no me sirve de mucho en un enfrentamiento. Apenas puedo mover mi elemento. Necesito terminar mi entrenamiento, aunque tampoco contamos con tanto tiempo.

—Entonces, ¿qué vamos a hacer? —pregunto preocupada—. No podemos permitir que destruyan La Tierra.

Frudd se dirige a Erik para decirle que se comunique con los demás e informe de esta amenaza y que se preparen. En cuanto a él, me llevará a Kronita para terminar mi entrenamiento.

Erik asiente y se aleja.

—¿Qué es Kronita? —pregunto curiosa—.

—Ya lo verás.

Antes de que Erik salga del Gran Salón, le llamo. Me acerco a él, un poco desconfiada, y le entrego los papeles mojados para que los mantenga seguros para Sarah. Él los toma con confianza, y me da una sonrisa. Seguido, sale del Gran Salón.

Al voltear, allí estaba Ray de pie, cabizbajo y pensativo. Lo ignoro y me regreso con Frudd.

Mis pies se despegan del suelo junto a Frudd, que me eleva al cielo de estrellas. Bajo la mirada, Ray nos ve elevarnos. Unos segundos después el Gran Salón desaparece.

Vuelvo a ver hacia arriba, donde puedo observar una amplia gama de colores en las nebulosas delante de mí. También el ambiente está frío. Mirando a nuestro alrededor, puedo ver una masa negra inmensa detrás de nosotros. Eso no estaba allí.

Delante, observo un planeta. Nos acercamos a él, y allí tocamos suelo.

Siento como si estuviera en La Tierra. Todo es muy similar: el color del pasto, los árboles, el sonido de las aves. Lo único diferente es el cielo, que es multicolor.

—Esto es Kronita —dice mostrándome un planeta lleno de vegetación—, es un planeta en donde el tiempo está roto.

— ¿Cómo que el tiempo está roto?

Explica que el planeta no se rige por las normas de tiempo convencionales. Un minuto en La Tierra, aquí, pueden ser semanas e incluso meses. Si alguien decidiera unirse a nosotros en este instante, se encontraría en otro tiempo muy diferente al nuestro, debido a dichas propiedades.

Sigo sorprendiéndome con cada cosa nueva que aprendo.

— ¿Cómo sabremos cuanto tiempo estaremos aquí?

—Para nosotros será el tiempo que necesites para perfeccionar tu técnica —responde—.

—Esto es alucinante —expreso con asombro—.

Frudd me mira y me ríe. Lo veo confundida.

—Siempre he sentido admiración por la inocencia humana —comenta—, les basta con tan poco para sorprenderse. Su naturaleza misma no les hace comprender más allá de lo que tienen a simple vista. Solo unos pocos logran ver lo hermoso que puede ser la realidad.

Se aleja y se introduce en la vegetación. Echo un vistazo a mi alrededor y le sigo.

Le comento que, deberíamos intentar con las demás civilizaciones ahí fuera a que nos den una mano con este problema que, a final de cuentas, se convertirá en un problema colectivo.

Explica que, Mera pudo conseguir alianzas entre todos, y así unir fuerzas contra Ofiuco en la última Gran Guerra, pero esa alianza murió junto con ella. Ganamos, pero el precio fue muy alto. Ahora estamos por nuestra cuenta.

Caminamos por unos 5 minutos hasta que llegamos a una enorme catarata, y al otro extremo, un extenso mar. Me percato de que el agua tiene un color parecido al plateado.

Continúa con que, este planeta cuenta con diferentes climas y condiciones. Nosotros estamos en el área más adecuada para desarrollar mis cualidades.

Nos acercamos a la orilla del mar y vemos la arena de color blanco.

—Hay algo que no entiendo, ¿todos los planetas tienen oxígeno? —pregunto curiosa—. Y, ¿dónde está el Sol? —digo mirando hacia arriba—. No veo ninguna fuente de luz.

Frudd ríe y voltea hacia mí.

—Olvida todo lo que crees que sabes —expresa Frudd—. Hay cosas que simplemente son, y no necesitan explicación.

Lo veo un tanto incrédula.

—Todo debe tener una razón de ser —defiendo mi lógica—.

—De eso estoy seguro —expresa mirando a su alrededor—, puede que haya alguna fuente de energía solo que para nosotros es desconocida.

—Esa es una mejor respuesta.

Frudd me sonríe y se acerca a la catarata.

—Muy bien, muéstrame lo que sabes hacer —pide Frudd—.

Lo miro un poco preocupada y a la vez intimidada. Me acerco a la orilla, viendo el cielo colorido y pensando en lo poco que sé.

Sin más dilación, me dispongo a mostrarle.

* * *

De vuelta en La Tierra, Ray se encuentra sobre la estación del teleférico en el peñasco Pan de Azúcar, Río de Janeiro, Brasil, el cual está fuera de servicio por las fuertes lluvias. Ray observa el agua comportarse de forma extraña. Se forma un agujero y de él, emerge una criatura, desplazándose por el agua hacia tierra.

Ray se transporta hasta la costa, en la playa de Copacabana, la cual está iluminada con faroles, al igual que la iluminación de la calle incide en la playa y la de los edificios. Lo primero que pudo notar es que sus pies se hunden en la arena. Sube la mirada y delante de él, Piscis.

De apariencia femenina. De la cintura para abajo posee una larga cola de coloración blanca y azulada, al igual que su cuerpo. Piel escamosa, aletas plegables a la altura de la cintura. Todo el pecho descubierto. De manos pequeñas, dedos color violeta y con garras afiladas por uñas, con cintas doradas en sus brazos. Rostro fino y de buen ver, de labios finos pálidos, nariz perfilada, dientes afilados y con una lengua fina color negro. Sus ojos muy parecidos a los humanos, pero más de mayor tamaño de color azul oscuro, y de orejas curvas. Su pelo largo, color azul verdoso que baja por su espalda, convirtiéndose en agua en sus puntas.

Se le acerca y ambos intercambian miradas.

—No detendrás la fuerza de la naturaleza, caballero de fuego —expresa intimidante con una voz arisca—.

— ¿Dónde está tu amo?

La criatura se enfurece, expresando su sentir con un grito agudo. Se echa en el mar elevando una ola.

—¡No soy peón de nadie! ¡Nadie puede controlarme! —expresa enojada, lanzando la ola—.

Ray crea un escudo de energía defendiéndose del ataque.

Piscis se impulsa hasta él, rompiendo su defensa y tumbándolo en la arena. Con sus garras lo ataca, cortándolo varias veces en el pecho.

Da un salto sobre él para hundirlo en la arena y se desliza hacia el mar. Allí mueve sus manos en dirección a Ray, que se pone de pie con dificultad a la vez que se defiende con escudos de energía ya que las gotas de agua comienzan a caer a gran velocidad, cortándole en las mejillas y sus manos.

Ray enciende sus manos y le lanza fuego. Piscis detiene su ataque y crea una pared de agua, para luego moverla con fuerza hacia él, que evita abriendo un portal bajo sus pies donde cae, para salir por encima de ella, y con la mano derecha encendida le golpea la cara, convirtiéndola en agua.

El caballero de la gabardina cae en la arena mojada, y se pone de pie con pesadez. Crea una plataforma de energía, sube en ella y se eleva sobre la arena.

Hace brillar su cuerpo y cura sus cortadas leves.

Se escucha una risa a su alrededor. Ray se descuida y desde abajo un puño de agua lo golpea y lo atrapa en una esfera.

Piscis se materializa sobre la arena y con una mirada amenazante lo lanza contra el suelo, rompiéndose la prisión líquida. Lo toma del cuello con la cola, y lo levanta, ahorcándolo.

Ríe una vez más, pasándole la punta de la cola por la cara.

Con una cuchilla de energía, Ray le corta la extremidad y se libera, cayendo al suelo, tosiendo un par de veces. La criatura suelta un grito de dolor.

Ray se reincorpora y continúa el ataque con fuego, alejándola de él.

La cola cortada se vuelve agua y Piscis vuelve a regenerarla en su cuerpo.

—¡Deja de jugar conmigo, maldita! —dice, lanzándole fuego descontroladamente—.

Piscis esquiva cada ataque riendo burlona.

En un movimiento se lanza hacia Ray, en forma de agua, para materializarse sobre él, atrapando su cuerpo con la cola y de manera agresiva, lo toma del cuello con su mano, clavándole sus garras. Antes de que haga algo más, Ray se enciende y la quema en su totalidad. Ella se aleja de él. Ray cae de rodillas en la arena.

Con la misma lluvia, Piscis cura sus heridas, y con una sonrisa macabra posa su mirada en Ray, que se pone de pie lentamente, tocando su cuello. Hace brillar su mano y detiene el sangrado.

Piscis levanta sus manos, y de la arena se erigen 5 criaturas de agua. Con una carcajada, se aleja de la costa y se introduce en el mar.

Los seres le rodean y le lanza agua. Ray se cubre con una cúpula de energía.

Todos enfocados en el ataque no se percatan de que Ray se ha movido de lugar y son atacados por detrás con fuego, sin efecto.

Se acerca a uno de ellos y lo deshace cuando lo golpea con sus manos en llamas.

Las apaga y las hace brillar para levantar a uno a su lado y arrojarlo a otros que van por él. Intenta moverse, pero se queda atascado en la arena. El agua lo tiene preso.

Dos de las criaturas se deforman y lo toman por los brazos, sujetándolo. De sus pies se forman las dos que había atacado anteriormente. Cada una sosteniendo una extremidad.

El quinto se acerca formando un arma punzante de agua y la congela para atravesar el pecho de Ray. Su sangre gotea de su gabardina. Las criaturas lo dejan caer en la arena para que se desangrarse.

Los Leales ahora toman rumbo a la ciudad.

El cuerpo de Ray brilla por unos segundos. La herida en su pecho se cierra lentamente.

— ¡Hey! —dice sofocado, elevándose con la ayuda de la gabardina hasta quedar de pie.

Las criaturas voltean hacia él.

Se quita la gabardina, que tiene un agujero en la parte trasera, y esta se aleja de él. Toca su camisa rota en su pecho.

— ¿Eso es todo? —dice con sonrisa temeraria en su rostro—.

Las criaturas se unifican creando un ser de 4 metros de alto, y se acerca para atacarlo.

Ray crea un círculo de energía en el suelo, que usa para impulsarse y se dispara hacia la gran masa de agua, y al chocar con él crea una explosión de fuego que lo desintegra.

Al disiparse el humo, Ray está sobre la arena. Abre los ojos y se va poniendo de pie lentamente. Mira su mano y ve como el agua se desliza hacia detrás de él.

Al girarse, ve como el ser líquido se va regenerando.

—Mierda —dice con gran descontento—.

* * *

En las costas de Kronita, Frudd flota a mi lado mientras me alienta a seguir adelante.

Me encuentro un poco alejada de la orilla caminando sobre el agua, o eso se supone que debo hacer. El agua me llega hasta las rodillas, y cada vez que doy un paso me hundo unos centímetros.

—Este es tu elemento, puedes controlarlo —dice Frudd—. Solo tienes que dejar de pensar que te hundirás—.

—Es muy fácil decirlo —digo un poco nerviosa, intentando mantener la calma—.

Doy otro paso y me hundo hasta el pecho.

— ¿Qué perturba tu mente? —pregunta Frudd.

—Nada. Estoy enfocada. Solo que no logro subir —digo enojada, hundiéndome hasta el cuello—.

—Ya me demostraste que puede usar el agua fluidamente. Sabes reaccionar junto con ella. Tienes unas excelentes habilidades para la natación, y contener la respiración por un período extenso de tiempo, pero no has aprendido a sentirla del todo.

—Sí que la siento… ¡ahh! —termino con un grito y, hundiéndome de paso—.

Frudd levanta su mano y me eleva a la superficie.

—¿Por qué estás enojada? —pregunta Frudd—.

Pongo mis pies descalzos sobre el agua, y quedo de pie. La marea me moja los tobillos.

—No lo sé, es difícil —contesto—, llevamos una semana y no he podido lograrlo.

—La frustración no ayuda a aclarar tu mente —expresa Frudd, colocando la mano sobre mi hombro e inyectándome una sensación reconfortante y serena—. Recuerda, este elemento es el más riguroso de todos. Se necesita disciplina, y tú la tienes. Ahora, concéntrate.

Asiento y me dispongo a hacerlo.

Despacio, levanto una pierna para dar un paso y el agua se eleva hasta mi pie. Apoyo y me quedo en la superficie, logrando avanzar. Continúo con el otro pie, y ocurre lo mismo.

—No eleves el agua, fortalécela cuando pises y mantenla de esa forma.

Al dar otro paso, mi cuerpo se hunde a la mitad.

—Calma, puedes hacerlo.

—¡Estoy calmada! —digo con voz alterada—.

Frudd, con una mirada sorprendida, posa su mirada en mí.

—Okay, creo que no tanto —digo ahora con una voz más tenue—.

Cierro mis ojos y respiro profundo. Muevo mis piernas, pero solo me muevo hacia adelante mas no me elevo.

Pienso algo parecido a subir una escalera, y me pongo en movimiento. Esta vez siento como voy ascendiendo poco a poco hasta lograr salir a la superficie.

Doy un paso y mi pie no se hunde. Abro mis ojos, y ahora más confiada, me apoyo y muevo mi otro pie.

Veo a Frudd, ahora con una sonrisa en su rostro, al igual que yo.

Doy la vuelta y sigo caminando despacio sobre el agua. Intento agacharme y coloco la mano sobre el agua, la cual se siente como una superficie elástica.

— ¿Puedes correr? —pregunta—.

—Creo que es un poco apresurado para eso, ¿no crees?

Me reincorporo y camino de vuelta a la orilla. Al dar otro paso, me hundo hasta las rodillas.

— ¡Oh, por fav…! —digo a medias, hundiéndome de inmediato—.

* * *

En la costa de Copacabana, la pelea continúa.

Ray, ahora con más cortadas leves en su cuerpo, es lanzado fuera de la playa y cae contra el pavimento en la calle.

Adolorido y sofocado, escupe sangre de su boca e intenta ponerse de pie.

El gigante líquido lo arrastra, sujetándolo de una pierna con el agua. Lo levanta y lo golpea contra el suelo. Lo vuelve a levantar hasta que un ventarrón desestabiliza la criatura. Dos rocas de gran tamaño salen del suelo y golpean el gigante, desintegrándolo.

Ray desciende lentamente a los brazos de Ariadne, que nota que está sangrando más de lo normal.

—Ray, ¿puedes escucharme? —pregunta Ariadne preocupada—.

Él asiente. Ve a Ariadne, vestida con una camiseta blanca sin mangas, debajo un top negro, con pantalones de cuero negro y botas del mismo color. Su pelo amarrado en una cola alta.

—Bien, te sacaré de aquí —dice Ariadne, sacando su Transportador—.

Ray le baja su mano.

—Tú no harás nada —dice Ray con dificultad—.

Ariadne lo ayuda a ponerse de pie. La gabardina se instala de nuevo en su dueño, que vuelve a brillar un poco, aunque sus heridas no sanan del todo.

Chase, aún herido de su pelea con Tauro, y Bastian, se acercan a ellos.

Ambos con pantalones deportivos color gris. Chase con una camiseta manga corta color azul, con botas negras y Bastian con una camiseta manga larga de color amarillo, con tenis blancos.

—Es la segunda vez —expresa Chase con tono serio—. Debiste esperar por nosotros.

Ray lo mira con desprecio y escupe sangre a sus pies.

Ariadne pregunta por Piscis. Ray responde que desapareció en el mar.

El gigante líquido se está regenerando poco a poco. La constante lluvia provoca que la criatura aumente en tamaño y se divida a la mitad. Cada una de 10 metros de altura. Se mueven hacia ellos.

—Ray, necesito que…

—No recibiré ordenes de ti —interrumpe Ray, alejándose—.

Chase suspira, intentando mantener la calma. Manda a Ariadne con él.

Ella vuela encima de las criaturas. Aplaude, creando una gran onda expansiva para detener la lluvia en la zona de impacto.

Ray une sus dos manos y le lanza fuego para así eliminar una de esas cosas.

Por otro lado, Chase y Bastian extraen rocas del suelo y las arrojan al cuerpo del gigante, pero este las absorbe y las arroja contra sus atacantes, que esquivan fácilmente.

Chase y Bastian mueven rocas alrededor de la criatura a gran velocidad, atravesándolas con ellas y así desintegrarla por completo.

A unos pocos metros, la criatura atacada por Ariadne y Ray está debilitada, pero con el agua del suelo se empieza a regenerar.

Ray deja de lanzar fuego y hace brillar sus manos, creando con energía una división sobre y debajo del gigante de agua, restringiendo su acceso al líquido. Ariadne despliega una gran ráfaga de viento, desintegrando a la criatura parcialmente. Ray vuelve a lanzarle fuego, acabando con ella.

Ray cae de rodillas, agotado.

Ariadne en pleno vuelo es golpeada por una roca lanzada por la otra criatura que se está regenerando. Ella cae de lleno contra la arena. La protección para la lluvia que tenía Ariadne se deshace, comenzando la lluvia nuevamente.

La masa gigante de agua, golpea a Chase contra el suelo y lo arrastra hacia el mar. Atrapa a Bastian con el agua bajo sus pies, inmovilizándolo, para luego golpearlo con su puño desde arriba, enterrándolo en la arena.

Ariadne, adolorida en su costado izquierdo, se pone de pie y alza vuelo. La criatura la ve y le lanza chorros de agua de sus manos. Ella esquiva con facilidad tomando altitud. Se detiene en el cielo y desciende para caer en picada, atravesando al gigante y hacerlo estallar debido a la potencia del impacto.

Ariadne, aterriza sobre la arena, bastante agitada.

El agua a su alrededor la sujeta y la arrastra hacia el mar. El gigante líquido se levanta una vez más con el agua de la arena y ahora con la lluvia.

Ray trata de inmovilizarlo, pero al estar muy débil no puede contenerlo.

La criatura levanta sus manos para lanzarle agua, pero es detenida por una roca de gran tamaño que arrasa de paso con media playa.

Ray gira hacia su izquierda para ver parte de la playa destruida por el ataque, y Chase, acercándose lentamente con un brazo sobre su pecho. Puede ver detrás de él, que la roca que utilizó provino de un peñasco al extremo de la playa, dejándole un gran hueco.

La criatura de agua se vuelve a formar.

—¿Es en serio? —expresa Chase exasperado, viendo como levanta la roca y arrojándola hacia ellos—.

Chase se para en frente de Ray, pega un salto y de un puñetazo destroza la roca, esparciendo trozos en toda la costa.

Ray ve a Chase caer al suelo del esfuerzo, agotado y bastante lastimado.

Del agua, Ariadne sale impulsada hacia al cielo y al acercarse a las nubes es detenida por un golpe de Piscis que se materializa delante de ella.

Ariadne logra detener su caída, pero antes de que pueda impulsarse, recibe un coletazo que la devuelve a la costa.

Se pone de pie con rapidez, y se limpia la cara, la cual tiene pegajosa.

Piscis cae al suelo. Ray se le acerca con sus manos encendidas. Ella lanza un grito al aire y su gigante de agua se deshace.

Todos se quedan sorprendidos del accionar de la Celestial, para luego echarse al mar.

—Esto no ha terminado —dice Ray—.

Luego de unos segundos, ven como emerge una criatura de 50 metros de alto.

Bastian sale de la arena, malherido, y se queda viendo la masa de agua, a la vez asustado y asombrado. Camina en dirección a los demás.

—Estamos en gran desventaja, necesitamos a Sidney —comenta Bastian—. Mientras estas lluvias continúen no podremos vencerle sin su ayuda.

Con cada pisada que da, crea volúmenes de agua que desplaza hacia la costa.

—Deja de quejarte, maldita sea —expresa Ray, elevándose en una plataforma—.

Chase, de pie con ayuda de Ariadne, ven a Ray lanzarle fuego.

—Sí sigue así terminará muerto —dice Chase—.

La risa de Piscis se escucha, poniendo a todos en alerta.

El gigante de agua atrapa a Ray en su mano y extiende su brazo, más allá de la costa, hasta unos edificios detrás de la playa al otro lado de la calle, abriendo un gran agujero. El agua restante cae.

Ray abre sus ojos, y ve varias personas empapadas a la distancia que le toman fotos y graban videos, ahora afectadas por el golpe al edificio más la inundación provocada por este.

Parte del piso se deshace, y cae al piso inferior. Atontado, se pone de pie y camina hacia una de las ventanas del edificio. A su alrededor, ve más personas refugiándose, mirándole extraño.

Ray cae de rodillas, sofocado. Levanta la mirada hacia la ventana y observa que la criatura ha llegado a la orilla.

Aquellas personas van a socorrerlo, pero se abstienen a tocarlo ya que de su cuerpo comenzaba a salir vapor. Abre un portal debajo de sí mismo y cae, apareciendo por encima de la criatura y cae dentro de ella. Allí crea una explosión de fuego tan brillante que acaba con la criatura.

Los demás en la playa se cubren por la onda incandescente. Acabada la explosión, Ariadne logra ver a Ray caer. Mueve sus brazos para amortiguar su caída a unos metros del suelo y lo mueve hacia ella.

— ¡Ray! —le llama preocupada—. ¡Ray! ¡Responde, maldita sea!

Ariadne mueve su mirada hacia el mar en donde observa otro gigante de agua formarse.

—¿Qué demonios? —expresa Chase—.

La criatura levanta la pierna al chocarla contra el agua, hace temblar toda la costa y levanta una gran ola. Ariadne toma a Ray y lo eleva. Bastian, sostiene a Chase, y eleva toda la zona de la costa, evitando el oleaje y de paso, protegiendo la ciudad.

Algunos de los focos que iluminan la costa se destruyen, quedando media playa a oscuras.

El gigante se coloca sobre en sus 4 extremidades. De su cabeza, lanza chorros de agua que succiona del mar, intentando tumbar la muralla de piedra.

Ariadne desciende encima de la pared, dejando a Ray, para volver a impulsarse en el aire. Enojada, contraataca con viento evitando, parcialmente, los cañones de agua.

Bastian y Chase ayudan lanzando trozos de roca que golpean a la criatura, deteniendo el ataque.

—¡Necesitamos fuego! —vocifera Chase—.

—Ray está muy débil —replica Ariadne volando por encima de Chase—.

—Entonces ganemos tiempo —expresa Chase, elevando rocas, al igual que Bastian—.

Ambos las lanzan, desestabilizando la criatura. Ariadne vuela hasta por debajo de ella y la levanta de un soplido para atraparlo en una esfera de aire.

El gigante se convierte en líquido y se mueve con rapidez hasta liberarse, cayendo de regreso al mar, tomando su forma una vez más. La ola golpea a Ariadne, pero logra elevarse hasta subir a la muralla con los demás.

De un golpe, el ser de agua derriba un lado de muro de piedra, impactando a Bastian, dejándolo fuera de la pelea.

Continúa su ataque hacia Chase. Ariadne lo sujeta y se impulsa con él, evitando el chorro de agua. Ambos caen en la arena detrás de la muralla.

Ariadne ayuda a Chase a ponerse de pie y con él se impulsa hasta la muralla. Ambos, sorprendidos, ven en el horizonte un tornado dos veces en tamaño a la criatura acercarse a la costa.

—Necesitamos a los demás —comenta Chase—.

El gigante de agua se acerca para continuar su ataque.

* * *

En Black Hole, Erik se encontraba en la sala de curación, acompañando a Eliud.

Sarah en la mesa de al lado despierta, tosiendo un poco. Eliud acude a ella para ver que todo está bien.

—Tengo que ir al pueblo por más medicamento —dice Eliud—.

—En el laboratorio tengo brebajes para lo que sea, puedes tomar lo que gustes —ofrece Erik muy cordial—.

—Lo siento, pero prefiero lo natural —dice Eliud, se acerca a la puerta y sale de allí—.

—"Prefiero lo natural" —expresa mofándose—.

Con ayuda de su bastón, se endereza en la camilla para sentarse. Sarah le daba el frente.

—Lo siento —dice Erik, apenado—.

— ¿Por qué? —pregunta inocente—.

—Ya sabes, cuando te llevé al laboratorio y… ¿boom?

Sarah se encorva de hombros, en señal de que no sabe lo que dice.

—Claro —dice Erik con una sonrisa—.

Sarah, inexpresiva, se queda mirando su barba fijamente.

— ¿Qué pasa? —pregunta.

—Tu barba está sucia —responde, viendo trozos de galleta en ella—.

Erik mueve su cabeza lejos de ella y se sacude la barba. Le menciona que las galletas dejan muchas migas.

Erik toma su reloj de bolsillo, han pasado 21 minutos desde que Frudd me llevó a Kronita. Mira a Sarah y le dice que le mostrará un truco para entretenerla. Ella le pone atención, notando los grilletes que lleva puesto.

—¿Por qué llevas cadenas? —pregunta.

Erik se detiene a verlas por un momento y las toca delicadamente.

—Son de buena suerte y un recuerdo de quien fui —responde—. Verás, soy doctor, o más bien, era —pausa y suspira—, ya no ejerzo, estoy algo viejo, y estos grilletes, son un recordatorio de mis buenos días. También me recuerdan cuál es mi papel en este mundo, ayudar. Seguir en el camino de la rectitud. Cumplen su función a la perfección. Sé que no es lo mejor para tener de accesorio, pero me gustan como se ven —concluye con una sonrisa—.

Erik prosigue a realizar el truco de magia para Sarah. Toma su llavero y le muestra.

—Este no es un llavero ordinario —comenta mientras toma una de las llaves y la gira, brotando muchas semillas pequeñas—.

Sarah se sorprende un poco y toma asiento.

—Veo que eso te gustó, ¿qué tal esto? —dice, girando otra y rociándole agua en la cara.

Sarah expresa una media sonrisa y remueve el agua de su rostro.

Erik sigue girando llaves de las cuales salen tierra, arena, cereal, del cual ambos comen, luces, viento y, por último, una llama de fuego.

Al verla, Sarah entra en pánico. Se levanta de la cama de un salto y se aleja de Erik para echarse al suelo en posición fetal tapándose la cara.

Preocupado por esta reacción, Erik guarda su llavero, toma su bastón, y se acerca a ella para preguntarle qué sucede.

—Fuego… no… no, no fuego… —repite Sarah varias veces, gimiendo y balbuceante—.

De repente, vapor comienza a emanar de ella. Erik se aleja unos pasos.

—¿Sarah?

Ella se logra calmar, disipando el calor y sube la cabeza.

—¿Estás bien? —pregunta con inquietud—.

Sarah no me da una respuesta, y se queda en el suelo, con la respiración agitada.

* * *

De vuelta en Kronita, estoy en la costa, mojada y agitada. Muevo mis manos, levantando el mar, y la arrojo hacia mí con fuerza.

Con las palmas de mis manos intento hacerle resistencia al oleaje, que me arrastra a su paso.

Me pongo de pie y me acerco a la orilla. Frudd desciende hasta mí, con un par de manzanas nativas, o eso creo. Son muy similares en aspecto.

—Llevas varios días haciendo esto sin parar —dice Frudd—.

—Necesito más resistencia —digo—.

Frudd se acerca y me ofrece una manzana, con la excusa de que necesito energías. La tomo y le pego una mordida. Su sabor es agrio, pero deja una sensación gustosa.

—Has progresado mucho.

—Y aun así no estoy lista —digo, cabizbaja—.

—Con paciencia lo lograrás.

—Llevamos aquí 2 meses —digo un poco frustrada—, no me siento lista a pesar de que he aprendido cada cosa que he podido.

—Lo que necesitas no es más poder sino relajar tu mente —expresa Frudd calmado—. En este último mes has estado más rígida. ¿Qué sucede?

Suspiro.

Le confieso que he sentido mucha ansiedad. No sé si la soledad del planeta está causando algún efecto en mí o si es mi preocupación por Jeff o Sarah. O ambas.

Frudd me hace saber que no llevamos ni una hora desde que nos fuimos de Black Hole.

—No lo he sentido así —digo acercándome a la orilla, levantando agua y cubriendo mi mano con ella como si fuera un guante—. Lo único que quiero es terminar mi entrenamiento.

Volteo hacia Frudd y le pregunto sobre la situación, a lo que responde Ray, acompañado de Chase y un par más están haciendo todo lo posible para detener a Piscis.

—Suena a que no les está yendo bien —digo, volteando hacia el mar, preocupada—.

—Creo que necesitas un descanso —expresa—. Necesitas poner orden en tu mente antes de continuar.

—Lo que necesito es terminar mi entrenamiento —digo, y luego exhalo, intentando filtrar mi ansiedad—. Me dijiste que hay más de nosotros en La Tierra, ¿por qué no están con ellos?

—Están ocupados en alguna otra parte del mundo —responde—.

Me siento impotente al no poder hacer nada.

—Tu momento está próximo —continúa Frudd confiado, mirando detenidamente mi pelo—.

Que, por cierto, está largo. Ahora me baja a la mitad de mi espalda. Lo llevo amarrado en una cola, con unas ramas resistentes, para así poder manejarlo mejor.

—¿Desde cuándo tienes el pelo azul? —pregunta Frudd—.
Le respondo que siempre lo he tenido así, o más bien, una sola área, la mayor parte de mi lado izquierdo es completamente azulado.

Desde niña, tuve varias citas médicas y alguno que otro examen para determinar la tonalidad, pero al parecer es natural, un caso irregular. Para una cierta edad, comencé a teñirlo. Me gusta su color, pero no quiero llamar la atención.

Frudd me sonríe.

—Me recuerdas a tu madre —comenta—.

—Recuerdo la visión que me mostraste —digo—, su pelo era totalmente azul—.

Por una parte, es reconfortante saber que llevo su esencia conmigo, pero, por otro lado, siento presión, de que esperan mucho de mí. Que llene sus zapatos de alguna manera, y todo lo que representaba.

Me quedo observando el mar y lo tranquilizante que es mirar el cielo. Me tomo un necesario descanso y tomo asiento en la arena, al igual que Frudd, que saca de uno de sus bolsillos una barra de chocolate y me ofrece.

—Pensaba que no necesitabas comer, ¿de dónde sacaste eso? —pregunto curiosa—.

—No necesito comer, pero encuentro fascinante el sabor de este alimento. Todo gracias a Sarah —responde a la vez que da una mordida—.

Sonrío al escuchar su nombre. Le pego una mordida a mi manzana y él se come su chocolate.

* * *

En las pluviales costas de Brasil, Ariadne se mueve de un lado a otro junto a Chase evitando ser golpeados por el gigante de agua.

Ray, ahora más descansado, ataca con fuego. Bastian aún está fuera de la pelea.

El torbellino de agua se acerca a gran velocidad.

—Tenemos que detener esa cosa —dice Chase a Ariadne—. No podemos dejar que llegue a la costa.

Ariadne desciende y coloca a Chase en la arena.

—Tengo una idea —dice Ariadne mirando al cielo—.

Ariadne da un salto, impulsándose hacia las nubes.

Chase se regresa con Ray quien está esquivando los chorros de agua. Hace brillar sus manos, levanta un trozo de roca y la arroja hacia el gigante de agua, que lo absorbe por su extremidad superior izquierda, la pasa a través de su cuerpo, y la expulsa de regreso por su extremidad superior derecha. Ambos lo esquivan.

El gigante levanta la mano para iniciar otro ataque, pero se detiene, al notar que la lluvia ha cesado.

Lo que era un cielo de nubes grises, se ha disipado totalmente en el área de la costa.

Una gran ventisca sopla fuerte desintegrando parcialmente la figura del gigante.

Ariadne comienza a girar, creando un tornado, atrayendo la criatura de agua dentro de él. Ray, sobre una plataforma de energía, se acerca, enciende sus manos a la vez que las hace brillar, y le prende fuego a la ventisca, convirtiéndose un tornado brillante de fuego. Ariadne sale del tornado y cae en la arena. Chase se acerca a ella para auxiliarla. Ambos ven como la criatura es eliminada por completo.

Piscis, al ver como destruyen su creación, nada en dirección a Ray. Salta fuera del agua, y con furia lo golpea con la cola, cayendo al mar. La ventisca se desintegra.

Piscis nada hacia la orilla, y con el mismo ataque, impacta a Ariadne y Chase. Suelta un gran grito y mueve sus manos en dirección al torbellino de agua, moviéndolo más de prisa a la costa.

Chase, al ver a Ariadne golpeada de mala manera, se envuelve en cólera, corre hacia Piscis y de un golpetazo la entierra en la arena. Esta se mueve rápidamente y se queda viendo a su atacante que le sigue, lanzando con rocas que ella esquiva con facilidad.

Piscis contraataca, moviéndose en forma de agua alrededor de él, rasgando su cuerpo.

Ray, exhausto, sale del mar sobre una plataforma de energía. Toma aliento y se dispone a hacerle frente al tornado, ahora que Piscis está distraída.

Extiende sus manos y crea un portal delante de él. Lo mueve mar adentro, abre sus manos, y lo expande de tal forma que cubre todo el horizonte tragándose la amenaza. Baja sus brazos y el portal se cierra.

Agotado, la plataforma se deshace y cae al agua.

Piscis se sorprende al ver su otra creación desaparecer delante de sus ojos. Chase aprovecha para aplastarla con una enorme roca.

La criatura se mueve en su forma de agua por debajo de la piedra y vuelve a regenerarse frente a Chase. Se lanza contra él, ahorcándolo con la cola. Este pone sus manos sobre la extremidad, y la aprieta con tal fuerza que esta cede y lo libera, cayendo al suelo.

Ella inicia otro ataque, levantando sus garras en dirección al cuello de Chase y justo, es atravesada en el pecho con una roca filosa lanzada desde detrás de ella.

Bastian ha vuelto a la pelea.

Ray, sofocado, se arrastra hasta la rodilla. La gabardina mueve a su portador hasta Ariadne. Débil, pone su mano brillante sobre su frente y la despierta. Se queja muy adolorida. Ray se queda acostado sobre la arena, tomando un respiro. Ariadne se va poniendo de pie para ayudarlo.

—¿Mejor ahora? —pregunta—.

Ray hace brillar su cuerpo.

—Acabemos con la sirenita —dice Ray—.

Piscis voltea a ver a su atacante, destroza la roca en su cuerpo, y se regenera con el agua restante en la arena. Ahora comienza el ataque hacia Bastian.

Un portal se abre delante de Bastian de donde salen llamas, quemándola.

Ray, atraviesa el portal, viéndola toda abrasada y chirriante. El agua que caía por su pelo se secó y sus escamas se caen.

Rápidamente se desliza. Ariadne se interpone, lanzándole un soplido que la lleva hasta Chase que la espera con un puñetazo. Trata de convertirse en agua, pero regresa a su forma sólida.

Desesperada, se mueve rápido por la arena, esquivando aire, rocas y fuego, hasta llegar al mar donde cura sus heridas, regenera su vitalidad, aspecto y poder. Con una sonrisa macabra, invoca Leales que salen del agua.

* * *

En Kronita, Frudd está sentado en el aire, frente al mar, meditando. Estoy a su lado, sentada sobre una roca, admirando el horizonte.

—Es hora —dice Frudd, abriendo sus ojos y poniéndose de pie sobre la arena—, tu última prueba.

— ¿De qué se trata? —pregunto motivada y con mucho interés—.

—Yo soy tu prueba final —responde serio—. Tienes que vencerme.

Ya lo enfrenté una vez, y no estuve a la altura. Esta vez tengo que hacerlo. Sé que puedo. Solo debo concentrarme y golpear fuerte.

Asiento, en señal de que estoy lista. Frudd sonríe. Sube su mano derecha y un rayo cae allí. El sonido del trueno se hace sentir con mucha fuerza y retumba en mis oídos.

—Comenzamos —dice, electrificado—.

Relajo mis hombros y muevo mis manos hacia el mar. Atraigo el líquido y lo muevo a mi alrededor.

Frudd se me acerca soltando descargas eléctricas. Esquivo y muevo mis manos hacia él, sujetándolo con agua para luego sumergirlo en el mar. Me acerco a la orilla y tomo agua en mis manos, esperando su reacción.

Un rayo cae en el agua, de allí emerge él. Me lanza destellos que esquivo, y arrojo agua para anular sus ataques. Corro hacia él sobre la superficie del agua.

—Recuerda, no dependas solo del agua, sino de tu inteligencia —se escucha la voz de Frudd, aunque no mueve la boca—.

Veo que comienza a preparar otro ataque eléctrico.

Al correr me hundo, me impulso hasta debajo de él. Mis ojos se tornan de color celeste y le ataco moviendo un puño hacia arriba. El agua sale dispara a gran velocidad, golpeándolo.

Me elevo hasta la superficie y sobre el mar en una masa de agua. Muevo la ola y lo llevo de regreso a la costa, arrojándolo a la arena. Me deslizo hasta llegar a la orilla.

Frudd se pone de pie y ve encima de él la imponente furia del mar.

Con la mano izquierda sostengo el agua, y con mi mano derecha voy lanzándole gotas alargadas dispersas que se congelan a medida que avanzan. Frudd las destruye antes de que lleguen a su cuerpo con las descargas que produce.

Dejo caer el agua sobre él. Cierro mis puños congelándolo en un bloque. Un rayo cae y lo libera de su prisión helada.

Frudd me mira y levanta sus brazos, cargándolos eléctricamente. Muevo el agua detrás de mí y con la mano izquierda se la arrojo. Ambos ataques colisionan.

Preparo un segundo ataque con mi mano derecha. Levanto agua sobre el mar y la solidifico. Detengo mi ataque, y me dejo caer al suelo antes de que el rayo pueda alcanzarme. Muevo mis manos hacia adelante a toda prisa y el pedazo de hielo se mueve hacia Frudd, impactándolo sorpresivamente, llevándolo hacia la zona boscosa detrás de la costa.

Me pongo de pie, y observo los árboles destruidos y un gran agujero en la maleza. Me concentro en espera de cualquier respuesta.

Al cabo de unos minutos me di cuenta que no iba a salir. Reúno mucha agua y la adhiero a mis brazos. Con cuidado, me adentro a buscarlo.

No me agrada nada esta situación. Todo está muy calmo. Me detengo un momento, para escuchar todo a mi alrededor.

Escucho chispas eléctricas sobre mí, y con el agua cubro mi cabeza, convirtiéndola en hielo, para cubrirme del ataque de Frudd, que destruye mi defensa.

Corro detrás de unos árboles. Muevo agua sobre mis pies y me deslizo.

Frudd dispara, fallando cada ataque. Me escondo detrás de un árbol, en espera de que se acerque para sorprenderlo. Desciende y coloca su mano hacia el suelo.

Todo a mí alrededor comienza a temblar, destruyendo todo a mi alrededor. El suelo se abre al pie del árbol, tragándoselo, y de paso, caigo por el agujero.

Me transporto encima de él para atacarlo con una patada que esquiva. Caigo al suelo. Veo que intenta agarrarme, pero me transporto detrás de él. Llevo el agua de mis brazos a mi puño, lo congelo y lanzo un golpe que esquiva, moviéndose a un lado. Me toma del brazo con el que ataqué, para dejarme suspendida en el aire.

Le sonrío, y con mi mano libre extraigo el agua del suelo, llevándola a mi pierna derecha, congelándola al momento que impacto en su abdomen. El hielo se rompe. Frudd me suelta. Cuando toco el suelo, veo como intenta utilizar su rayo.

Con mi mano libre, descongelo los fragmentos de hielo y los llevo a su mano para congelarla y evitar que ataque. Con mi puño congelado, le golpeo. Del impulso lo levanto en el aire y cae por el agujero en la tierra.

Descongelo mi mano, allí estaba el Transportador, y lo guardo. Muevo mi mano y la llevo a mi boca para recibir aliento y calentarme.

Busco agua a mi alrededor, pero no es suficiente para recibir un contraataque.

Cierro los ojos para sentir el agua y la acumulo bajo mis pies. La levanto detrás de mí.

Frudd sale flotando y riendo.

No me dejaré engañar. La última vez hizo lo mismo para terminar el entrenamiento. Me golpeo con una descarga eléctrica tan fuerte en el hombro derecho que me lo dislocó, dejándome claro que no confíe en el enemigo.

—Alice, estás lista —dice.

Desconfiada, no me despojo de mi posición de pelea.

—No es ningún truco esta vez, lo digo en serio —expresa Frudd, con una sonrisa—.

La forma en que me mira no me causa confianza.

Me acerco a él despacio para ver cómo se desvanece. El cielo se oscurece de repente. Al mirar hacia arriba, Frudd, rodeado de nubes electrificadas, estaba a punto de atacarme con un gran rayo.

—¡Mierda! —digo—.

Frudd ataca con una descarga. Con el agua que tengo, creo un escudo de hielo que se deshace con el impacto, mandándome a volar.

Al caer al suelo, veo otro rayo acercarse. Me arrastro con el agua en mis brazos y me pongo de pie para correr a la playa. Creo una pared de hielo detrás de mí, y al rayo impactarle, salgo impulsada hacia adelante.

Ya no tengo más agua, pero puedo sentir la humedad de la arena y el mar.

Siento como por mi cuerpo corre electricidad, sin embargo, tengo movilidad y sigo corriendo. Muevo mi mano para atraer agua. Frudd me lanza descargas múltiples que voy esquivando.

Al llegar a la costa, tomo agua y con mis manos abiertas se la arrojo. Frudd me lanza otro ataque fuerte.

El agua le hace frente al rayo, pero no es lo suficientemente fuerte para detenerlo, no desde la distancia.

Mis ojos se tornan brillantes. Acumulo agua en mis brazos. Dejo mi mano izquierda extendida, y con la mano derecha la entro en el bolsillo del pantalón para agarrar el Transportador. En ese momento, congelo mi chorro de agua que le lanzo y me cubro en una cúpula. Siento como la electricidad alcanza mi cuerpo.

Me transporto hasta por encima de Frudd. Él se da cuenta de mi presencia y dirige un rayo hacia mí. Al mismo tiempo, extiendo el agua hacia él y con el impacto ambos nos electrocutamos.

Ambos salimos disparados en direcciones opuestas.

Caigo de espaldas sobre la arena mojada, despertando del golpe.

La descarga eléctrica rompió las ramitas que sujetaban mi pelo, y pude ver el color azul sobre mi hombro.

Mi respiración está muy agitada, y a la vez estoy paralizada. Siento como la energía del rayo se mueve por mis músculos, que no responden al tratar de moverme.

Giro un poco la cabeza y doy con Frudd, que también está tirado en la costa.

Atraigo agua a mi mano derecha, moviendo mí dedo índice, para curar mis heridas.

Veo parte de mis brazos están quemados. Cubro mi cuerpo en su totalidad y me voy recuperando poco a poco. Luego de unos minutos, vuelvo a sentir movilidad.

Me siento con dificultad y seguido me pongo de pie.

— ¿Frudd? —le llamo, pero no obtengo respuesta—.

Me acerco a él, tambaleante.

Su cuerpo desprende humo. No puede ser que lo haya... Eso no es posible.

Le llamo, pero no contesta. Lo toco, y me llevo una pequeña descarga.

— ¡Oh por dios! ¿Qué hice? —digo sumamente preocupada—.

—Ganaste tu salida de aquí —responde Frudd—.

Su voz no provino del cuerpo delante de mí, sino detrás. Volteo y lo veo acercarse, y en buen estado.

Estoy confundida. ¿Con quién estaba teniendo mi última prueba?

Frudd se detiene al lado de su cuerpo en la arena. Este comienza a brillar en una luz blanca y desaparece.

—Ahora si estás lista —dice con una sonrisa.

— ¿Qué fue eso? —pregunto.

—Una proyección —responde—. Le hiciste frente al poderoso rayo de Zeus, en una magnitud menor, e incluso recibiste un impacto de él y lograste vencer. Desempeñaste muy bien tu poder al igual que tu inteligencia. Completaste tu entrenamiento, aunque no significa que tu aprendizaje haya terminado aquí. Esto es solo el comienzo.

Me había engañado y caí por completo. Pero seamos sinceros, es poco probable terminar con la vida de una deidad.

Sé que no es un dios, pero fácilmente podría serlo con lo poderoso que es.

Al fin, podremos irnos de aquí, aunque no dejamos este lugar en muy buen estado.

Explica que, para cuando otra persona llegue aquí, este lugar estará como nuevo. Creo que es otra de las tantas cosas que pasan por la regla de: "hay cosas que no necesitan explicación."

Frudd se acerca y me pega una descarga de energía que me regresa la vitalidad.

—Wow, ¿qué fue eso? —pregunto enérgica—.

—Te harán falta energías —responde.

Me extiende su mano y ambos nos elevamos para salir del planeta justamente como llegamos.

Descendemos desde el cielo de estrellas al Gran Salón.

Erik se encontraba sentado en las escaleras. Al vernos, se pone de pie, ayudado con su bastón. Se acerca a nosotros.

— ¿Cómo salió todo? —pregunta con mucho interés—. Estuvieron fuera unos 43 minutos, para ser exactos —dice viendo su reloj de bolsillo.

—Está lista —Frudd responde—. Ahora, Alice, te enviaré allá —dice levantando su mano hacia mí—.

— ¡Espera! —le detengo, levantando mi mano derecha—.

Erik se queda confundido. Frudd me mira confiado.

Me concentro en percibir todo rastro de agua. La alfombra bajo mis pies se humedece. Luego de haber recolectado suficiente líquido, lo elevo.

Erik se asombra al verme manipular el agua, y me mira atenta.

Deslizo el líquido por mi mano derecha creando una larga cuchilla de hielo. Con mi mano izquierda tomo mi pelo, le doy un par de vueltas y lo sostengo con fuerza. Blando la hoja cortando mi cola. Veo el largo trozo de pelo pensando lo mucho que creció.

Convierto la cuchilla en agua y la dejo alrededor de mi muñeca.

Veo que ambos me miran con mucha atención.

—Lo prefiero corto —digo con una sonrisa tímida.

Erik se ofrece para deshacerse de mi melena. Se la entrego y le pregunto por Sarah.

—Sigue durmiendo —responde un poco nervioso—. Erik tiene un aspecto un poco pálido. Quizá por su misma recuperación.

Le asiento y ahora si me siento lista para ir a ayudar a los demás. Frudd levanta la mano, la cual se electrifica. Un rayo cae sobre mí y desaparezco del Gran Salón.

—Señor, necesito contarle algo con suma urgencia —expresa Erik inquieto—. Es sobre Sarah.

Frudd, sospechoso, posa la mirada en Erik.

* * *

En la zona del desastre, la lluvia cae con fuerza.

Los Leales han sido derrotados, pero Piscis sigue dominando la pelea. Sostiene a Ray con su cola, arrastrándolo por toda la arena. Ariadne y Bastian combinan sus ataques, errando cada movimiento. Chase está fuera de combate.

Piscis levanta sus manos, llevando agua hacia sus atacantes y los captura en dos bolsas de agua y ríe.

—Todos son débiles —dice con una sonrisa, moviendo a Ray delante de ella para que vea como se ahogan sus compañeros—.

Bastian no puede contener por mucho tiempo la respiración y desfallece, aunque Ariadne, sigue luchando por liberarse, al poder contener la respiración por más tiempo.

Vuelve a dejar caer a Ray, aun sosteniéndolo con la cola. Se desplaza hasta la costa en donde vuelve a levantar otro torbellino de agua, esta vez más gigantesco que el anterior.

Piscis escucha la llegada de un par de helicópteros a la costa. La criatura ríe y dirige sus manos a las aeronaves, que pierden el control debido al incremento de la tempestad, chocan entre ellos y terminan cayendo sobre la playa, explotando.

El sonido de un trueno se abre paso en el lugar. Piscis mira sobre su hombro izquierdo y da conmigo.

Tanto Ariadne como Ray se percatan de mi presencia.

No puedo evitar sentirme ansiosa, asustada e intimidada al ver como aquel ser monstruoso me mira fijamente a los ojos.

También soy la única de pie. Debo hacerle frente.

Observo unos segundos a Ray, moribundo.

Ariadne se libera de la bolsa de agua haciéndola estallar, sintiéndose una fuerte ventisca, y cae sobre la arena, tomando una gran bocanada de aire.

Aprovechando que Piscis se distrae por Ariadne, uso el agua que traigo conmigo en la muñeca y la arrojo, convirtiéndola en una cuchilla de hielo filosa, cortándole su cola y liberando a Ray.

La criatura suelta su chirrido espantoso al ver su cola cortada, otra vez, y comienza su ataque en mi dirección.

Me pasmo por unos instantes.

Da un salto hacia mí, transformándose en agua. Muevo mis manos hacia ella. Me hago a un lado, dejando caer el trozo de hielo en la arena.

Quedo sumamente sorprendida con el resultado. Realmente funcionó.

Ariadne libera a Bastian, y le saca el agua de los pulmones, recobrando la consciencia. Se queda sentado sobre la arena. Luego ella va por Chase.

Por mi parte, socorro a Ray, quien se está sentando con dificultad.

Hace brillar su cuerpo, pero sus heridas no se curan, evidenciando su agotamiento.

Tomo agua del suelo y la paso por su cuerpo, curando sus heridas. Ray me mira de arriba a abajo. Se fija en mi pelo azul, y sin decir una sola palabra se pone de pie. Intercambiamos miradas. Siento una sensación de alivio en su rostro. Él lo nota y cambia su semblante. Camina hacia la orilla y le sigo.

—Deshazte de ese tornado —ordena, volteando hacia mí—.

No me había fijado del gran remolino que se avecinaba.

Levanto mis manos hacia la formación de agua, y comienzo a reducirlo.

Se escucha un gran crujido. Piscis se había liberado del hielo, y me tiene ahora como su blanco principal.

Se desliza hacia mí. Ray se interpone, defendiéndome, haciendo brillar sus manos abriendo diferentes portales poco estables, brotando de ellos lava volcánica.

Piscis salta sobre Ray dándole un coletazo, lanzándolo hacia el mar.

Detengo de mi tarea con el tornado y me dispongo a defenderme y contraatacar.

Ella se lanza sobre mí, tumbándome al suelo. Su cola se regenera y la punta se vuelve un objeto punzante.

Direcciono el agua de la lluvia con mis manos y la empujo con fuerza, quitándola de encima de mí. Me pongo de pie y acumulo la lluvia delante de mí, la congelo y con ella le golpeo, llevándola contra unas rocas.

Recubro mi cuerpo con agua, y vuelvo a la costa para continuar con el tornado.

Ariadne y Chase me ven sorprendidos del manejo fluido que tengo.

—Creo que Sidney tiene competencia —comenta Chase sonriendo—.

En el área de la calle, se escuchan autos acercarse. Ariadne y Chase ven camiones blindados para operaciones militares y demás fuerzas de guerra en la zona.

—No podemos exponerlos al peligro —dice Chase, al momento que levanta una muralla para dividir la calle de la playa. Siento la presencia de Piscis acercarse a toda prisa. Volteo y levanto mis manos creando púas en la arena que la lastiman, pero no la detienen.

Levanto una pared de hielo, y llevo agua a mis manos para congelarla. Ella atraviesa la barrera sin problemas y la sorprendo con un gran golpe en su cara, tumbándola sobre su espalda. Con el agua de la arena, elevo pinchos afilados, hiriéndola. Sobre ella, creo una superficie plana con estacas y la dejo caer, aplastándola.

Con la respiración un poco sofocada, me alejo del hielo.

Un par de pasos más adelante, el agua bajo mis pies se levanta rápidamente, tumbándome sobre mi espalda. Mi cabeza se lleva la peor parte. Me corto en los brazos con los trozos de hielo.

Ray sale impulsado del agua en una bola de fuego, cayendo a mi lado.

Piscis se regenera, y con su mano levantada, impulsa lo que queda del torbellino hasta la costa.

Bastian, más descansado, le hace frente a la criatura golpeándole la cabeza con una roca y pelea contra ella para distraerla, mientras Ariadne crea un tornado de viento para enfrentarlo contra el de agua, que ahora tiene un tamaño mejor, e intentar detenerlo.

Me pongo de pie con la ayuda de Ray.

A la pelea se une Chase, y junto a Bastian, golpean ferozmente a Piscis. Ambos la rodean y lanzan un ataque combinado de rocas, pero Piscis se vuelve agua y sus atacantes se golpean el uno con el otro.

Le hablo a Ray para que intente quemarla, pero responde con que ya lo ha intentado. Quemarla, cortarla, transportarla, no hay forma de deshacerse de ella. Es muy ágil.

De la nada, un auto cae encima de la criatura.

Miro hacia arriba y muchos más esperaban para caer. Ariadne, en el aire, con una mano en dirección al mar y con la otra, atrayendo los autos militares vacíos desde la calle detrás de la playa.

—¡Ray! —vocifera.

Ariadne los deja caer todos. Ray le prende fuego a cada vehículo, explotando al caer e iluminando la playa.

Que gran fuerza y control de su elemento tiene Ariadne para levantar esos autos en el aire, estoy alucinando.

Bastian, se pone de pie y acude a Chase para protegerlo, levantando una pared. Toda la playa se prende en fuego.

La lluvia deja de caer. El tornado de agua chocando contra el aire, cede y se deshace.

Corro a la costa para apaciguar la caída del agua. Ray me ve como detengo el agua que cae hacia nosotros. Ariadne desciende hasta Chase.

Al terminar con el oleaje, volteo y lo veo con la intención de decirme algo, pero desvía la mirada.

Nos acercamos a los demás.

—Gracias por tu ayuda —dice Chase.

Asiento con una sonrisa.

Se siente un golpe debajo de nosotros, seguido de un gran temblor. El mar se agita, se recoge y de allí emerge Piscis, en un cuerpo líquido, pero esta vez de unos 50 metros de altura aproximadamente, y ataca con hielo filoso que alcanza a Bastian y cae al suelo, con su cuerpo perforado.

—Tengo que llevarlo a Black Hole —dice Ariadne apresurada—. No sobrevivirá.

Ella se acerca a Bastian. Piscis levanta su puño y lo extiende sobre nosotros. Ray abre sus manos creando un escudo de energía sobre nuestras cabezas. El golpe cae allí, rompiendo la defensa y sumergiéndonos en el oleaje, separándonos por toda la playa, y golpeándonos con las rocas esparcidas.

— ¡Soy superior! ¡Ninguno de ustedes, patéticos mortales, pueden vencerme! —expresa con una voz gruesa y profunda, acompañado de unas risas—.

Todos quedamos muy malheridos. Mi espalda está adolorida. Trato de levantarme.

A mi derecha, veo a Chase inconsciente.

Tengo que detenerla. Soy quien está en mejores condiciones. Intento ponerme de pie, pero caigo sentada, para ver como Piscis incrementa su tamaño.

Se escuchan disparos provenientes de la calle. La fuerza policial y militar ha abierto fuego contra la gran masa de agua, sin embargo, no logran hacer daño. Piscis extiende su mano y barre la calle, golpeando a todos sus atacantes.

Miro a mi alrededor debido a los gritos de los oficiales y luego desvío mi atención al sonido de un trueno, muy similar al que llegué aquí.

Regreso mi atención con Piscis, ahora en un tamaño extremadamente alto, mira sobre toda la costa y la ciudad detrás.

Escucho unas rocas moverse detrás de mí. Giro sobre mi hombro izquierdo, y para ver a Sarah acercarse.

Se me hizo un nudo en el estómago.

— ¡¿Sarah?! ¡¿Qué estás haciendo aquí?! —pregunto sorprendida y preocupada—.

Intento ponerme de pie, pero me cuesta.

—¡Vine a ayudarte! —responde con prisa, tomando mi mano—.

No puedo creer que Frudd la haya traído aquí.

—Tenemos que irnos —expresa inquieta—.

— ¡No! Tú tienes que irte —digo intentando alejarla y asustada por su bienestar—, no es seguro.

Sarah, ignorando lo que le digo, me ayuda a ponerme de pie.

Miro hacia arriba, y Piscis nos ataca con un gran chorro de agua. Me muevo delante de Sarah para protegerla. Con la mano izquierda, resistiendo el ataque, y con la otra mano cubro a Sarah.

No consigo detener del todo el ataque y ambas somos arrastradas por el agua y la arena.

Me golpeo contra otra roca, soltando a Sarah, quedando aturdida y desorientada. Caigo sobre mi pecho, y expulso agua de mi boca.

—Sarah… —digo, sin aliento—.

Alcanzo a escuchar un llanto. Subo la mirada y allí estaba ella sobre la arena delante de mi. Se pone de pie lentamente y allí se queda.

Su lamento había atraído la atención de Ariadne, despertándola. A pocos metros de ella, estaba Ray, y le despierta por igual.

—¡Sarah! —llamo débil y tosiendo—.

El ambiente a mi alrededor se calienta. De Sarah emana vapor y en seguida sus manos se encienden en llamas.

No puedo creer lo que estoy viendo.

Sarah, al ver sus manos, entra en pánico, acelerando su respiración, lo que provoca que su fuego se avive, al igual que su llanto que ahora es más desesperado, y se enciende por completo.

Le llamo, pero no puede escucharme. Su brillo aumentaba. Las llamas me estaban quemando, y sobre ella, Piscis se preparaba para golpear nuevamente.

Ray se trasporta a mi lado, e inmediatamente me saca de la playa. Lo mismo hace Ariadne, acercándose a Chase y a Bastian para transportarse fuera de la playa.

En unos segundos, Sarah estalla en una llamarada inmensa de fuego, arrasando con todo lo que se encontrase en un radio de más de 500 metros.

Piscis al recibir el intenso calor, se va desintegrando. El agua de su cuerpo se evapora, destruyéndose por completo.

La explosión duró un poco menos de un minuto, dejando también el cielo despejado de lluvia y nubes.

Al concluir con ese despliege de energía, Sarah se extingue y cae inconsciente.

Al cabo de unos minutos, Ray se transporta de vuelta conmigo.

Toda la zona había quedado en un cráter. No playa. No edificios. No ciudad. Solo un agujero, el cual está filtrando agua del mar.

Logro ver a Sarah. Al acércame, la encuentro desnuda y sucia sobre la tierra.

— ¡Sarah! —llamo, acelerando el paso—.

Me pongo de rodillas y la topo con cuidado. Su temperatura corporal está normal.

La gabardina de Ray va por ella y la envuelve con delicadeza. La tomo entre mis brazos, dejando su caer su pelo.

Ray me sujeta el hombro, y nos transporta fuera de ahí.

XII
Ολυμπιακά όπλα
(Armas olímpicas)

Aparecemos en Black Hole, directamente al salón de curación.
No le quito la mirada de encima, con lágrimas en mis ojos.
Eliud se acerca apresurado en busca de Sarah. Me guía hacia una cama en donde la deposito con cuidado, y procede a revisarla.
Ahora entiendo el por qué sus repentinos y constantes cambios de temperatura.
Eliud coloca sus manos sobre ella y la hace brillar en un color blanco y rojo. Comenta que en su aura existe una dualidad bastante marcada nunca antes vista. Además, me afirma que está en perfecto estado, y que solo necesita descanso.
Asiento y le doy las gracias.
En las demás camas continuas está un chico que no reconozco, en la siguiente, una mujer delgada, de etnia asiática, que tampoco logro reconocer. Luego, Chase acostado, y Ariadne a su lado en una silla; en el fondo está Erik curando a Bastian, cubierto de un manto verdoso.
Al terminar con él, su cuerpo deja de emitir aquella luminancia. Ahora se acerca a nuestra cama. Me ve un poco

preocupado, toma una silla y la acerca a Ray, que estaba detrás de mí, recostado en la pared.

Erik le pide que tome asiento, y procede a revisarlo cuidadosamente.

Su rostro expresaba dolor.

Por mi parte, no me encontraba gravemente herida, pero dolorida a más no poder, y unos cuantos cortes superficiales.

—Cada vez te dejan peor —expresa Erik haciendo brillar sus manos, pasándolas alrededor de su torso—.

—¿Dónde está Frudd? —pregunta Ray—.

—Él está… —pausa y mueve su cabeza— en algún lugar de Black Hole. No lo sé.

Ray hace contacto visual conmigo y luego ve a Sarah.

La puerta de la sala se abre. Frudd hace su entrada y se queda viendo a Sarah.

Me le acerco, enojada.

—¿Por qué lo hiciste?

—Para salvarte, y a todos —responde con calma—.

Explica que la explosión en el laboratorio de alguna forma aceleró el desarrollo de sus cualidades. Hace unas horas cuando me fui con Sarah a casa, sintió que las dos presencias que salieron de Black Hole estaban cargadas con energía, una más que otra. Cuando estuvimos en Kronita, le pidió a Erik que confirmara cuál era su elemento y como lo manifestaba. El miedo. Por eso decidió llevarla a la batalla. Ponerla en esa situación de peligro era sumamente arriesgado, pero también el momento adecuado. Al mostrar su miedo, pudo manifestarse, y en ese momento llegó a su punto de quiebre. Concluye con unas disculpas por esa decisión.

Filtro mi enojo a través de la respiración. Ese movimiento nos salvó a todos, a pesar de que pudo haber salido lastimada.

—No pueden hacer estas cosas escondidas de mí. Sarah es mi responsabilidad —digo con firmeza—. Tienen que comunicarme antes, sea lo que sea.

—Así será —dice, mientras asiente—.
Observo a Sarah sobre la cama.
—¿Cómo ocurrió la explosión del laboratorio? —pregunto más calmada—.
—Estornudó —responde Erik, detrás de nosotros—. Creo que es alérgica a la canela.
Volteo hacia él, confundida. También puedo notar que Ray se ha ido.
— ¿Canela? —pregunto.
—Muchas de las pócimas, brebajes, o hechizos necesitan alguno que otro ingrediente natural —le echa un ojo a Eliud alzando un poco la voz enfatizando esa última palabra. Eliud le devuelve la mirada sin dejar de atender a la chica que no conozco. Continúa—. Aloe vera, sal, nueces, en este caso, polvo de canela. Ella lo aspiró mientras movía unas cuantas cosas y bueno, ya saben el resto. Por cierto, lo siento.
Increíble como un simple estornudo pudiese causar tanto caos.
— ¿Sabían que esto iba a pasar? —pregunto mirando a ambos—.
—Por supuesto que no —responde Erik—. Estaba preparándome para suprimir sus emociones, no para prenderla en fuego, lastimando mi pierna de paso—.
Miro su pierna y giro para acercarme a la cama de Sarah.
—Esto no es adecuado para ella. Ha pasado por mucho en la última semana. Quiero que sea una niña normal, con amigos, cosas cotidianas. No peleando con contra monstruos —digo, con la mirada caída—.
—Si detenemos estas amenazas lo más pronto posible, Sarah podrá tener la vida que quieres para ella —escucho a Frudd detrás de mí—.
Frudd me mira preocupado, para luego caminar hacia el centro de la sala.

—La Celestial Piscis ha caído —comenta para todos—. Como consecuencia, se aproximarán más ataques por partes de sus hermanos y hermanas. Esto va más allá del control que pueda tener Ofiuco sobre ellos, ahora tienen razones más personales para estar en nuestra contra. Alice, tu viaje no termina aquí —dice Frudd, acercándose—. Las aguas de Piscis inundaron severamente las ciudades y terrenos de todo el mundo. Debes ir a La Atlántida y recuperar el Tridente de Poseidón. Es el único instrumento que te permitirá comandar los océanos a voluntad.

Quedo como una tonta, boquiabierta ante todos.

Tengo que dejar de sorprenderme con cada nueva cosa que me dicen, en serio. Aunque, es digno de asombro que los mitos y leyendas de nuestra historia en cierto punto fueron o son ciertos.

Ariadne no parece muy a gusto con la encomienda de Frudd.

Sin más, asiento, confiada.

—Andando —dice Ray—.

Volteo hacia Ray, y allí estaba de pie. La gabardina se remueve con cuidado del cuerpo de Sarah y regresa con su portador. Erik, la cubre con una sábana que se encontraba al pie de la cama.

—¿Por qué siempre tengo que ir contigo? —pregunto incómoda—.

—¿Quién más te llevará?

Suspiro.

Me acerco a Sarah y le doy un beso en la frente. Le acaricio su pelo.

— ¿La Atlántida no está bajo el mar? ¿No nos ahogaremos? —pregunto—.

—Está sumergida, más no inundada —responde Ray, extendiendo su mano y con la otra sosteniendo el Transportador.

Camino hacia él, tomo su mano dudosa, y desaparecemos de la sala.

A nuestra salida, un temblor se hace presente.

Frudd, da media vuelta y sale de la sala de curación. Ariadne se pone de pie y le sigue fuera.

—Se lo que intentas hacer con ella —comenta Ariadne.

Frudd se detiene y se gira hacia ella.

—¿A qué te refieres?

—Ella no es Mera. No puedes hacerla seguir su camino —responde—, y ciertamente tenemos mejores opciones que una novata.

—¿Esto es por tu hermana?

—Sabes de lo que estoy hablando —responde disgustada, caminando hacia él—. Cada paso que ella toma es en contra de su voluntad.

—Cada paso que ella toma es por el bien común —expresa Frudd—.

—Alice no quiere esta vida. Solo lo hace para proteger a Sarah.

—Quizá tengas razón, sin embargo, la necesitamos. Ella es una de nosotros —dice preocupado, voltea y sigue su camino hacia el Gran Salón.

Ariadne le sigue.

—¿Lara no lo era?

—Esto es diferente.

—¿En qué es diferente? Es exactamente lo mismo —expresa enojada—. Incluso la llevaste a Kronita.

Frudd se detiene.

—Lara…

—¿Lara qué? ¿Está enferma? ¿Mentalmente inestable? O como le llamaste, una amenaza —reprocha Ariadne.

Otro pequeño temblor se siente.

Frudd suspira, se da la vuelta y se abre paso hacia el Gran Salón.

—Sabes por qué lo hice y lo que representa.

Ariadne, enojada, lo sigue dentro del Gran Salón.

—Pero —continúa—, si crees que cometí un error, puedo darle otra oportunidad.

—Ella espera por eso —dice Ariadne más calmada—. Cada día.

Frudd baja la mirada, apenado. Alza la mirada y asciende hasta las estrellas. Ariadne da un salto y lo acompaña.

—¿Otro Celestial? —pregunta Ariadne—.

—Puedo sentir la presencia de Tauro, está escondido —responde—.

Las estrellas se iluminan. Ariadne se cubre los ojos debido al intenso brillo. En cambio, Frudd no se inmuta.

—Se ha vuelto visible —expresa con rapidez—.

Ariadne desciende hasta una de las mesas del fondo para ubicarlo en el mapa. Este deja de brillar dejando una localidad marcada.

—Malasia —dice—. Me prepararé.

—Necesitarás ayuda —comenta Frudd descendiendo—.

—No hemos tenido contacto con nadie más. Lea y Axel están en una cama y Bastian fue herido de gravedad, no creo que esté preparado —informa—. Puedo mantenerlo ocupado hasta que Ray vuelva.

Chase entra al Gran Salón, con un mano en un costado, ofreciéndose para ir con ella.

Ariadne se acerca a él, preocupada, rechazando su ayuda debido a sus heridas.

—No irás sola, somo un equipo —dice Chase, mirándola a los ojos—.

—Y tú no estás en condiciones —reafirma, preocupada.

—No irás sola —insiste con firmeza—.

—Si vamos a hacer esto harás todo lo que yo diga, y te mantendrás cerca. No estás en condiciones de liderar —expresa con seriedad—. Vamos con Erik, necesito extra protección para ti.

Antes de salir del Gran Salón pide que, si se alguien más llega y tenga fuerzas, que se una a ellos. Frudd asiente, y se queda en soledad.

* * *

A cientos de kilómetros bajo el océano Atlántico central, se encontraba la mítica y legendaria ciudad, el reino de Poseidón, La Atlántida.
Descrita como un continente de forma circular, rodeada de montañas, y dentro del mismo diversas zonas acuáticas. En el exacto centro de la isla, el Templo de Poseidón, donde nos hemos transportado.
A lo largo de la civilización, historiadores han intentado encontrar este antiguo lugar sin tener éxito, y hoy, me encuentro aquí. Es alucinante.
Lo primero que noté al llegar fue que se me taparon los oídos y que no puedo ver nada. Todo se encuentra en total oscuridad.
Ray hace brillar su mano y eleva una esfera de luz, iluminando todo el lugar.
Ahora con visibilidad, puedo decir que es muy parecido al Gran Salón, solo que más amplio y ancho. La temperatura es bastante fría. El suelo cubierto de agua helada, que nos alcanza hasta los tobillos.
A medida que caminamos, se revelan estatuas de menor tamaño y una de gran tamaño rota del torso hacia arriba. Era de Poseidón, puedo darme cuenta por el tridente. Al igual que todo nuestro alrededor, véase las columnas, partes de suelo destrozadas, y demás, hay un gran bloque hecho trizas que parece ser parte del techo. Al mirar hacia arriba no puedo llegar a verlo.

—¿Qué pasó aquí? —pregunto curiosa—.
—Nadie lo sabe. Un día solo comenzó a hundirse —responde a la vez que ve uno de los bolsillos de su gabardina brillar, pero lo ignora—.
Me acerco a un trozo del rostro de Poseidón a mi lado.
—Tengo una gran duda, si estamos en el fondo del mar, ¿cómo no hay agua aquí?
—La última vez que vine aquí creé un vacío —contesta, mirando a su alrededor—.
—¿Cuánto fue la última vez que estuviste aquí?
—Poco antes de la Segunda Gran Guerra —responde Ray—.
—¿Cómo sabías que iba a perdurar todo este tiempo?
—Porque sigo con vida —responde—.
Se escucha un sonido parecido al canto de las ballenas, que retumba en eco en todo el lugar.
Tengo una gran sonrisa en mi rostro, asombrada de esta maravilla.
Ray camina hasta los pies de una estatua pequeña en una pared, la mueve y se abre un pasadizo.
El agua desciende por los escalones. La esfera de energía se deshace y Ray crea otra para llevarla consigo. Le sigo escaleras abajo. Me percato del agujero en su gabardina.
Caminamos por un angosto pasillo hasta una cámara debajo del templo en donde hay un largo puente. Me acerco a ver que hay debajo. Todo está inundado.
Se escuchan sonidos extraños, todos desconocidos.
—La vez que estuviste aquí, ¿estuviste con ella?
—Sí —responde a secas.
—¿Puedes decirme algo sobre ella? —pregunto curiosa—.
Ray ignora y sigue caminando.
—Okay, volvemos a nuestra rutina.
Cruzamos el puente, y pasamos un gran portón de piedra hasta una especie de cueva. Ray eleva la esfera de luz y podemos

observar una habitación circular de gran tamaño, aunque toda la estructura destruida. Las columnas y el techo abajo crean un juego de sombras bastante peculiar. En las paredes, estatuas con tridentes en los alrededores.

—La bóveda principal —dice Ray.
— ¿Ahora qué?
—Tu turno —responde—. El Tridente está aquí, en algún lugar. Encuéntralo y nos vamos.
— ¿Estás seguro? Porque pareces no tener idea.

Ray me cuenta que Mera fue la última en usar el Tridente. Él no estuvo aquí dentro cuando lo escondió. Cuando ella salió no lo tenía consigo, manifestando que solo un elemento agua podría recuperarlo.

—Entonces, ¿cómo lo encontraremos? —pregunto con preocupación—.

Él levanta su mano hacia mí, creando en mi muñeca izquierda un aro de luz.

—Usa tu poder —aconseja y se aleja para buscar a los alrededores—.

La información que tengo es bastante limitada. Supongo que debo sentir el agua, pero estoy rodeado por ella. Puedo sentir todo el océano sobre nosotros.

Levanto mi mano derecha en busca de alguna señal.

Un estruendo se abre paso desde detrás de mí, provocando eco. Me asusto, volteando rápidamente.

Era Ray, estaba moviendo una columna. Exhalo, botando el susto.

No me causa confianza estar encerrada aquí abajo. La presión que ejerce el agua es descomunal.

Regreso a mi búsqueda. Al caminar piso en algo que se quiebra. Levanto mi pie para ver una flecha rota. Muevo mi mano izquierda y puedo ver más flechas a mi alrededor.

—¿Qué habrá pasado aquí? —digo para mí misma—. ¿Un enfrentamiento armado?

Subo la mirada hacia una estatua. La única de todas las aquí presentes que tenía los brazos intactos, excepto la cabeza, señalando en una dirección. Curiosa, sigo buscando en esa indicación.

Es extraño, siento como si ya he estado aquí.

Camino hasta una elevación en donde hay un agujero al final de este. Miro a mi alrededor, y luego hacia abajo, pero no logro ver nada. Es como un… ¡abismo! ¡Mis sueños!

Volteo rápidamente a ver a Ray, que se acercaba. Su rostro estaba cubierto por una sombra.

Escalofríos recorren mi espalda y empiezo a transpirar.

Cálmate, Alice, es solo una coincidencia, ¿o no? Esto es muy real.

Siempre he tenido este sueño una y otra vez. Luego de que veo la figura de una sombra detrás de mí, llega mi parte menos favorita. La parte en que algo me arrastra hasta el vacío.

Volteo con cuidado, en espera de que pase algo, pero no ocurre nada.

Me acerco un poco más al abismo, levando mi mano para iluminar y veo un reflejo.

—¿Qué pasa si…?

Tomo una bocanada de aire y me dejo caer.

—¡Alice! —dice Ray al momento que hace brillar sus manos en mi dirección. No logra evitar que caiga y se acerca al borde—.

Caigo por unos 3 segundos hasta sumergirme en lo que parece ser una fosa. Regreso a la superficie pensando en lo helada que está el agua.

Muevo mi mano para iluminar a mi alrededor. Muchos escombros en todos lados. No siento ninguna presencia dentro del agua. Me encuentro sola.

—¿¡Alice?! —escucho a Ray, desesperado—. ¿¡Alice?!

Subo la mirada para ver algo de luz.

—¡Ray, estoy bien!

—Okay —dice un poco más calmado—. ¿Qué diablos pasó?

—¡Tengo una corazonada! —digo, mientras nado a mi alrededor e ilumino debajo del agua—. ¡Regreso en un momento!

Tomo aire y me sumerjo.

Desciendo por más de un minuto hasta dar con el fondo. Sigo nadando, recorriendo cada espacio de este sitio. Desconozco las dimensiones, pero percibo que es bastante amplio.

Me detengo un momento y remuevo el agua de mi cabeza dejando un hueco para tomar un poco de aire. Luego de unos segundos, continuo mi búsqueda.

A un extremo, doy con una placa de piedra con la forma de tridente, pero está vacía.

Reviso el suelo, y remuevo rocas cercanas a la placa, asegurándome que no se desprendiera y cayera cerca.

Me regreso a la superficie.

— ¡Ray! —grito—.

—¡Alice! ¿Qué encontraste? —pregunta—.

—¡El tridente no está aquí! —digo—. ¡Hay una placa de piedra con la forma de tridente en ella, pero no hay nada ahí!

—¡Imposible! ¡Debe estar ahí abajo! ¡Busca de nuevo!

—¡Necesito más detalles! ¡Como es su aspecto, su tamaño, uso, algo! —digo moviéndome en el agua—.

Ray se queda en silencio unos momentos.

—¡Es plateado! —responde—. ¡Ella lo manipulaba como un líquido!

— ¿Eso es todo? ¿Qué quieres decir con eso? —pregunto confundida—.

—¡Tú deberías saberlo, es tu elemento! ¡Sigue buscando! —responde—.

—Genial —digo para mí misma, para luego tomar aire y sumergirme nuevamente—.

Chequeo cada rincón aquí abajo. Remuevo escombros, paredes cubiertas de algas, acerco mi luminancia en superficies en espera de algún reflejo brillante pero no consigo nada.

Me regreso a la placa, que estaba incrustada en la pared. Reviso su superficie para intentar dar con una pieza removible o algún indicio.

Según Ray, solo los elementos agua tiene poder sobre el tridente. Ella lo manipulaba como líquido, pero es un trozo de metal, no tiene sentido. Debo dejar de decir esa frase. Aunque muchas de las cosas que no tienen sentido es porque aún no lo descubrimos.

Me acerco a la placa y me coloco delante de ella. Levanto mi mano derecha como si fuera a empuñar el espacio vacío.

¿Qué tal si el tridente es líquido? Digo, que tuviese la capacidad de convertirse en agua. Ella lo manipulaba como líquido. No es muy descabellado. Ahora, ¿cómo puedo hacerlo?

Empiezo a mover el agua en mi mano, y esta acelera por si sola, sintiendo un cosquilleo. Me detengo y las corrientes vuelven a calmarse. Miro a mi alrededor, asombrada.

Me acerco una vez más y repito la misma acción. Las aguas a mi alrededor se mueven embravecidas.

Ray se acerca al borde a toda prisa, escuchando el fuerte ruido del agua agitada.

En la placa, el espacio vacío de rellena de espuma burbujeante en forma de un tridente. Alejo mi mano sin dejar de direccionarla, y el arma de materializa delante de mis ojos, seguido de un gran brillo que ilumina toda el área. Me acerco a él, cubriéndome los ojos. Lo empuño, llevándome una descarga de energía. El aro en mi muñeca de apaga de repente.

Lo saco de la placa y mi primera impresión es que se siente muy pesado. Mi mano me tiembla. Al bajarla, lo choco contra el suelo, lo que me impulsa hasta la supcrficie y devuelta a la elevación del precipicio.

Un chorro de agua cubre a Ray. Caigo al suelo detrás de él. Me pongo de lado para expulsar toda el agua que me había tragado de regreso. Toso por unos instantes, hasta que recobro el aliento, respirando agitadamente.

—¡Alice! ¿Estás bien? —dice, acercándose a mí con prisa—.

¿Acaso Ray está mostrando preocupación? Es la primera vez que puedo sentirlo de él. Es sumamente incomodo y extraño. Prefiero que me grite a esto.

Asiento, aún tosiendo. Me recuesto sobre mi espalda.

—¿Lo encontraste?

Con mi mano derecha levanto el agua, y la choco contra el suelo invocando el poderoso Tridente de Poseidón. Ray lo mira atento y con una breve sonrisa.

Me da la mano para ponerme de pie. Levanto el tridente, que ahora se siente más ligero, y lo observo con más cuidado, viendo los detalles.

Su altura pasaba un poco más de 2 metros. Plateado brillante en su totalidad. Su empuñadura era bastante suave, a pesar de sus inscripciones en relieve. En la parte superior, tres filosas y delineadas puntas. En la parte inferior, una punta al igual que las de la parte superior.

—Salgamos de aquí —dice Ray, ubicando su Transportador en la gabardina—.

Me acerco a él, me toma del brazo para transportarnos fuera de La Atlántida.

La esfera de energía se consume, dejando el lugar nuevamente en oscuridad.

* * *

Ray nos transporta sobre la ciudad de Manhattan. Caemos en una sus plataformas de energía.

Al mirar al horizonte diviso los edificios de la parte sur. Las calles están inundadas e iluminadas por los edificios.

—Okay, ¿cómo funciona esto? —pregunto preocupada, en referencia al tridente—.

—Siente el agua y muévela con el tridente —responde Ray.

—En otras palabras, descúbrelo tú mismo —digo, caminando hacia la ciudad.

Ray extiende la plataforma de energía.

Me detengo y cierro mis ojos. Levanto el Tridente hacia la ciudad.

Ray sube la mirada para observar la aparición de nubes sobre nosotros cargadas eléctricamente. Baja la mirada hacia mí para verme envuelta en un brillo blanco, al igual que mis ojos, y levitando.

Un rayo cae sobre el tridente, dejando a Ray con los oídos aturdidos. Cierra los ojos por un momento y al abrirlos no estaba a su lado.

Mira a su alrededor, intentando dar conmigo. Suena un trueno, y encima de su cabeza, ahí me encontraba de brazos abiertos, entre nubes que se movían a mi alrededor. El tridente envuelto también en un gran brillo, despidiendo descargas eléctricas.

En la ciudad, las aguas retroceden hacia el mar.

Sostengo el tridente con las dos manos delante de mí y lo elevo, junto con un grito, desplegando una onda de energía.

Desciendo lentamente. Ray se acerca, creando otra plataforma bajo mis pies.

Mi cuerpo y el tridente dejan de irradiar luz. Al tocar la plataforma pierdo el equilibrio, pero Ray me sostiene. El tridente se vuelve agua y desaparece.

—Lo hiciste —informa Ray, mirando la ciudad—, ahora tienes que hacer en todas las ciudades del mundo.

—No —interrumpo—. Ya lo hice.

El tridente me había invadido. Estaba poseída de poder y algo más. Mi sentido para percibir el agua se incrementó exponencialmente. Pude proyectar mi mente en todos los lugares del mundo donde se extienden los mares, y reestablecí los límites.

Ray no muestra señales de asombro sobre lo que le cuento. Conmigo en brazos, abre un portal detrás de él y lo mueve. El aro de energía pasa por nosotros, llevándonos al Gran Salón, y luego se cierra detrás de nosotros.

Frudd se encontraba allí en solitario. Al vernos, me sonríe por lo que he conseguido, pero cambia su expresión al verme débil. Se acerca con prisa.

Inmediatamente, logro ponerme de pie. En un segundo, mi agotamiento desapareció y vuelvo a sentirme con fuerzas.

—Eso fue raro —digo, sospechosamente—.

Frudd se queda viéndome de arriba a abajo.

—¿Te sientes bien? —pregunta Frudd—.

—Eso creo —respondo, insegura, mirando mis manos—.

Preocupado, Frudd informa a Ray que Tauro ha regresado, Ariadne partió a su ubicación junto a Chase.

Ray esparce las partículas de energía de su bolsillo.

—Malasia —dice Ray para sí mismo—.

Apresurado voltea y se revisa su gabardina.

—Vamos —digo a Ray, que voltea, mostrando inseguridad—.

Frudd me mira confiado. Ray levanta su mano hacia mí. La sostengo con firmeza y nos transportamos fuera de Black Hole.

* * *

En el Parque Nacional Taman Negara, Malasia, horario diurno, Ariadne junto a Chase realizan ataques diversos para mantener a Tauro ocupado.

Esta vez, Tauro estaba más enfurecido que en el encuentro anterior. Corre hacia Chase, que se encuentra cansado, para embestirlo contra un árbol, pero Ariadne mueve sus manos y lo eleva junto a ella.

Chase levanta rocas para atacarle. Tauro da un salto y lo toma del pie y lo hala para lanzarlo contra el suelo, rompiendo varias de sus costillas, soltando un grito tormentoso.

Ariadne, a toda velocidad, desciende hacia la bestia, golpeándole la cara y llevándolo de lleno contra unas rocas. Da un salto y llega con Chase que está casi inmóvil.

—Chase, mírame. ¡Chase! —le llama preocupada—.

Este le mira agobiado.

Tauro se reincorpora, soltando un bramido colérico y a su vez, extrayendo del suelo una enorme roca, lanzándola hacia ellos.

Ariadne toma impulso y con una ráfaga de viendo detiene la roca. La regresa con fuerza, pero Tauro la destruye de un puñetazo.

Tauro da una pisada, levantando una roca debajo de Ariadne para golpearla. Corre hacia ella y la toma de la cabeza para impactarla contra un árbol, deshaciendo su tronco y cortando su rostro. La toma de una pierna y la arrastra por todo el lugar.

La levanta y con su otra mano, la toma de la cabeza para halarla por ambos extremos. Ariadne grita de dolor.

Una barra gruesa rocosa golpea a Tauro por la espalda, dejando caer a Ariadne.

La criatura cae al suelo. A su cuerpo se le adhieren rocas, hasta dejarlo cubierto en su totalidad, formado una bola de piedra, para luego ser lanzada a la vegetación.

Ariadne en el suelo, se toca adolorida la espalda baja. Se pone de pie con dificultad y va con Chase, que está de rodillas a lo lejos.

—Te sacaré de aquí —dice Ariadne sacando su Transportador—.

—No podemos irnos —refuta Chase—.

—Te dije que no estabas en condiciones de dar órdenes —expresa Ariadne—. Por supuesto que nos vamos, estás hecho un desastre.

—Si nos vamos, nos arriesgamos a que destruya cualquier pueblo o ciudad cercana —defiende Chase su posición—.

—Es daño colateral.

—No. Será nuestra culpa —dice Chase, con dificultad—. Yo me quedo.

Ariadne, con mucho pesar, guarda su Transportador y ayuda a Chase a ponerse de pie, elevando con una ventisca, pero no puede mantener el equilibrio. Ella lo carga sobre su hombro y se mueven de allí flotando. Luego de unos segundos en el aire, descienden a orillas de un río.

—¡Maldición! —expresa enfurecida, al no poder mantenerse en el aire—.

El suelo bajo sus pies se abre, dividiendo en dos el caudal, cayendo a orillas de este y dejando caer a Chase. Ariadne se pone de pie, al mismo tiempo que un temblor se siente en el lugar. Al voltear, Tauro la embiste clavándole uno de sus cuernos en el pecho. Su sangre cae hasta la cara de la criatura.

Chase levanta la mirada y ve como Tauro se la desprende del cuerno y la lanza sobre el riachuelo.

Trastocado por esa escena, una arrolladora furia lo invade y olvidando sus huesos rotos, se pone de pie y corre para atacarlo.

Mientras se acerca, levanta una piedra del río y le percute la cabeza constantemente, tumbándolo al suelo. Sube encima de

Tauro para seguir golpeándolo en su cara desenfrenadamente, a la vez que grita enfurecido.

La criatura lo golpea en un costado y lo quita de encima de él. Se pone de pie, adolorido.

Chase le aprisiona una de sus patas, haciendo que caiga de rodillas. Se le acerca a gran velocidad. Le golpea la mandíbula con la rodilla. Lo toma por un cuerno, arrastrándolo, y lo lanza contra un árbol, al otro extremo del río. Toma una gran roca plana del fondo del seco caudal, y lo aplasta, sepultándolo bajo ella.

Se regresa al otro lado del río donde el agua fluye, y ve a Ariadne arrastrarse para llegar a la orilla. Acude a ella.

— ¡Hey! Ari, quédate conmigo —dice, cayendo de rodillas, adolorido, sosteniéndola entre sus brazos—.

Ariadne le toca la cara dejando su huella con sangre marcada. Pierde la consciencia.

— ¡Ariadne! —vocifera nervioso.

Tauro rompe la roca en la que se encontraba, y emerge enfurecido, en mal estado. De su rostro brotaba un líquido negro.

Chase, sin dejar a Ariadne, levanta rocas y las lanza contra la criatura sin tener efecto alguno.

Tauro le arroja una roca. Chase, aun de rodillas recibe el impacto en su cara, tumbándolo sobre su espalda, soltando a Ariadne a un lado. La criatura camina hasta él. Le pisa el pecho repetidas veces hasta dejarlo moribundo.

Una cúpula de energía encierra a Tauro para luego llenarse de fuego. La criatura grita y la hace estallar al instante.

Ray se acerca a él, con sus manos encendidas en fuego y lo incinera. La criatura grita de dolor.

Por mi parte, me encuentro socorriendo a Ariadne. Está llena de sangre con un agujero a la altura del estómago.

— ¡Ariadne! ¿Me escuchas?

Rápidamente, tomo mi Transportador y la llevo a la sala de curación. La levanto y la coloco en una de las camas.

La chica desconocida estaba allí, ahora despierta con un vendaje en su brazo, al lado de otro chico que desconozco. Al verme, se pone de pies con dificultad.

—Ariadne, ¿qué le pasó? —pregunta, con una voz delicada—.

—Tauro perforó su pecho —respondo agitada—. ¿Puedes llamar a alguien para que la ayuden?

Ella asiente. Le doy las gracias y me regreso al río.

Ray ni Tauro estaban a la vista. La zona estaba quemada. Se sienten varios temblores, deben ser ellos.

Doy con Chase y me acerco a él, quien está totalmente herido, múltiples golpes en su rostro, y cortadas. Está despierto.

— ¡Hey!

—No me puedo mover —dice con dificultad, expulsando sangre por su boca—.

—Te llevaré devuelta a Black Hole.

—No, Ari… Ariadne…

—No te preocupes, la transporté —digo, aliviando su preocupación—.

Detrás de nosotros, ocurre una explosión de fuego que nos lanza a ambos por el aire, cayendo estrepitosamente.

Me pongo de pie rápidamente para ver a Ray crear un círculo de energía brillante encima de él y lo baja hasta su cintura, desapareciendo medio cuerpo, y allí lo cierra, pero la criatura detiene el aro sosteniéndolo por los bordes. Lo extiende con fuerza y lo deshace.

Ray, asombrado de las capacidades de Tauro, crea cuchillas de energía y se las lanza. Tauro las toma con sus manos y las desintegra.

Ray pierde el equilibrio un momento y cae al suelo, tocándose la frente. Tauro lo toma por la cabeza, lo alza al aire para tomarlo por los pies y chocarlo contra un árbol.

Lo suelta, dejándolo caer, y ahora me ve a mí. Suelta un bramido y se acerca veloz.

Atraigo agua del río a mi mano para crear el tridente. Corro hacia él, y con el agua me impulso, blando el arma, pasando por encima y caigo detrás de él. No piso del todo bien y doy una vuelta por el suelo.

Uno de sus cuernos cae.

Ray se pone en pie, adolorido, presenciando lo acontecido.

Tauro ve el cuerno en el suelo. Se toca la cabeza, y esto lo enfurece aún más.

Choco el Tridente del suelo. El agua se levanta y gira a mi alrededor.

Mis ojos y mi cuerpo vuelven a brillar en un manto blanco. Me impulso hacia él, clavándole el Tridente en el pecho, tumbándolo. Levanto el arma y la vuelvo a clavar con la parte inferior, empuñándolo con fuerza. Inmediatamente cae un rayo, electrocutando a la criatura. Esta suelta un alarido. Intenta golpearme con su puño, pero me cubro con agua y me elevo con la ayuda del líquido.

Mi cuerpo es invadido por una gran furia.

Dirijo el tridente hacia él y lo congelo en las extremidades. Tauro se libera sin problemas y corre hacia mí.

Me deslizo por debajo de él. Blando el arma para golpearlo y lo levanto en el aire. Me pongo de pie y con el agua lo sujeto. Lo estampo repetidamente contra el suelo.

Con el tridente electrificado, salto sobre él. Tauro esquiva mi ataque. Choca su cabeza contra mi cara, desorientándome por unos segundos, y me da un puñetazo que me impulsa hacia atrás. La criatura levanta una pared de rocas detrás de mí y me embiste contra ella.

Caigo al suelo y suelto el arma, que se transforma en agua.

Mi cuerpo deja de irradiar luz. Abro los ojos, adolorida, y me toco la nariz, la cual está sangrando.

—¿Qué pasó? —digo para mí misma—.

Subo la mirada y observo a Tauro que se abalanza sobre mí con una enorme roca. Con el agua, me arrastro, esquivando dicho ataque.
Ray, aprovechando el despiste, se transporta fuera de ahí.

* * *

Erik se sobresalta en su silla, a la vez que suelta un chillido, al ver a Ray aparecerse en el laboratorio, en Black Hole, que está siendo reconstruido.
—¡Ray! —expresa asustado, dejando una enciclopedia a un lado—. ¿Qué haces aquí?
Un par de criaturas de menor tamaño trabajan en una mesa a su lado.
—Necesito el Transportador roto. Sé que te quedaste con él —pide Ray con prisa—.
—Se dice por favor, ¿sabes? —dice Erik—. La forma en la que lo dices es nada agradable.
—¡Solo dámelo! —vocifera Ray, exigente—.
Erik se pone de pie y con su bastón, camina a toda prisa hasta un escritorio al otro lado del laboratorio. Sobre él se encontraba el aparato. Lo toma y camina de regreso.
—No puedes usarlo, ¿sabes el peligro que ocasionaría que se rompiese? —dice con seriedad—.
—Sí, justamente es lo que necesito —interrumpe Ray—.
Inmediatamente lo obtiene, se transporta fuera del laboratorio. Ambas criaturas lo miran perplejos antes la forma en la que Ray le habló.
—¿Soy yo o acaso dejó dicho que lo rompería? —expresa Erik, con preocupación—.

* * *

En la selva de Malasia, me encuentro en el suelo de espaldas, por la tremenda paliza que me está pegando Tauro. Salta hacia mí y me muevo arrastrándome con el agua.

Creo el tridente y mi brazo derecho se electrifica soltando una descarga del arma hacia la criatura, aturdiéndola. Lo suelto debido a la gran magnitud de fuerza.

Mi brazo se siente entumecido. No entiendo lo que me está pasando.

Antes de que me ataque una vez más, Ray aparece delante de mí y crea otro aro de energía nuevamente para cortarlo a la mitad, pero falla. Salta sobre la criatura y con sus piernas en su cuello. Enciende su mano y le toma del cuerno, quemándoselo. Con la otra mano, intenta introducirle el Transportador roto en la boca.

Tauro se lanza de espaldas golpeándolo contra el suelo. Ray se suelta y también al aparato.

Me acerco a ellos, pero la criatura me escucha y voltea hacia mí.

Con mi otra mano, materializo el tridente y lo choco contra el suelo para luego inclinarlo hacia él, dándole una descarga de energía, deteniéndolo por unos momentos.

Tauro se recupera y empieza a atacarme con rocas que destruyo golpeando con el tridente. Corre hacia mí y congelo sus patas, haciendo que caiga. Doy un salto encima de él, y congelo su cuerpo dejando su cabeza libre. Levando el tridente, y antes de que blanda el arma en su cuello, Tauro ataca aplastándome con dos rocas que salen en diagonal desde el suelo hasta mí. Grito del dolor.

Tauro libera una de sus manos y me lanza contra una roca, aturdiéndome.

Se libera en su totalidad y da una pisada, elevando la tierra debajo de mí para golpearme. El impacto me impulsa en el aire.

Al descender, Tauro se lanza hacia mí para atravesarme con su cuerno, pero me muevo unos milímetros y me rasga toda el área del pecho. Me toma de una pierna y me lanza contra el suelo.

Ray se acerca al Transportador roto. Lo toma, sube la mirada y hace brillar sus manos, deteniendo mi caída y sacándome de la zona de peligro. Me coloca despacio en el suelo. Me siento sumamente adolorida.

Ray aparece delante de Tauro con un portal y lo golpea con sus manos encendidas, provocándolo.

—¡Vamos!

Del suelo salen dos rocas que golpean y aprisionan a Ray. Este se transporta unos metros detrás de la criatura. Tauro, toma los trozos de roca y las lanza al caballero de la gabardina que esquiva sin problemas. Ray lanza el Transportador debajo de la criatura. Esta la pisa y el cristal se quiebra.

Una onda expansiva sale del aparato, creando un pequeño agujero negro, que arrastra todo lo que estuviese cerca de él. Tauro se sostiene del suelo.

La fuerza de atracción es increíblemente alta. Materializo el tridente y lo clavo a la tierra para sostenerme. Ray hace brillar su cuerpo y se sujeta del suelo.

El agujero se traga todo a su paso, pero Tauro sigue resistiéndose. Ray le lanza fuego sin efecto ya que es absorbido por la singularidad.

Una gran roca pasa por mi lado a una gran velocidad hacia destrozarse en la cara de Tauro.

Miro atrás y era Chase, de pie, sujetado de una gran roca. Extiende sus puños hacia Tauro, desprendiéndolo del suelo y llevándolo hacia el agujero.

Su cuerpo se dobla a la mitad. Se pueden escuchar sus huesos crujir. La bestia grita angustiada hasta que queda en silencio y termina siendo tragada.

El agujero negro se consume a sí mismo, terminando la amenaza.

Dejo de apoyarme del tridente y lo desintregro. Miro los árboles a nuestro alrededor inclinados hacia donde se provocó el agujero negro.

—¿Se acabó? ¿Ganamos? —pregunto inquieta—.

—Por ahora —dice Ray, poniéndose de pie con dificultad.

Chase se recuesta lentamente. Acudo a él, quien está más gravemente herido.

—Te sacaré de aquí —digo, tomando mi Transportador—.

Lo llevo hasta la sala de curación, allí estaba Frudd y Eliud junto a otros ayudando.

—¡Ayuda! —grito.

Frudd se acerca a toda prisa para socorrerme. Ambos lo ponemos en una cama para ser tratado.

Él me mira con una mirada esperanzadora. Debe saber lo de Tauro.

En unas camas más atrás, puedo ver a Erik con un libro en mano pronunciando unas palabras en un lenguaje desconocido junto a Ariadne. Espero que logre recuperarse.

Me transporto de vuelta a la zona destruida y Ray no estaba allí. Observo el gran agujero en el suelo y me regreso a la sala de curación.

Uno de los enfermeros a cargo de Eliud me pide que tome asiento.

Puedo ver como ayudan a Chase, en donde le comentan que tiene casi todos los huesos rotos.

Noto que la chica asiática no se encuentra en la sala. Puedo ver al chico con quien estaba.

Aquel enfermero vuelve conmigo. Me recompone y endereza mi nariz de un tirón. No puedo describir el dolor que sentí en este momento. Dolió más que el mismo golpe.

Me da una toalla, y un recipiente con agua para que sacuda la sangre mi nariz. Me limpio con cuidado. Esa zona está un poco hinchada.

Luego, con un tipo de remedio mágico, el enfermero coloca sobre mi nariz unas hojas de una planta que no conozco pero que huelen muy bien. Al cabo de unos minutos, la hinchazón y el dolor habían descendido en gran parte. Termina conmigo, y continúa con los demás. Me acerco a Frudd, mirando en todas las camas.

—¿Dónde está Sarah? —pregunto, preocupada y tocándome un poco la nariz—.

—Ella está bien. Está en la biblioteca —responde Frudd.

Tomo el Transportador y me desplazo hasta el Gran Salón. De allí voy en silencio buscándola. Puedo apreciar que limpiaron el desastre que había, provocado por la explosión.

Noto su rojiza cabellera, vestida de harapos blancos, sentada entre las columnas, leyendo un libro junto a otro niño, vestido igual.

Le llamo. Ella levanta la mirada con una sonrisa, pone el libro a un lado, se pone de pie y corre hacia mí para darme un abrazo. Me pongo de rodillas para recibirlo.

—¡Sarah, me da mucho gusto verte bien! — feliz con una sonrisa—.

—¿Qué te pasó? —pregunta, señalando mi prenda rota.

—No es nada, no te preocupes —digo, con una sonrisa—.

—Qué bueno que estás bien —dice abrazándome fuerte—, y me gusta pelo.

Puedo sentir que algo cambió en ella. La siento feliz, y eso me hace sentir de contenta.

Terminado su abrazo, me presenta a su pequeño amigo Tpispas. El único inconveniente en esta temprana amistad es que no hablan el mismo idioma, pero con gestos pueden entenderse.

Le comento a Sarah que tendrá que quedarse aquí un tiempo. Ella, sin ningún inconveniente lo acepta, expresando que le gusta estar aquí.

Por mi parte, aún tengo que volver a La Tierra. Tengo que saber cómo sigue Jeff.

No quiero interrumpir su momento ameno con malas noticias sobre lo ocurrido en la misión, así que le digo que solo iré a mi trabajo.

—Volveré pronto.

—Siempre lo haces —expresa con una sonrisa—.

Regresa con su amigo y su libro. Yo regreso al Gran Salón donde Frudd me esperaba.

—Gracias, por cuidarla —digo.

—Es una buena niña.

Seguido le comento que tengo que volver a La Tierra.

—Sea lo que sea que te tenga preocupada, pasará —expresa calmadamente.

—Gracias —digo, a la vez que asiento, en señal de aceptación—.

Tomo mi Transportador para irme de allí.

Frudd escucha risas de niños y se acerca a la biblioteca.

* * *

De regreso en el hospital en Manhattan, aparezco dentro de un ascensor. Suspiro al darme cuenta de que está vacío.

Salgo de ahí en el primer piso en donde hay un gran alboroto. Las personas se aglomeran para ver un televisor en una sala de esperas, donde están hablando sobre de los diversos ataques en Manhattan y en Río. Me acerco para ver que dicen al respecto.

—*Tenemos imágenes de lo sucedido hace unas horas en Manhattan y en las costas de Copacabana, Brasil.*

A continuación, presentan videos de Tauro cerca de la Estación Grand Central siendo atacada por Ray y Chase, y las calles destruidas por la pelea. Ahora, una persona grabando desde lo sucedido en la playa desde uno de los edificios cercanos. A lo lejos se ve remolino gigante. Se ve a Piscis extender su brazo hasta el edificio donde están grabando.

La transmisión se corta.

Las personas a mi alrededor murmuran que es el fin de los tiempos, otros asombrados por las criaturas y el nivel de destrucción. Unos cuantos apoyando a los que se enfrentaron a esas cosas.

Mi estado es neutro.

—*…esa es la cuestión, no sabemos a lo que nos enfrentamos.*

—*Señor, ¿cree que sea un ataque extraterrestre?* —pregunta uno de los reporteros al Secretario de Defensa de los Estados Unidos—.

Se queda en silencio por un momento y vuelve en sí.

—*Lo que sí sabemos es que éstas cosas son peligrosas. Ahora mismo, el gabinete presidencial está reunido con los demás dirigentes del mundo para discutir esta amenaza mundial* —responde.

—*¿Y qué hay de las personas que aparecen en los videos enfrentándose a esas cosas? ¿No cree que están aquí para ayudarnos?*

—*No sabemos quiénes son, y al igual que esas cosas, representan una amenaza. No podemos permitir que atenten contra nuestro bienestar. Nuestras fuerzas militares se están preparando para cualquier otro ataque repentino.*

Me alejo de la multitud y subo por las escaleras. Puedo notar que el suelo está mojado por la inundación.

Llego a la habitación de Jeff, y de allí sale una enfermera. Espero a que se vaya para así poder entrar.

Jeff está dormido. Me acerco a su cama y tomo la tablilla en el borde de la cama para ver que no hay progreso aparente. La coloco de regreso en su sitio.

Tomo una silla y me siento cerca de él. Le tomo su mano y me quedo con él.

A los pocos minutos, quedo dormida debido al agotamiento físico.

Al cabo de unas horas, Ray aparece en la habitación. Me ve durmiendo y se acerca a la cama. Coloca en la mano de Jeff una vara de madera, y lo hace brillar.

A los pocos segundos, Jeff abre los ojos, e inmediato toma una bocanada de aire, y comienza a toser suave.

Jeff me aprieta la mano y despierto de repente.

— ¡Jeff! ¡Estás despierto!

Él se saca el respirador y tose fuerte.

—Alice… —dice con dificultad—.

Lágrimas comienzan a brotar de mis ojos.

—Lo siento mucho… no debí abandonarte. Lo siento, lo siento mucho —digo entre llanto—.

— ¡Hey, hey! Tranquila, no fue tu culpa —dice con una sonrisa—. Dame buenas noticias, ¿la encontraste?

—Si, la encontré. Ella está bien —digo con una sonrisa, y aun entre lágrimas.

—Ves, no fue tan malo.

Mira detenidamente mis heridas, mi rostro, y mi llamativo azulado en el pelo.

— ¿Qué te pasó? —pregunta Jeff, preocupado—.

—Es una larga historia, ya habrá tiempo para eso. Ahora necesitas una enfermera. Iré por ella —respondo, poniéndome de pie—.

Remuevo mis lágrimas y salgo de la habitación.

Fuera, se acercaba Denisse, vestida de pantalón negro, botas de igual color, camiseta amarilla y un gorro marrón.

No esperaba verla aquí.

Toda la incomodidad de nuestro último encuentro vuelve a mí. Apenas tengo contacto visual. Por su parte me miraba curiosa, como si buscara algo.

—Denisse, ¿qué haces aquí? —digo.

—Este es el único lugar donde puedo tener la seguridad de encontrarte. Tarde o temprano ibas a… aparecer —dice un tanto sospechoso—.

¿Por qué estaba buscándome? Realmente no tengo tiempo para eso ahora.

Le digo que necesito buscar una enfermera. Le doy la espalda y continúo adelante.

—¿Qué eres? —pregunta con seriedad—.

Me detengo.

¿Qué habrá querido decir con eso?

Volteo, algo tímida.

— ¿A qué te refieres?

—Fuera del Departamento hace unas horas, estabas con un hombre rubio peleando con esas cosas que dicen en las noticias. También vi que movías agua con tus manos. Luego, desapareciste con él. Lo vi todo —da un paso hacia mi— ¿Qué eres? —pregunta inexpresiva.

Este es el momento donde tengo que decidir si, confiar en ella o no. Pero en este caso ya lo sabe, más o menos.

—Y no me mientas —continúa—.

—Te diré solo si lo mantienes oculto —digo.

Da otro paso hacia mí.

—Por supuesto, tienes mi palabra —expresa con suma seriedad—.

Miro a nuestro alrededor para asegurarme de que no haya nadie. Suspiro, mirándola a los ojos.

—Todo lo que viste es cierto —confieso—.

—¿Es todo lo que vas a decir?

—Bueno, es una larga historia y ya has visto, así que, en resumen, sí —digo, expresando una sonrisa a medias—.
—Okay —dice algo desanimada—.
—Podemos tener esta conversación en otro momento —digo—. Ahora, necesito que lo mantengas solo para ti.
—Te lo dije, tienes mi palabra.
Ella se recuesta de la pared.
—Me sorprende que no estés alarmada ni nada —digo curiosa—.
—Sí lo estuve, pero también tuve tiempo para filtrar mi… duda y "asombro" —dice, mirándome fijamente—. ¿Por qué tu pelo es azul? No preguntaré por tu camiseta rasgada, puedo sacar mis conclusiones —continúa—.
—Es solo una parte —digo, señalando mi lado izquierdo—.
Denisse me revela que no solo mi lado izquierdo estaba azul, sino casi todo mi pelo.
Me paro frente a una ventana a ver mi reflejo, y efectivamente, casi todo mi pelo estaba azul.
—¿Qué pasó? —pregunto para mí misma preocupada—.
—Sí tu no lo sabes… aunque, ese color te queda bien —dice Denisse.
Siento incomodidad por su forma de admirarme, sabiendo que le atraigo.
— ¿Cómo están todos en el Departamento? —pregunto para cambiar de tema—.
—Muchos están asustados —responde—. Bridges está enfermo. Al parecer neumonía. El capitán Page está asumiendo las responsabilidades. Tu nombre ha sido uno de lo más mencionados por la fallida misión con el detective Aldo. Eso te deja muy mal parada.

Justo como lo pensé, las cosas van mal. Cuando pueda, iré a hacerle frente a Aldo, mientras, tengo que ayudar a Jeff primero.

Una enfermera camina por el pasillo. Le llamo y le digo que el paciente de la habitación 409 despertó. Ella acude a verlo. Ambas le seguimos.

* * *

Al anochecer, me transporto a casa de Howard, en Queens, Nueva York.
Toco su puerta y al instante la abre. Siempre me recibe con mucha hospitalidad. Me invita a pasar.
— ¿Qué haces aquí tan tarde? ¿Y qué te pasó? —pregunta muy preocupado—.
—Hay algo que tengo que contarte —digo.
Nos sentamos en la mesa de la cocina. Sirvió dos tazas de té, y proseguí a contarle todo.
Howard es bueno escuchando. Intentaba seguirme con cada detalle que le daba. Me costaba explicarle porque no sabía cómo reaccionaría.
Al avanzar en mi historia, asimilaba todo con calma. Desde mi pelo, el cual llevo cubierto con el gorro de Denisse, mis orígenes, Black Hole, los ataques, Sarah.
Para cuando terminé, me removí el gorro. Él no sabía que decir. Estaba asombrado e impactado a la vez.
Sonríe un poco y suspira.
—No sé qué pensar de todo esto. Es una locura —dice.
—Por favor no pienses que estoy loca —digo—. Sé que suena como una locura, y es una locura, pero es real. Todo.
Se pone de pie y camina hacia el fregadero. Toma un vaso que estaba ahí, se da vuelta, y lanza el contenido hacia mí. Levanto mi mano, por acto reflejo, y detengo el agua en el aire. Se recuesta asombrado, dejando caer el vaso plástico.

Asustada por su reacción, muevo el agua alrededor de mi mano y la devuelvo al fregadero.

Me sentí incómoda al usar mis habilidades frente a él. Despacio, toma el vaso del piso y lo pone en el fregadero. Se acerca, mirándome fijamente y toma asiento.

—No sé qué decir de todo esto —dice boquiabierto, luego ríe—. Me asusta mucho, pero es impresionante.

—Lamento habértelo ocultado —digo.

—No te disculpes. Sé lo que es guardar secretos —responde ameno—.

Me alegra saber que su reacción fue más pasiva de lo que esperaba.

— ¿Quién más sabe sobre esto?

—Jeff, Sarah y recientemente Denisse —confieso, tocándome la cabeza—. Ella es una oficial, me descubrió por accidente. Prometió mantener el secreto. Y también está otro oficial que me vio cuando lo salvaba. Ese huyó de mí. Pero no estaba en uniforme, creo que no me reconoció.

—Eso puede ser un problema —expresa Howard—. Si lo descubren las personas incorrectas puede que vayan por ti, por todos nosotros y querrán respuestas. Tienes que encontrar a ese oficial y hablarle.

Cuenta que estamos en una situación de alerta. Aldo está sumamente enojado. Está haciendo todo lo posible por sacarme de la fuerza, pero ahora con estas criaturas atacando y el aumento de patrullas en las calles a partir de mañana, es poco probable que su petición llegue a concretarse.

—He tenido varias quejas sobre tus ausencias, ahora sé porque, pero debes cumplir con tu responsabilidad aquí por igual, ¿aún quieres ser oficial?

—Por supuesto que quiero seguir siendo oficial —digo.

—Entonces, debes estar presente —comenta con firmeza—. Comprendo que tus responsabilidades allá fuera puede

que no estén al mismo nivel, pero una responsabilidad es una responsabilidad.
Bajo la mirada, evitando contacto visual.
Howard se pone de pie y me pide que le acompañe.
Llegamos a mi antigua habitación. No había cambiado nada. Las paredes cubiertas de un papel tapiz color pastel, con diversos corazones. Mi cama de madera pintada de blanco, un escritorio y un armario del mismo color, y una alfombra colorida que cubre todo el suelo.
Sobre mi cama estaba mi placa, mi arma y la vestimenta que tenía, que las había dejado en la van antes de la misión.
—Pensaba llevártelas a casa, pero creo eso es imposible —dice mientras saca una toalla de una gaveta y me la arroja en la cabeza—. Toma una ducha. Necesitas un momento para ti —dice, dejándome a solas—.
En la misma habitación, hay un baño. Me encamino hacia allá, y me doy una ducha fría.

Luego de una hora, salgo del baño. Me pongo la ropa que tenía sobre la cama: tenis negros, pantalón azul, una camiseta gris sin mangas y un abrigo azul oscuro.
En mi antiguo armario tenía más ropas de cuando era pequeña, esto servirá para Sarah. Tomo una mochila de ahí mismo y la lleno de ropa para ella.
Al terminar, salgo de la habitación.
Regreso a la cocina. Allí Howard sentado, tomándose el té que habíamos dejado por nuestra conversación.
—El tuyo se te enfrió —dice.
—Será para otro día.
—Me lo debes, nunca vienes a visitarme —dice, seguido de una pequeña risa—.
Toma un sobre de la mesa y me lo extiende.
—¿Qué es? —pregunto curiosa—.
El sobre ya estaba abierto.

—Es una carta del orfanato —responde—. Es sobre los padres de Sarah.

Abro la carta para informarme sobre Kate, que me escribió para hacerme saber que el funeral de los padres de Sarah será mañana en la mañana.

Esta noticia me bajó un poco el ánimo.

—¿Dónde la conseguiste? —pregunto.

—Kate la trajo hasta aquí y está sumamente preocupada por ti —comenta—. Sabe que tu edificio fue destruido y teme lo peor. Lo bueno es que Narcisa dijo que cuidaba a Sarah.

Suspiro de alivio.

—No tuvimos tiempo de llamarle y avisarle —digo preocupada—.

—Ella me llamó para saber que era y que estaba pasando con esa niña —expresa Howard.

—¿Ella sabe sobre Jeff?

—Así es —responde apenado—. Pero las calles están restringidas hasta nuevo aviso. No podrá ir a verlo. Está muy preocupada.

—Llámala y avísale que Jeff está consciente.

—¿Está consciente? —pregunta Howard sorprendido—. ¿Cómo?

—Pedí un favor.

Howard se queda viéndome sin más. Le miro ingenua.

—Con Kate me las arreglaré —digo—.

—No lo tomes a la ligera —dice Howard—. Sarah es parte de tus responsabilidades aquí. Podría revocar la adopción y todo ese desastre vinculado a tu apartamento te seguiría poniendo en más aprieto.

—No te preocupes, yo me encargaré —digo con suma seriedad—.

Howard toma una tarjeta, una llave de la mesa y me las entrega.

—¿Qué es esto?

—Es la llave del estudio que tengo cerca de Time Square.
—Pensé que lo habías devuelto.
—Lo iba a hacer, pero es bueno tener un lugar de reserva.
No es muy grande, pero servirá —expresa Howard—. Ya tienes tu coartada.
—Gracias, por todo.
—No tienes que agradecerme —expresa Howard con una sonrisa.

Bajo la mirada hacia la carta.
—¿Qué te preocupa?
—Me preocupa darle esta noticia a Sarah —respondo desanimada—. Ella está… menos triste y eso es un progreso.
—Te aseguro que, aunque no te demuestre tristeza, ella piensa en ellos —comenta Howard ameno—. Esta será la despedida y cierre que ella necesita. Esto es parte de su progreso.

Howard se pone de pie y fuerte abrazo. Le mojo la camisa con mi pelo mojado.
—Creo que le haré una visita a mis tíos, solo para saber cómo están —digo, mientras saco mi Transportador del pantalón—.
— ¿Esa es la cosa? —pregunta, curioso—.
—Si —digo mostrándole.
—No fueron muy creativos con el nombre —comenta, mirándola de cerca.

Sonrío.
—Cuídate, mi niña, te quiero, y aunque levante sospechas, tienes un hogar aquí, siempre —dice Howard con una sonrisa—.
—Te quiero —respondo—. Y no te sorprendas.

Me coloco el gorro de Denisse y doy un paso hacia atrás.
Al desaparecer de en frente de Howard, este se queda boquiabierto. Camina hacia atrás hasta sentarse, llevándose la mano a la cabeza.
—Espero dormir esta noche —dice terminándose su taza de un sorbo—.

Howard mira mi taza y procede a tomarla también.

* * *

En Black Hole, fuera del Gran Salón, en el patio, se encontraba Frudd junto a Sarah, ambos comiendo chocolate mirando hacia el espacio.

Ella estaba fascinada.

—Ésta es la mejor comida que el hombre moderno ha inventado —expresa Frudd, degustando su barra—.

Ella le mira con una sonrisa, dándole también una mordida a su barra.

—Este es uno de los muchos más que hay.

— ¿Hay más? —pregunta Frudd sorprendido—. Erik solo me trae de estos.

Al llegar con ellos, pasa por mi mente idea de que volviese a su tristeza, pero no puede evitar sus emociones.

Sarah, inmediatamente me ve, se acerca y me da un abrazo.

—Necesito hablar contigo —digo, ahora con un poco más de seriedad—.

Sarah asiente. Me pongo de rodillas para estar a su altura.

Le cuento que nos llamaron para darle una última despedida a sus padres, en el cementerio, mañana en la mañana —le informo pausada—.

Al escuchar estas palabras, el rostro de Sarah cambia a triste.

—Okay —dice cabizbaja—.

Lentamente sube la mirada hacia mí y camina hacia el árbol seco para mirar el universo.

Frudd se acerca a mí, con su barra en mano.

—Ella lo superará, dale tiempo —expresa—.

—Lo sé, pero me cuesta verla así, y más si soy yo que le trae estas malas noticias. ¿Cómo están los demás? —pregunto sin dejar de verla—.

Frudd contesta que Ariadne se encuentra fuera de peligro, pero está un estado delicado. Curar alguna herida o hueso, puede ser tarea no tan complicada, pero regenerar tejidos, se lleva su tiempo; Chase en recuperación, Bastian despertó, está fuera de peligro y que no ha tenido noticias de Ray en las últimas horas.

—Esperemos no tener ningún otro ataque pronto —comenta Frudd, viendo hacia la ciudad debajo—. Hay una habitación vacía al final del pasillo, luego de la sala de curación. Imagino que por los daños causados a tu hogar no tienes donde quedarte. Es doble. Sarah se está quedando ahí. Supuse que querías estar cerca de ella.

Asiento y le doy las gracias.

Sin nada más que agregar, me regreso al Gran Salón.

* * *

Al día siguiente, me encontraba con Sarah en el cementerio Trinity Church de Nueva York.

Ella no pudo dormir en las horas previas, estuvo caminando por todo Black Hole, aunque yo tampoco pude pegar el ojo.

Sarah con un vestido, zapatos negros, y su pelo trenzado. Yo estaba con pantalón, blusa y zapatos negros, mi pelo amarrado y un sombrero, para disimular el color.

Kate al llegar nos ve. Se nos acerca para sentarse a nuestro lado.

—Buenos días, Alice —saluda cordial—. Hola, Sarah —saluda con una sonrisa.

Sarah apenas la mira.

—No quiero ser descortés, pero ¿dónde has estado metida? —pregunta curiosa—. No puedes desaparecer así. Sarita tenía una cita con el psicólogo.

—Lo siento, pero estaba preocupada con lo que pasó con Jeff, y no tenía cabeza para nada más en el momento, claro, con excepción de Sarah —respondo, intentando parecer preocupada—. Ella está bien, es lo que importa.

—Supe lo de Jeff, Howard me contó. Una pena. Espero que se recupere pronto. Nunca llegué a agradecerle por su ayuda al orfanato —comenta apenada—. Pero no solo eso, todo tu vecindario, tu edificio está destruido por estas cosas que están apareciendo. Por mi mente cruzó la idea de que... —pausa angustiada y suspira—, mejor ni lo digo.

Ambas quedamos en silencio un momento.

—La señora Michaels está muy triste con todo eso. Buena decisión haberla dejado con ella —dice Kate, mirando a Sarah—.

Poso la mirada sobre Sarah.

—En fin, me alegra que ambas estés bien —expresa Kate calmada—. ¿Dónde te estás quedando?

—En un estudio cerca de Time Square —respondo en voz baja—.

—Tienes que darme tu nueva dirección.

Nos quedamos en silencios unos segundos.

—Gracias por arreglar todo esto —continúo sumamente agradecida—.

—Es lo menos que puedo hacer por la pequeña Sarah—.

Escucho un llanto a mi lado. Subo la mirada para ver que estaban presentando 3 ataúdes, y un padre que se acercaba a dar el sermón para este entierro.

Sarah rompe en llanto y me abraza. Kate, apenada, nos mira ambas.

Kate, su compañera de trabajo Honey, Sarah y yo, éramos las únicas presentes allí.

Era sin dudas un día triste y solitario.

* * *

En Black Hole, dentro del Gran Salón, Ray se acerca por la zona de la biblioteca. Frudd se encontraba en el cielo de estrellas. Al sentir su presencia desciende hasta él, ahora luciendo en buenas condiciones, sin ninguna herida o señal de debilidad.

—¿Dónde estabas?

—¿Acaso importa? —responde a secas— ¿Dónde está Alice?

—En La Tierra, en el funeral de los padres de Sarah —responde Frudd, caminando hacia la estatua de Zeus, con cierta preocupación—.

Ray no comenta nada sobre su paradero.

—Erik probó en ellas un encantamiento, llamado por él como "revestimiento energético", que protege sus auras —informa Frudd—. Por otro lado, tenemos que ir en busca de las Armas Olímpicas —continúa con suma seriedad—. No podemos esperar otro ataque sin estar preparados—.

—No sabemos con exactitud en donde se encuentran ubicadas —expresa Ray—.

—¿No que en tus notas tienes aproximaciones de dónde podrían estar? Eso fue lo que dijiste la última vez.

Ray se queda en silencio unos momentos.

—Es un riesgo que debemos que tomar —continúa Frudd—.

—Entonces, ve al maldito Tártaro tú mismo —replica—.

Erik entra en el Gran Salón, uniéndose a la conversación.

—Los demás han llegado. Están en la sala de curación. No hay ningún otro herido de gravedad —comunica Erik, notando un ambiente incómodo—.

Todos quedamos en silencio.

— ¿Es un mal momento? —continúa—.

Un temblor irrumpe en toda la sala. Esta vez uno más fuerte.

Todos dirigen sus miradas a las estrellas sobre sus cabezas.

Frudd levanta su mano y las hace descender. El Gran Salón se oscurece para apreciar mejor las constelaciones.

Erik se acerca, al igual que Ray, que se siente inquieto al tener otra incursión en tan poco tiempo.

Todos ven como varias de las constelaciones se van apagando lentamente, revelando el movimiento de 4 Celestiales.

—Se nos acaba el tiempo —expresa Frudd, preocupado—.

Gracias por leer.

Made in United States
Orlando, FL
18 July 2023